古典文獻研究輯刊

十一編

曾永義 主編

第 9 冊

唐代御史與文學（上）

霍志軍 著

國家圖書館出版品預行編目資料

唐代御史與文學（上）／霍志軍 著 -- 初版 -- 新北市：花木蘭
文化出版社，2015〔民104〕
目 4+192 面：19×26 公分
（古典文學研究輯刊 十一編：第9冊）
ISBN 978-986-404-115-2（精裝）
1. 中國文學 2. 唐代 3. 文學評論

820.8 　　　　　　　　　　　　　　　　　　103027545

ISBN-978-986-404-115-2

古典文學研究輯刊
十一編 第九冊　　　　　　　ISBN：978-986-404-115-2

唐代御史與文學（上）

作　　　者	霍志軍
主　　　編	曾永義
總 編 輯	杜潔祥
副總編輯	楊嘉樂
編　　　輯	許郁翎
出　　　版	花木蘭文化出版社
社　　　長	高小娟
聯絡地址	235 新北市中和區中安街七二號十三樓
	電話：02-2923-1455／傳眞：02-2923-1452
網　　　址	http://www.huamulan.tw 信箱 hml810518@gmail.com
印　　　刷	普羅文化出版廣告事業
初　　　版	2015 年 3 月
定　　　價	十一編 29 冊（精裝）台幣 52,000 元

唐代御史與文學（上）

霍志軍　著

作者簡介

霍志軍，男，（1969～），甘肅天水人，文學博士。現在陝西師範大學歷史學博士後流動站從事研究，主要研究方向爲唐代文學、隴右地方文獻。2001 年考入江蘇師範大學師從孫映逵先生攻讀碩士學位，2004 年獲文學碩士學位。2007 年考入陝西師範大學師從傅紹良先生攻讀博士學位，2010 年獲博士學位（應聘爲甘肅天水師範學院副教授），代表性論文有《陶藝與文藝——陶器製作與古代文論關係初探》、《唐代彈劾文的文體及源流研究》等。主要著作有《盛唐士人求仕活動與文學》、《唐代御史制度與文人》等多種。

提　　要

　　唐代御史與文學，是唐代文學史上一個值得關注、又久被忽視的文學現象。本文以文、史結合的方法，立足文學文本與史實資料，從一個新的角度審視唐代文學，在制度文化與文學演進的交織中考察唐代御史制度與文學的關係。

　　首先，論述了唐代御史群體以「剛正」爲人格標幟的精神譜系和以求實、批判、療救爲特徵的思維譜系。其次，綜合考察了唐代御史活動對唐代文學的影響及御史活動與詩歌創作之間的關係。唐代不少御史同時也是著名文學家，監察主體與文學主體的一身二任，勢必對其職事活動、文學活動都產生直接影響。御史諫政詩主要表現爲文學教化功用的極端凸顯、強烈的批判性、語言的通俗性等特點。唐代御史紀行詩拓展了唐代文學的地理空間，眞實地反映了唐代御史臺文士生活的不同側面，具有一定認識價值。再次，論述了唐代御史活動與散文創作之間的關係及唐代御史公文的歷史作用、影響、當代借鑒意義。御史公文體現出的執法如山、鐵面無私的政治節操；犯言直諫、敢說眞話的政治膽略；已經融鑄爲中華民族精神的組成部分，對當代公文寫作仍具有較大借鑒意義。最後，論述了唐代御史活動與筆記小說創作之間的關係。唐代御史的監察、斷案活動爲公案傳奇創作提供了豐富而便捷的素材。御史斷案中的「精察」正有助於公案傳奇的變故敘事，形成富有「突轉」性、驚奇美的敘事張力，御史活動的倫理內涵促成公案傳奇獨特的價值取向。

　　全書材料詳實豐富、結構嚴謹、分析細緻、論證有力，爲國人理解唐代御史制度的歷史作用、構建和諧、法治社會提供了不少有益啓示。

目 次

緒　論

第一節　選題依據

　　很少有人否認，韓愈、柳宗元、劉禹錫是唐代文學史上的著名文學家；也很少有人否認，韓、柳、劉儘管文學創作各有側重，但有一點卻相似，那就是他們在各自的政治生涯中，都曾是積極作爲的監察御史。在御史職位上，韓愈論天旱人饑的憂民情懷；劉禹錫「制令有不宜於時者，必……革而正之」〔註1〕的救弊思想；柳宗元大呼猛進，踔屬奮發的改革熱情；都已悄然溶化在歲月的長河裏，但其人格、作品的巨大感染力卻依然澤被千秋。

　　作爲文才與吏才兼擅的唐代御史，他們身處朝政動盪、政風清濁的時代風浪中，這些宦海浮沉的經歷對其文學活動產生了深遠影響。唐代御史制度與文學之間存在一種密切的聯繫，御史活動是促使唐代文學發展、演進的因素之一。然而，關於唐代御史與文學的關係尚未引起學界的重視。本人選擇這一課題，除上述原因外，還基於以下考慮：

　　其一，從唐代文學的整體來看，唐代御史的文學創作是唐代文學不可或缺的組成部分。唐代不少御史都是能文之士，其中有些還是唐代文學乃至中國文學史上的著名文學家。唐代御史中，著名詩人有李嶠、趙冬曦、高適、岑參、王維、元結、顏眞卿、李益、姚合、韓愈、柳宗元、劉禹錫、元稹、杜牧、李商隱等；著名散文家有吳少微、富嘉謨、元結、蕭穎士、李華、梁肅、陸贄、韓愈、柳宗元、權德輿、李翱、皇甫湜、令狐楚、李德裕等；著

〔註1〕唐・柳宗元《監祭使壁記》，見清・徐松等編、孫映逵點校《全唐文》卷五八○，山西教育出版社2002年版，第3459頁。(以下版本號略)

名筆記小說作家有張鷟、韓琬、韋述、封演、孫棨等，任何一部中國文學史不能不花較大篇幅論述之。如果考慮到李嶠、韓愈、柳宗元、劉禹錫等既是御史、又在當時文壇有重要影響，其周圍還有一批追隨的文士群體，他們彼此間又會相互影響，那麼，開展唐代御史與文學研究的意義已經超出了單個作家研究本身，進而可觸摸到唐代文學發生、發展的原生狀態。以藝術成就而言，唐代御史文士的名作多有，一個簡單例證是王維以監察御史使邊，途中作有《使至塞上》等詩，「大漠孤煙直、長河落日圓。」這國人耳熟能詳的唐詩名篇，殊不知正是唐代御史之原創。因此，欲全面、深入地研究唐代文學，就不能不關注唐代御史與文學的關係。

其二，從唐代文學的研究來看，近年來，不少學者將唐代文人的政治身份、社會角色、職事活動與文學活動結合起來進行綜合研究，取得了令人矚目的進展。如傅璇琮《唐翰林學士傳論》〔註2〕、傅紹良《唐代諫議制度與文人》〔註3〕、戴偉華《唐代使府與文學研究》〔註4〕、馬自力《中唐文人的社會角色與文學活動》〔註5〕、于俊利《唐代禮官與文學》〔註6〕等。上述諸書分別探討了唐代翰林學士、郎官、諫官、禮官、州郡長官等社會角色與文學創作的關係，爲我們多角度地認識唐代文學帶來富有啓發性的思考。然學界目前多集中在唐代翰林學士、郎官、諫官、州郡長官、禮官等社會角色與文學關係的研究，對唐代御史制度與文學的關係還缺乏系統、深入的探討。從御史角度切入審視唐代文學，可以觸及唐代文人的心靈深處，還原那些原本被遮蔽的文學景觀。

其三，從唐代歷史的研究來看，中國古代監察制度是一個看似簡單其實又十分複雜的結構。說它簡單，是因爲古代監察制度就其本質而言，仍是爲了維護封建專制制度，所謂「兩千年之政，秦政也。」說它複雜，是因爲構成古代監察制度的諸多因素，如君主權威、監察官職責、監察實踐、監察倫理等，既具有悠久深遠的歷史文化淵源，又具有鮮明的時代特色。自秦漢始，

〔註2〕 傅璇琮：《唐翰林學士傳論》，遼海出版社2005年版。
〔註3〕 傅紹良：《唐代諫議制度與文人》，中國社會科學出版社2003年版。（以下版本號略）
〔註4〕 戴偉華：《唐代使府與文學研究》，廣西師範大學出版社1998年版。
〔註5〕 馬自力：《中唐文人的社會角色與文學活動》，中國社會科學出版社2005年版。（以下版本號略）
〔註6〕 于俊利：《唐代禮官與文學》，陝西師範大學2009年博士論文。

作爲監察主體的御史群體，已有逐漸與文學結合的趨勢。唐代隨著科舉制的施行，許多以科舉入士的剛正嫉惡之士成爲監察官的主體，唐代監察官的素質較之唐前有質的變化。文才與吏才兼擅的御史是唐代監察主體，同時也是文學創作的主體，這使得文學與政治在政治功用上實現了更大程度的結合，文學離不開政治，政治需要文學。中國古代政治文化，十分細膩而深刻地揭示了專制政體之下的古代文人爲實現其政治角色而進行的政治實踐過程，其中所蘊含的社會關係、職業理想、職業倫理、精神情操等等，是那麼豐富深邃、色彩斑斕。通過對唐代御史與文學關係的考察，可以更深入地認識中國古代的文人和文學。

第二節　研究現狀

在本選題之前，學術界不曾出現選題相同的研究成果，但存在著一些與本選題相關的學術積累，它們是本文寫作過程中的學術參考。

一方面是對唐代御史制度的研究。對唐代御史制度的研究，早在唐代即已開始。隨著唐代御史臺地位「復爲雄要」，唐代出現了數種記錄御史臺故實的筆記。《新唐書》卷五八《藝文志二》載：「韋述《御史臺記》十卷；杜易簡《御史臺雜注》五卷；韓琬《御史臺記》十二卷；李結《御史臺故事》三卷。」〔註7〕此種「記」、「雜注」之類，「敘御史正邪得失，進擢誅滅之狀，附卷末，以爲世戒。」〔註8〕此類著作並非只據事實錄，實爲唐代御史制度研究之始。南宋鄭樵《通志》、元代馬端臨《文獻通考》對於宋以前官制，考論詳明，學術價值及史料價值極高。宋人章如愚《山堂考索》，綴述宋前官制史料，條例分明、沿革清晰，對正史及其他典籍，起到很好的補充作用。

清代以來關於唐代御史制度的研究著作更多，舉其要者，紀昀《歷代職官表》，〔註9〕該書對於歷代御史制度沿革、職能等方面的搜羅堪稱宏富，資料極爲詳實，分析更是條理清晰。勞格、趙鉞撰《唐御史臺精舍提名考》，〔註10〕

〔註7〕宋・歐陽修、宋祁：《新唐書》卷五八《藝文志二》，中華書局1975年版，第1477頁。（以下版本號略）

〔註8〕宋・晁公武著、孫猛校證：《郡齋讀書志校證》，上海古籍出版社1990年版。

〔註9〕清・紀昀：《歷代職官表》上海古籍出版社1989年版。

〔註10〕清・勞格、趙鉞撰：《唐御史臺精舍提名考》，中華書局1997年版。

對唐代御史的考證頗爲精審。陳寅恪先生《隋唐制度淵源略論稿》〔註11〕是近代職官制度史研究中的巨著，該書對於唐代職官的淵源，分析深入肌理。岑仲勉先生《唐尚書省郎官石柱題名新考訂》，〔註12〕對勞格未考者考之，考之未妥者補之，其中對不少唐代御史亦作有精愼的考證。嚴耕望先生《唐僕尚丞郎表》亦對唐代御史作有精細考證，爲研究唐代御史制度必備的高水平參考書籍。

在當代廉政建設中，古代監察制度無疑是值得借鑒的重要資源之一，新時期以來，對古代監察制度的研究成爲史學界的「熱門」領域之一。迄今爲止，已經出版的關於中國古代監察制度的研究著作，代表性的有張國剛《唐代官制》，〔註13〕彭勃、龔飛《中國監察制度史》，〔註14〕邱永明《中國監察制度史》，〔註15〕關文發、于波《中國監察制度研究》，〔註16〕賈玉英《中國古代監察制度發展史》，〔註17〕胡滄澤《唐代御史制度研究》，〔註18〕胡寶華《唐代監察制度研究》〔註19〕等。已發表的關於中國古代監察制度研究的代表性論文，有徐連達、馬長林《唐代監察制度述論》，〔註20〕《唐代前期的地方監察制度》，〔註21〕《唐代巡院及其在唐後期監察體系中的地位和作用》，〔註22〕勾利軍《唐代東都御史臺研究》，〔註23〕杜文玉《五代御史職能的發展與變化》〔註24〕等。這些成果，分別就唐代監察思想、監察機構、監察立法、監察職能，御史制度、諫官制度、封駁制度的運作特點進行了深入、細緻的系統研究。其中胡滄澤、胡寶華先生對唐代御史制度的特點、演變、作用等研究較爲細緻深入。

〔註11〕陳寅恪：《隋唐制度淵源略論稿》，生活・讀書・新知，三聯書店 2000 年版。

〔註12〕岑中勉：《唐尚書省郎官石柱題名新考訂》，上海古籍出版社 1984 年版。

〔註13〕張國剛：《唐代官制》，三秦出版社 1987 年版。

〔註14〕彭勃、龔飛：《中國監察制度史》，中國政法大學出版社 1989 年版。

〔註15〕邱永明：《中國監察制度史》，華東師範大學出版社 1992 年版。

〔註16〕關文發、于波：《中國監察制度研究》，中國社會科學出版社 1998 年版。

〔註17〕賈玉英：《中國古代監察制度發展史》，人民出版社 2004 年版。

〔註18〕胡滄澤：《唐代御史制度研究》，福建教育出版社 2000 年版。

〔註19〕胡寶華：《唐代監察制度研究》，商務印書館 2005 年版。

〔註20〕《歷史研究》，1985 年第 5 期。

〔註21〕《歷史研究》，1989 年第 2 期。

〔註22〕《北京師範學院學報》，1989 年第 6 期。

〔註23〕《華南師範大學學報》，2006 年第 2 期。

〔註24〕《文史哲》，2005 年第 1 期。

　　臺灣地區黃寶道先生《唐代御史臺與大理寺》，〔註25〕王壽南先生《唐代御史制度》，〔註26〕李福登《唐代監察制度》（臺灣私立臺南家政專科學校1977年出版），張碧珠《唐代御史臺組織與職權的研究》〔註27〕等，做了系統的分析和探討，可謂目前唐代監察制度研究方面頗具理論識力的論著。

　　國外漢學界對唐代御史制度的研究同樣有諸多創獲，其中代表性成果有：櫻井芳郎《御史制度形成》，〔註28〕池田溫《論韓琬〈御史臺記〉》，〔註29〕根本誠《因話錄御史臺》，〔註30〕八重津洋平《唐代御史制度》〔註31〕等。櫻井芳郎認爲，中國古代的御史制度不但在維持國家官僚機構正常運轉方面發揮了重要作用，對近代中國、古代東亞諸國也產生了很大影響。池田溫先生就《御史臺記》的流傳做了極爲細緻的考證，鈎輯了《太平廣記》、《資治通鑑考異》中今存的《御史臺記》佚文，對《御史臺記》與《大唐新語》、兩《唐書》作了細緻的比較研究，堪稱名著。其他學者也都有極富啓發性的見解。

　　另一方面是理論、方法上具有借鑑意義的成果。尙永亮《貶謫文化與貶謫文學》〔註32〕中，論及元和五大詩人韓愈、柳宗元、劉禹錫、元稹、白居易早期的御史、諫官經歷對他們人格、心態、參政意識形成的重要影響。傅紹良《唐代諫議制度與文人》是第一部論述唐代諫議制度與文學關係的專著，此書一些章節涉及到御史活動與文學的關係。馬自力《中唐文人的社會角色與文學活動》一書，就中唐文人的翰林學士、郎官、諫官、州郡長官四種社會角色極其對文學活動的影響做了探討，其中「諫官及其活動與中唐文學」一章述及御史活動對文學創作的影響。戴偉華《唐代使府與文學研究》就唐代文士的幕府生涯與文學的關係作了探討等。這些前期成果是本文寫作過程中的借鑑。

　　從以上對研究現狀的爬梳能夠看到，這些研究成果涉及的領域廣闊，且內容相當豐富。但不可否認，目前的研究還存在一定的問題與不足之處，具

〔註25〕　臺北《法律評論》，1959年6月。
〔註26〕　《勞貞一先生八秩榮慶論文集》，臺灣商務印書館1986年版。
〔註27〕　臺灣《社會科學雜誌》，1975年第23期。
〔註28〕　〔日本〕《東洋學報》23-2、3，1935年
〔註29〕　〔日本〕池田溫：《唐研究論文選集》，中國社會科學出版社1999年版，第336～365頁。
〔註30〕　〔日本〕《早稻田大學文學研究科紀要》1969年。
〔註31〕　〔日本〕《法政治》21～22卷，（1970～1971年）。
〔註32〕　尙永亮：《貶謫文化與貶謫文學》，蘭州大學出版社2004年版。

體表現大體可歸納爲三個方面：

第一，學界對「唐代御史與文學」的關係缺乏應有的關注，「唐代御史與文學」尚是目前唐代文學研究的一個盲點。應該說，唐代御史與文學關係方面一些基本問題尚未解決：唐代御史制度與文人關係如何；文士在御史臺中如何生活；御史群體的文學創作有何特點；彈劾文主要是御史群體所寫作，《文苑英華》獨標《彈劾文》一卷，〔註33〕而當代研究者對此卻熟視無睹；御史活動與唐代公案傳奇的創作之間有何關係，等等。上述問題說明學界對唐代御史與文學的研究還相當薄弱，甚至可以說是一片空白。

第二，研究方法上缺乏創新。研究方法是由選題所決定的，不同選題的特殊性要求相應的研究方法的創新。唐代御史與文學這一選題，涉及文學、史學、法學三方面。目前學界少有從傳統法律與文學關係突破性的研究成果，面對「唐代御史與文學」選題，我們找不到合適的闡釋視角、闡釋方法，此或許可視爲該選題少人問津的原因。

第三，對唐代文學的研究，由於學界相互間研究方法與認知標準的差異，研究中各自爲陣和借鑒、整合、融通不足的問題依然存在，系統綜合研究仍顯不足。

總體來說，目前學界關於唐代御史與文學關係的研究，僅限於個別時期、個別作家的背景介紹，系統、全面、深入探討唐代御史活動與文學關係的論文、專著，至今尚未面世。本書選取這一研究課題，也是想在這方面做一些有益的努力。

第三節　研究方法和思路

本課題研究涉及歷史、文學、法學等多個學科，選題的多學科性質決定了研究方法的多樣性。擬採取的研究方法主要有：

一、文史結合的方法

文史結合的方法，是由研究對象所決定的，因爲唐代御史與文學這一專題本身包含文學和史學兩方面的內容。必須從考察御史制度及其演變切入，

〔註33〕宋・李昉等編：《文苑英華》卷六四九，中華書局 1966 年版，第 3339～3340 頁。（以下版本號略）

掌握唐代御史活動的特點，才能科學地揭示唐代御史與文學的關係。

二、傳統法律與文學結合的方法

在建設法制社會的文化背景下，從事文學研究的學者愈來愈發現文學與法律有著不可分割的聯繫，這種聯繫的內在性和豐富性，是以往人們未曾發現或雖發現而未曾重視的。由此入手，可以打開文學研究的一片新天地。儘管人文學者討論的「法律」後面的知識體系與法學家談的那一套頗不相同，但這並不妨礙我們的學理感知具有的人文氣息與正義質性。

三、考證法

一方面，有關唐代御史的資料散見於唐代各種典籍，至今尚未有人作過系統的整理。欲理清唐代御史任職、生平、文學創作情況，均離不開考證。另一方面，離開基本資料的辨析、考證，再完美的分析都是無本之末、無源之水。

四、社會角色理論

唐代御史既是監察主體，又多是文學創作主體，兩種社會角色的「一身二任」是唐代御史與文學研究的邏輯起點。不同的職業經歷、職業活動，往往會形成從事這一職業的創作主體不同的認知結構，職業生涯會積澱他們的經驗資源，孕育其特殊的思維習慣，決定其不同的審美選擇。不同的思維、審美模式實際上隱含了不同的職業經歷對創作主體的潛在制約。

五、心理學方法

「文學史，就其最深刻的意義來說，是一種心理學，研究人的靈魂，是靈魂的歷史。一個國家的文學作品，不管是小說、戲劇，還是歷史作品，都是許多人物的描繪，表現了種種的感情和思想。」〔註34〕文學是心靈的創造，而每一個創造的心靈都不可能脫離具體的社會環境。尤其是身處監察工作的風口浪尖、在政治漩渦中浮沉的唐代御史，其文學活動不能不受到在特定的

〔註34〕〔丹麥〕格奧爾格·勃蘭兌斯：《十九世紀文學主流·流亡文學·引言》，人民文學出版社 1997 年版，第 2 頁。

監察崗位上形成的角色職業意識、職業思維的支配和影響。這裡需強調的是，御史制度不是壓制或逼迫唐代文人心態轉化的外在強制力量，而是通過御史文人具體的遭遇，化作淪肌切骨的生活感受，引起心靈的震顫、宣洩的渴望，而後形之於筆端，投射到作品，從而使御史文士的文學創作呈現自身獨特的品格。

本書在結構安排上分為三部分：

第一章為第一部分，概述唐代御史制度的特點。

第二章為第二部分，論證了唐代御史一個以「剛正」為人格標識的精神譜系和以求實、批判、療救為特徵的思維譜系。

第三至第七章為第三部分，注重論述唐代御史的文學素質；御史活動對唐代文學的影響；御史活動與詩歌、散文、筆記小說創作；御史文學創作的歷史作用、影響、當代借鑒意義等。唐代御史的文學創作，顯示出御史的人格及思維模式對其審美取向的潛在制約。

附錄是關於唐代御史各種資料的統計。

唐代御史與文學的研究還剛起步，許多問題需要學界的共同努力才能解決。筆者誠願本課題研究有助於學界深化對唐代文學發生、發展的認識，能對學界從事唐代御史與文學關係的研究提供經驗、借鑒。而且，欲通過這一努力，拓展唐代文學的研究領域，促引思想在探索的路徑上艱難前行，對中國當前、未來的制度文明建構給予沉甸甸的人文關懷。

第一章 唐代御史制度

中國古代御史制度，伴隨封建制的產生而萌發，隨封建專制主義中央集權的建立而誕生，又隨封建君主專制的不斷強化而發展。早在夏商時期，就已經開始對百官的糾察式監督。〔註1〕春秋戰國時期，在諸侯各國的政府機構中，行政、司法、監察等系統已經有了初步的劃分。秦統一後，設置了御史府，中國古代官僚制度中也就出現了「肅政彈非」的監察官。秦代的御史府兼管秘書圖籍工作，並非一個獨立的監察機構。漢代御史臺有「憲臺」、「蘭臺」之譽；魏、晉、宋、齊，皆曰「蘭臺」；梁、陳、北魏、北齊皆曰「御史臺」。隋代御史臺設官完備，地位提高，但尚未形成系統的三院組織。

唐代是我國監察制度的成熟期，形成了一套比較完備的監察機構。御史臺是唐王朝中央監察機構，武德初（618年）依隋制稱御史臺，龍朔二年（662年）改名憲臺，咸亨初（670年）復為御史臺。光宅元年（684年）分御史臺為左、右肅政臺，左臺專知京百司，右臺按察地方諸州。神龍（705年）年間改為左、右御史臺，延和元年（712年）廢右御史臺，先天二年（713年）復置，同年十月又廢，此後至唐末均稱御史臺。

唐代御史制度，對於維護唐王朝的社會秩序、淨化官僚系統發揮了積極、重要的作用，它既是秦漢以來監察制度的系統總結，又對唐以後歷朝監察制度有深遠的影響。唐代御史制度還影響到日本、朝鮮、安南諸國的法制設計。〔註2〕在中華文明的演進中，唐代御史制度以其成熟的監察理念、完善的運行機制，「資治」著當代，又貽鑒於未來。

〔註1〕張晉藩主編：《中國古代監察法制史》，江蘇人民出版社2007年版，第15頁。
〔註2〕楊鴻烈：《中國法律對東亞諸國的影響》，中國政法大學出版社1999年版，第2～3頁。

第一節　唐代御史的政治地位及行政特色

一、御史臺的別稱

　　唐代御史臺有諸多別稱，如獬豸、蘭臺、憲臺、霜臺等，〔註3〕御史也有獬豸、鐵冠、鐵柱、繡衣、白筆等稱呼。從這些別稱中，可以窺見唐代御史臺的特殊性質和重要地位。

（一）獬　豸

　　獬豸是中國古代傳說中的上古神羊，形似麒麟，獨角。《後漢書·輿服志下》云：「獬豸，神羊，能辨別曲直，楚王嘗獲之，故以爲冠。」〔註4〕上古傳說中的獬豸，爲帝堯的刑官皋陶餵養，遇疑難之事，獬豸悉裁之，均準確無誤。獬豸能辨是非曲直、識善惡忠奸、遇奸邪則觸之，令犯法者不寒而慄。在悠遠的歷史長河中，獬豸這一傳說中的動物，折射著華夏民族深刻的民族精神，體現著深層的民族文化心理，具有豐富的文化內涵。儘管獬豸形象的原始性特徵隨著社會、文化的變遷而已經有了較大的改變，但它依然有著獨特的文化意蘊。

　　獬豸，本是傳說中的上古神獸，形似麒麟，有四足，獨角，能辨曲直，「見人鬥，則觸不直者；聞人論，則咋不正者」（楊孚《異物志》）。因而也稱爲直辨獸或觸邪。大約八千年前的裴李崗文化與約七千年前的河姆渡文化中就出現了陶羊形象，學界公認是早期獬豸形象的代表。獬豸形象產生於蒙昧時代的「以神判法」，王充《論衡》云：「皋陶治獄，其罪疑者，令羊觸之。有罪則觸，無罪則不觸。斯蓋天生一角聖獸，助獄爲驗。」〔註5〕被奉爲中國司法鼻祖的皋陶決獄，依據獬豸是否頂觸來判定有罪與否。獬豸能識善惡忠奸、遇奸邪則觸之，令犯法者不寒而慄。正是這些特點，使獬豸形象逐漸定格爲中華法文化中公正執法者的象徵，在古代法制史上有著特殊的涵義。

　　早期的獬豸多爲「獨角羊」的形象，如山西渾源李峪村出土的戰國銅器殘片上的獬豸就是「獨角羊」的形象。中國早期法律思想主張「省刑慎罰」、「恤民爲本」。法與善相聯繫、與正義相挽結。早期獬豸的「獨角羊」形象，

〔註3〕唐·徐堅：《初學記》，中華書局1962年版，第288～294頁。（以下版本號略）

〔註4〕南朝·宋·范曄：《後漢書·輿服志》，中華書局1975年版，第3667頁。（以下版本號略）

〔註5〕漢·王充著，黃暉校釋：《論衡校釋》，中華書局2006年版。

羊與善、善與法是緊密相連的，其溫順善良的外形，實則承載著華夏民族對公平、正義社會的嚮往和期盼。

秦漢以降，隨著中央集權的強化，時代精神、審美思潮的變化，獬豸形象亦發生重大變異，主要表現為：

一是獬豸形體變得厚重高大，充滿力的剛性美。漢代社會具有一種「席卷天下、包舉宇內」的雄渾氣魄，魯迅先生曾多次盛讚漢代精神：「遙想漢人多少閎放」，「毫不拘忌」，「氣魄深沉雄大」。(《魯迅全集》第 13 卷）漢代人們普遍崇尚那種宏大、壯美的造型；崇尚大、高、險、峻、壯、闊、遠、強等闊大的事物。這種「大漢意識」在漢代都城、皇陵建築、漢代樂舞、漢大賦、漢代奏議、漢代石刻等諸多領域均有表現。在此種審美思潮中，漢代獬豸形象形體變得厚重高大，充滿力的剛性美。如河南南陽市出土的「逐疫辟邪」漢畫像石，畫像石的右方有一熊，振肢奮爪，張口嗔目；中間一獬豸形象，牛身豹尾，頭上獨角如錐，曲頸前衝，憤怒迎鬥。畫面著重刻畫的是獬豸與熊相遇爭鬥時的暴怒，僅用幾條簡練的陰線勾畫了頸項的隆起，小腹的疾收、銳利的雙角和向上翹起的尾巴，有動感，有力度。畫面的重心在獬豸的前部，但為突出其強健和雄壯，將臀部畫得粗壯，而腿的下部卻較細小，獬豸的兇猛、矯健形象給人以富有力度的剛健之美。這類獬豸形象，散放出強勁的藝術感染力，使人聯想到驃悍威猛的大漢雄風。

二是獬豸造型嚴酷兇悍，極具威懾力。封建社會的法律是維護皇權和封建政治的，法律難以讓平民百姓心悅誠服。隨著封建法律的日益嚴苛，人們牴觸法律的方式不斷翻新，統治者不得不以更嚴酷的刑罰來維持其統治。武帝之時，法網浸密、以嚴酷著稱，時「律令凡三百五十九章，大辟四百九條，千八百八十二事，死罪決事比萬三千四百七十二事。」〔註6〕武帝更任用酷吏，威權獨任，朝臣人人自危。此期獬豸造型也逐漸脫離早期溫順的形象，以獅、虎及豹等兇猛動物最兇狠的一面結合，形成更加嚴酷、兇悍的新獬豸形象。這與秦、西漢以來權力進一步集中、法制進一步加強的環境相吻合。這種經改進的獬豸形象嚴謹精刻、鷹揚虎視、凜然生威，更能展現法律剛性的一面，增加法律的威懾力。

三是獬豸製作融整體宏大與局部精細為一體，更加精緻嚴謹。漢代獬豸

〔註 6〕漢・班固：《漢書・刑法志》，中華書局 1962 年版，第 1101 頁。(以下版本號略)

造型也擺脫了早期單調的獨角獸的形象，更加精緻嚴謹。如嘉峪關新城東漢墓中出土的獬豸形象，獅首豹尾，細微處精雕細琢，獨角呈尖利的刀狀，背部弓起，尾巴上翹，好似全身的勁都集中在角上，一副銳不可當的氣勢。這種精緻嚴謹的獬豸形象，固然與漢代畫匠的繪畫水平有關，更是漢代法律的精緻嚴密、令人畏懼在漢人心中的投射，折射出獬豸形象與中國法文化同步的歷史進程。

在中華文明的發展過程中，獬豸以其所象徵的公平、正義精神，書寫了中國監察史的開端。從先秦到清末，獬豸受到歷朝的推崇，獬豸冠在楚國已成爲時尚，秦代以獬豸服賜執法近臣服之，漢至隋均因秦制。唐宋時期，御史臺監察御史以上官員皆服獬豸冠。明清時期，都察院左都御史至監察御史及按察使的服飾均有獬豸形象，監察官因此也被稱爲獬豸。「凡冠者，彰別威儀，端委形貌。或簪白筆，或眊貂；或戴豸以觸邪，或豎鶡以表武；各因厥職，盡有其名。」〔註7〕以獬豸比御史，其監察百官、澄清吏治的意義甚明矣。這種法文化形態一直影響到現代檢察官、法官、律師等的服裝，成爲世界法制史上一種特殊的文化現象。

作爲一種文化符號，獬豸既是中國法律文化的象徵，更體現出濃濃的中國藝術精神。我們從漢代畫像石（磚）中能看到剛健雄豪、踔厲奮發的獬豸形象；從明孝陵墓道中仍能看到厚重簡樸、形體高大的獬豸形象。古代中國，雖然傳統藝術思潮多次發生重大轉向，但獬豸形象卻相對穩定，一直保持著強悍的力度美、壯大美。徐復觀先生曾將莊子哲學以虛、靜、明爲基本特徵的心齋之「心」作爲中國藝術基本精神之濫觴。〔註8〕我們在肯定其的同時，也不能忽視中國藝術中一直流淌著正義、崇高、壯美的藝術因子。

「法」，古作「灋」，《說文》云：「灋，刑也，平之如水，從水；廌，所以觸不直者去之，從去。法，今文省。」〔註9〕「法」是一個會意字，從「水」，表示法律公平如水；「廌」，即獬豸也。獬豸作爲社會公平、正義的象徵，已深深浸入到中華民族的心靈中去，由「灋」到「法」，「廌」字雖然被隱去，然它所代表的中國傳統法律文化的內涵卻並未消失。獬豸作爲中華監察文化的象徵，承載著華夏民族對社會公平、正義的嚮往，對和諧社會的期盼。

〔註7〕 五代·陳致雍：《議御史戴豸冠狀》，見《全唐文》卷八七三，第 5385 頁。
〔註8〕 參見徐復觀《中國藝術精神》，華東師範大學出版社 2001 年版，第 79～83 頁。
〔註9〕 東漢·許慎撰：《說文解字》，中華書局 1963 年影印本，第 202 頁。

（二）烏　臺

漢代御史臺外柏樹多有烏鴉棲息，後世遂以烏臺指稱御史臺。唐人常以烏臺代稱御史臺，如白居易《送武士曹歸蜀》詩云：「鄉路通雲棧，郊扉近錦城。烏臺陟岡送，人羨別時榮。」〔註10〕北宋蘇軾因在自己的詩文表露了對新政的不滿，備受迫害，史稱「烏臺詩案」。以烏臺代御史臺，不獨多有烏鴉棲息，其它鳥雀不棲。實則御史主「肅政彈非」，奉公守法、明察秋毫，即使檮杌奸邪，也只能心折服罪。同時，御史往往熟悉朝政的運行情況，洞悉其弊，又嫉惡如仇，以口無遮擋的方式彈劾各種違法亂紀行爲，自然少不了以凝挺、冷峻的形象進入人們的視野。烏臺之稱，表現出唐人對御史臺的敬畏心理。

（三）蘭　臺

《舊唐書‧職官志三》云：「秦、漢曰御史府，後漢改爲憲臺，魏、晉、宋改爲蘭臺，梁、陳、北朝咸曰御史臺。」〔註11〕蘭臺最初漢代宮內藏書之處，以御史中丞掌之，後世因稱御史臺爲「蘭臺」。東漢時班固曾爲「蘭臺令史」，受詔撰史，故後世亦稱史官爲蘭臺。然在唐人的觀念中，視御史臺爲「蘭臺」，仍根深蒂固。究其原因，蓋唐代御史臺地位重要，接近帝側，爲仕宦之捷徑，是唐人仕途陞遷中很關鍵的職位之一，能進入御史臺，就可躋身清要，出人頭地了。蘭臺之稱，流露出唐人對御史的期羨之情。

二、雄要之位

「唐自貞觀初以法理天下，尤重憲官，故御史復爲雄要。」〔註12〕唐代監察制度由御史制度、諫官制度所組成，而御史制度又處於核心位置，「棲烏之府，地凜冽而風生；避馬之臺，氣威稜而霜動。懲奸疾惡，實籍嚴明。肅政彈非，誠宜允列。」〔註13〕即精鍊、準確地概括出唐代御史的雄要地位。

〔註10〕唐‧白居易：《送武士曹歸蜀》，清‧彭定求等編《全唐詩》卷四三六，中華書局 1960 年版，第 4835 頁。（以下版本號略）

〔註11〕後晉‧劉昫：《舊唐書》卷四四《職官志三》，中華書局 1975 年版，第 1861 頁。（以下版本號略）

〔註12〕唐‧杜佑：《通典》卷二四《職官六》，中華書局 1984 年版，第 141 頁。（以下版本號略）

〔註13〕唐‧張鷟：《御史王銓奉敕權衡州司馬鍾建，未返制命，輒干他事，解耒陽縣令張泰，泰不伏》，《全唐文》卷一七二，第 1050 頁。

這種雄要的政治地位，是由唐代御史制度的特點所決定的。

唐代御史作為「人君耳目」，事實上替皇帝承擔了監督百官的職能，其工作本質上是皇權向整個官僚體系的延伸。因為御史活動事關社稷安危，唐代統治者一般都支持御史臺工作，御史政治地位較秦漢魏晉有極大提高。貞觀初年御史大夫蕭瑀，在李世民危難之際多方奔走，立下了汗馬功勞。唐太宗曾說：「『武德六年以後，太上皇有廢立之心而不之定也，我當此日，不為兄弟所容，實有功高不賞之懼。此人不可以厚利誘之，不可以刑戮懼之，真社稷臣也。』因賜瑀詩曰：『疾風知勁草，版蕩識誠臣。』」〔註 14〕以「疾風知勁草」喻御史，是對御史最高的精神獎譽。有了皇帝的全力支持，御史便可理直氣壯地糾劾官員的違法行為，這自然對所有官吏構成巨大的震懾力。

唐代御史不僅有「風聞奏事」權，而且可以不受干涉地彈劾任何一級官員，即使是御史臺長官也無權過問。御史往往身負特殊使命，作為「欽差大臣」明察暗訪，甚至直接處斬貪官污吏。「御史為風霜之任，彈糾不法，百僚震恐，官之雄峻，莫之比也。」〔註 15〕這種威權是一般官吏可望而不可及的。

御史臺的雄要地位，從其在中央各政府部門所處位置上也體現出來。唐長安城整體布局嚴謹，皇城內中央各機構的位置直接反映其地位的重要性，如吏部、兵部等職責重要、職權甚廣的前行部門，在最中心之地；後行部門如戶部、工部，在最兩邊的位置。《兩京新記》的記載頗能說明問題：「王上客為侍御史，自以才望清雅，妙當入省，常望前行。忽除膳部員外郎，微有悵惋。吏部郎中張敬忠戲詠之曰：『有意嫌兵部，專心取考功。誰知腳踖蹬，幾落省牆東。』膳部在省中最東北隅，故有此句。」〔註 16〕御史臺則與管理宮廷事務的宗正寺並列，位於皇城之中心位置，見圖一所示。

俗語云「天下衙門朝南開」，一般政府機構大門朝南，取「光明正大」之意。而御史臺的標誌之一是「臺門北開」，《御史臺記》云：「御史臺門北開，蓋取肅殺就陰之義，故京臺門北開矣。」〔註 17〕御史臺專事監察、肅清吏治，臺門北開，有「肅殺就陰之義」，凸顯其作為監察機關的特殊使命和地位。

〔註 14〕後晉・劉昫：《舊唐書》卷六三《蕭瑀傳》，第 2402 頁。

〔註 15〕唐・杜佑：《通典》卷二四《職官六》，第 141 頁。

〔註 16〕唐・韋述：《兩京新記》，見《中華野史》，泰山出版社 1999 年版，第 1047 頁。

〔註 17〕宋・李昉等：《太平廣記》卷一八七引《御史臺記》，中華書局 1961 年版，第 1401 頁。（以下版本號略）

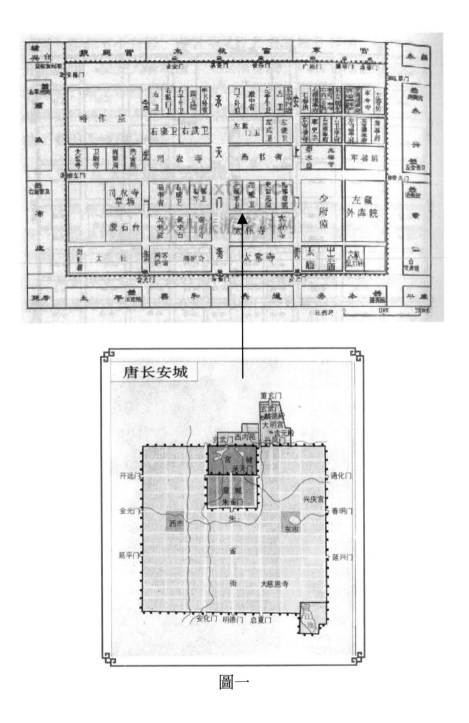

圖一

三、清要之職

　　御史職位，既是前途闊大的清望之官，又地位清高尊貴，凌駕百僚之上，同時執掌核心樞要，故曰「清要」，即清貴、重要之意。《舊唐書》載：「素立尋丁憂，高祖令所司奪情授以七品清要官，所司擬雍州司戶參軍，高祖曰：『此官要而不清』。又擬秘書郎，高祖曰：『此官清而不要。』遂擢授侍御史，高祖曰：『此官清而復要。』」〔註18〕宋人趙昇解釋道：「職慢位顯謂之清，職緊位顯謂之要，兼此二者，謂之清要。」〔註19〕秘書郎掌甲乙丙丁（即經史子集）四部圖書的抄寫儲藏，職亦簡閒，故曰慢；職緊即職責繁劇，司戶參軍掌州之戶口、籍帳、婚姻、田宅、雜徭等，職亦繁劇，故曰緊。在唐高祖心目中，同是七品官，御史職位顯然要比同階的司戶參軍、秘書郎重要得多。

　　在唐代，郎官往往被譽為「臺郎望美，詞雄地高。粲列宿華，起草宥密。風儀玉立，器宇川停」〔註20〕的清廟之才。郎官之「清」，實含有清高、清華之意。御史則被譽為清要之職，御史之「清」，在清高、清華之中，更增添了雄要、雄峻、莊嚴、肅整的氣度。說御史「清要」，實指御史職位、威望、權力兼而有之。

　　御史職位不只「清要」，還是仕宦之捷徑，深受唐代士人青睞。唐代官僚體系有清、濁之分，官吏選除嚴格規定「凡出身非清流者，不注清資之官。」〔註21〕《唐六典》規定：「若都京畿清望歷職三任，經十考以上者，得隔品授之。」哪些是「清望之官」呢？其注云：「謂監察御史、左右拾遺、大理評事、京畿縣、丞、簿、尉。」〔註22〕很顯然，對御史等官吏加以「清望」之譽，在官僚晉升過程中遷轉較快。在唐代官吏銓選制度上，御史職位更具有無與倫比的優勢，《唐會要》卷八一載：

　　　　元和二年五月，中書門下舉今年正月敕文上言：「國家故事，於中書置具員簿，……爰自近年，因循遂廢。……今請京常參官五品已上，前資見往，起元和二年，量定考數，置具員簿。應諸州刺

〔註18〕後晉・劉昫：《舊唐書》卷一八五《良吏上・李素立傳》，第4786頁。

〔註19〕宋・趙昇：《朝野述要》卷二《稱謂》，文淵閣四庫全書本。

〔註20〕唐・崔蝦：《授裴諗司封郎中依前充職制》，《全唐文》卷七二六，第4409頁。

〔註21〕唐・李林甫等撰，陳仲夫點校：《唐六典》卷二「吏部尚書侍郎」，中華書局1992年版，第28頁。（以下版本號略）

〔註22〕《唐六典》卷二「吏部尚書侍郎」，第27頁。

史，次赤府少尹，次赤令、諸陵令、五府司馬，及東宮官除左右庶子、王府官四品已下，並請五考其臺官先定月數。今請侍御史滿十三月，殿中侍御史滿十八月，監察御史依前二十五箇月與轉。三省官並三考外，餘官並四考外，其文武官四品已下，並五考商量與改。」〔註23〕

唐代五品以下官須經吏部銓選，一般需歷三考，即要任滿三年，三年之後，還要經歷漫長的守選。一般士人在守選期間需千方百計干謁、請託，以求早日履新。而侍御史十三個月、殿中侍御史十八個月，監察御史最多亦只需二十五個月即可遷轉，政績優良者還可超授。御史大夫、中丞選任自不必說，即使只為正八品的監察御史，也多由皇帝親授，可謂「天子門生」。任此職者本來即士林雅望，加之又在皇帝選拔官吏的視野中，這在仕途上的優勢是其他基層官吏無可比擬的。常袞《授崔寬侍御史知雜事制》云：「南臺為兩丞之亞，以久於其職者參領群務。近制或選尚書郎，累更執憲，著稱一時，」〔註24〕可見士人被授予侍御史是著稱一時之盛事。白居易《張元夫可禮部員外郎制》亦云：「凡殿內御史，雖文才秀出，功課高等者，滿歲而授，猶曰美遷」〔註25〕，「御史府自中執憲暨察視之官，皆顯職也。」〔註26〕無論從朝廷制誥，還是士人的言論中，我們都可明顯感覺到御史是唐人嚮往的「清要之職」。

唐代御史在官僚體系中的優勢地位，從唐人的觀念中也能看出。唐傳奇中，任繁《櫻桃青衣》和沈既濟《枕中記》從不同側面反映了唐人心目中的御史地位。《櫻桃青衣》記述天寶年間窮書生盧生的一場美夢：

盧子……夢至精舍門，見一青衣，攜一籃櫻桃在下坐。盧子訪其誰家，……青衣云：「娘子姓盧，嫁崔家，今壻居在城。」因訪近屬。

……姑曰：「吾有一外甥女，姓鄭，早孤，遺吾妹鞠養，甚有容質，頗有令淑，當為兒婦。……」盧子遽即拜謝，……其妻年可

〔註23〕宋・王溥：《唐會要》卷八一「考上」，上海古籍出版社2006年版，第1782～1783頁。（以下版本號略）

〔註24〕唐・常袞：《授崔寬侍御史知雜事制》，《全唐文》卷四一一，第2500頁。

〔註25〕唐・白居易：《張元夫可禮部員外郎制》，唐・白居易著、朱金城箋校：《白居易集箋校》卷四九，上海古籍出版社1988年版，第2915頁。（以下版本號略）

〔註26〕唐・白居易：《張諷等四人可兼御史中丞侍御史監察御史制》，《白居易集箋校》卷五一，第2991頁。

十四五，容色美麗，宛若神仙，盧生心不勝喜。

數月，敕授王屋尉，遷監察，轉殿中，拜吏部員外郎，判南曹。銓畢，除郎中，餘如故。知制誥，數月即真遷禮部侍郎。兩載知舉，賞鑒平允，朝廷稱之，改河南尹。旋屬車駕還京，遷兵部侍郎。扈從到京，除京兆尹，改吏部侍郎。三年掌銓，甚有美譽，遂拜黃門侍郎平章事。恩渥綢繆，賞賜甚厚，作相五年，因直諫忤旨，改左僕射，罷知政事。數月，爲東都留守河南尹兼御史大夫。自婚媾後，至是經三十年。……〔註27〕

沈既濟《枕中記》敘寫窮愁潦倒的書生盧生一入夢鄉便娶了美麗溫柔、出身清河望族崔氏的妻子，從此平步青云：

舉進士，登第，釋褐秘校，應制，轉渭南尉，俄遷監察御史，轉起居舍人，知制誥。三載，出典同州，……移節汴州，領河南道採訪使，徵爲京兆尹。……除生御史中丞、河西道節度。……轉吏部侍郎，遷戶部尚書兼御史大夫，時望清重，群情翕習。……未幾，同中書門下平章事。……復追爲中書令，封燕國公。〔註28〕

夢是潛意識願望的實現，兩篇傳奇中文士所作的美夢，均有相似的御史臺經歷，這在一定程度上反映了唐代一些士子夢寐以求的官場理想，從一個側面證明御史在唐代文士心目中的重要地位。

四、宰輔先路

唐代御史大夫總領憲臺，可以師長人倫、訓齊天下，「地清彌尊，任難其人，多舉勳德。」〔註29〕只有德、才兼備者才能任此要職。能被授於御史大夫，可謂位極人臣，是一種令人羨豔的殊榮。太宗朝，韋挺被授予御史大夫之職，挺臨表涕零，謝曰：「臣駑下，不足以辱高位。」〔註30〕中唐時，顏眞卿授兼御史大夫，上謝表云：「恩榮累及，成命曲臨，捧戴殊私，慚惶靡懅。」〔註31〕韋挺、顏眞卿均爲當時名臣，被授予御史大夫職務，猶感激涕零，可

〔註27〕汪辟疆校錄：《唐人小說》，上海古籍出版社 1978 年版，第 37～38 頁。

〔註28〕李格非、吳志達主編：《唐五代傳奇集》，中州古籍出版社 1997 年版，第 49 頁。

〔註29〕唐・李華：《御史大夫廳壁記》，《全唐文》卷三一六，第 1906 頁。

〔註30〕宋・歐陽修、宋祁：《新唐書》卷九八《韋挺傳》，第 3902 頁。

〔註31〕唐・顏眞卿：《謝兼御史大夫表》，《全唐文》卷三三六，第 2022 頁。

見御史大夫職位之崇峻。

　　唐代官吏的陞遷中，御史大夫是進入宰相班子的重要臺階，由憲司而歷宰輔乃是唐代官吏普遍嚮往的晉升途徑。李華述及唐代御史大夫遷除情況說：

> 距義寧（617 年）至先天（712 年），登宰相者十二人，以本官參政事者十三人，故相任者四人，藉威聲以稜徵外按戎律者八人。……開元、天寶中，……至宰輔者四人，宰輔兼者二人，故相任者一人，兼節度者九人，異姓封王者二人。〔註32〕

《唐語林》亦云：

> 御史主彈奏不法，肅清內外。唐興，宰輔多自憲司登鈞軸，故謂御史爲宰相。〔註33〕

天寶以後，政局日漸黑暗、吏治日益腐敗、社會問題叢生，唐王朝爲了挽救危局，力圖從官僚制度上提高御史臺的地位，強化中央集權。在此背景下，御史大夫及中丞的官階較唐初均有提升。《唐會要》卷六〇載，會昌二年（842 年），牛僧儒等奏「御史大夫，秦爲上卿，漢爲副相，又漢末復爲大司空，與丞相俱爲三公。掌邦國刑憲，肅政朝廷，其任至重，品秩殊峻，望準六尚書例，升爲正三品。」〔註34〕結果是武宗將御史大夫由唐初從三品升爲正三品，與各部尚書品階相同。

　　中、晚唐時期，御史大夫官階提高了一級，御史臺職位更見崇峻，那麼，御史大夫遷除的情況如何呢？筆者就天寶以後御史大夫的遷除情況進行了統計，見本文附錄表一。

　　據附表一統計，自肅宗至德元年（756 年）至哀帝天祐三年（907 年）共127 位御史大夫中，兼領節度使者56 人，占45%；升任宰相者38 人，占30%；封異姓王者3 人；守本官者16 人，升爲六部尚書者6 人，兼領諸使者5 人，貶官者3 人，篡位者1 人。兼領節度使及升任宰相者，占御史大夫總數的75%，是唐後期御史大夫遷轉的主要去向，少數甚至能夠封王。另外，唐後期還有由御史中丞直接提拔爲宰相的例子，如憲宗朝崔群、崔植，懿宗朝趙隱，均由御史中丞任上直接進入宰相集團。可見，唐代中後期御史大夫仍然是宰輔

〔註32〕唐・李華：《御史大夫廳壁記》，《全唐文》卷三一六，第 1906 頁。

〔註33〕宋・王讜撰、周勳初校證：《唐語林校證》卷八「補遺」，中華書局 2008 年版，第 692 頁。（以下版本號略）

〔註34〕宋・王溥：《唐會要》卷六〇「御史大夫」，第 1235 頁。

先路，離入閣拜相只差一步之遙了。雖然御史大夫的實際權力、地位較前期下降許多，履行監察職能的效果與前期不可同日而語，但在官員的晉升中，御史大夫和御史中丞還是具有明顯優勢，唐代著名宰相杜淹、狄仁傑、宋璟、張說、李光弼、令狐楚、李德裕、徐彥若等，均直接或間接由御史大夫升爲宰相。

五、高風險、高壓力

御史職位向被視爲「清要之職」、「宰輔先路」，但權力和義務是統一的，御史的工作對象是皇帝和文武百官，上要規諫天子，下須彈劾百官，往往是「上逆龍鱗而犯忌諱，下結仇怨而取禍患。」（《陳謹始之道以隆聖業疏》）〔註35〕這決定了御史職務高風險、高壓力的職位特點。

御史的職業風險之一，首先來自皇權的威脅和牴觸。「不諫則危君，諫則危身。與其危君，寧危身」〔註36〕御史進諫需要無私、無畏的勇氣，皇帝納諫更需要寬廣的心胸。中國歷史上，像「貞觀之治」那樣的清明政治是不多的，即使在貞觀朝，太宗納諫的態度前後大不一樣，如《貞觀政要》卷二載：

> 貞觀十二年，……太宗又曰：「今日所行，與往前何異？」徵
> 曰：「貞觀之初，恐人不言，導之使諫。三年已後，見人諫諍，悅而
> 從之。一二年來，不悅人諫，雖勉勉聽受，而終有難色。」〔註37〕

貞觀初，太宗對隋亡之事，心有餘悸，故從諫如流。貞觀後期，朝政日趨清平，太宗亦有倦怠之色。此人性之弱點，賢愚不免。

唐代中、後期，皇帝或生深宮之中，長於婦人之手，不知稼穡之艱；或昏庸不堪，忠奸不辨，任用宦官；或猜疑多忌，不用賢臣。《資治通鑑》卷二三四「德宗貞元十年」條載：

> 上性猜忌，不委任臣下，官無大小，必自選而用之。宰相進擬，
> 少所稱可，及群臣一有譴責，往往終身不復收用。好以辯給取人，
> 不得敦實之士；艱於進用，群材滯淹。〔註38〕

〔註35〕明‧陳子龍等編：《明經世文編》卷三一〇，中華書局1962年版。

〔註36〕漢‧劉向撰、向宗魯校正：《說苑校正》卷九《正諫》，中華書局1987年版，第206頁。

〔註37〕唐‧吳兢撰、謝保成集校：《貞觀政要》卷二，中華書局2003年版，第142頁。（以下版本號略）

〔註38〕宋‧司馬光：《資治通鑒》卷二三四，中華書局2007年版，第2897頁。（以

德宗猜忌心甚重，御史進諫，稍不合旨意，便終身不再任用。這種情況，無疑加大了諫諍的難度。御史進諫的內容往往會觸及皇帝的隱私、利益，觸犯皇帝的尊嚴。「德宗晚年，政出多門，宰相不專機務，宮市之弊，諫官論之不聽。」〔註39〕貞元十九年（803年），監察御史韓愈上疏論天旱人饑，為京兆尹李實所譖，皇帝怒貶韓愈為陽山令。皇帝高高在上，難以容忍臣下指責其弊，對不合聖意者，輕則貶官，重則痛下殺手。這就增添了御史職位的風險性。

御史的職業風險之二，還來自權臣、宦官之打擊報復。御史以彈劾為基本職責，其剛正之性格，見奸佞必欲除之。奸佞邪惡之徒，視御史為「眼中釘」，必想方設法打擊報復、設計陷害。歷代皇帝昏庸者多、英明者寡，對御史遭受誣陷之事難以明察秋毫，奸人則口蜜腹劍、巧舌如簧，容易騙取昏庸帝王的信任，以至「忠而見疑，言而被謗」的悲劇在歷史上不斷重演。這種正、邪之間的尖銳對立和衝突，勢必增加御史彈劾的壓力和御史的職業的風險。

唐代御史因彈劾奸佞而受打擊、報復、迫害之例，不勝枚舉。睿宗景雲元年，「侍御史楊孚彈糾不避權貴，權貴毀之。上曰：『鷹搏狡兔，須急救之，不爾必反為所噬，御史繩奸佞亦然。苟非人主保衛之，則亦為奸慝所噬矣。』」〔註40〕侍御史楊孚因彈劾權貴，遭到權倖報復。唐後期還發生宦官打擊、報復御史的事件，元稹在敷水驛，受到宦官仇士良的毆打，事後元稹竟被指責為「少年後輩，務作威福」，貶為江陵府士曹參軍。李款，文宗時為侍御史，「鄭注邠寧入朝，款伏閣彈注云：『內通敕使，外結朝官，兩地往來，卜射財貨。晝伏夜動，干竊化權。人不敢言，道路以目，請付法司。』」〔註41〕面對李款上疏彈劾，昏庸的文宗竟不理睬，「尋授注通王府司馬，充右神策判官」，一時「中外駭歎。」〔註42〕

綜上所述，御史職位既頗為雄峻，堪稱宰輔先路，為士人歆羨的「清要之職」，又具有高風險、高壓力的職業特點。御史臺這種職位特徵，對唐代御史的人格特質、心態及政治思維模式的形成均有重要影響。

下版本號略）
〔註39〕後晉・劉昫：《舊唐書》卷一六○《韓愈傳》，第4195頁。
〔註40〕宋・司馬光：《資治通鑒》卷二一○「唐紀二六」，第2573頁。
〔註41〕後晉・劉昫：《舊唐書》卷一六九《鄭注傳》，第4399～4400頁。
〔註42〕後晉・劉昫：《舊唐書》卷一六九《鄭注傳》，第4400頁。

第二節　唐代御史臺的職官設置

唐代中央監察機構包括御史臺系統和諫官系統兩部分，其中御史臺是主管全國監察的機關，諫院主要行使諫諍之責。有關唐代諫官的設置及其責權體系，學界已多有詳細論述。〔註43〕茲將御史臺的設置與職責介紹於次。

一、御史大夫和御史中丞

1. 御史大夫

御史大夫是御史臺的長官。唐朝御史大夫爲從三品，龍朔二年（662 年）改爲大司憲，咸亨元年（670 年）復爲御史大夫。唐初，御史大夫的品秩定制爲從三品，《唐六典》卷一三《御史臺》載：御史臺設「御史大夫一人，從三品」，〔註44〕武宗會昌二年（842 年）十二月敕：「御史大夫，秦爲正卿，漢爲副相，漢末改爲大司空，與丞相俱爲三公。掌邦國刑憲，肅政朝廷，其任既重，品秩宜峻。……昇爲正三品，著之於令。」〔註45〕從此御史大夫昇爲正三品，與各部尚書品階相同。

御史大夫的主要職責是：「掌邦國刑憲典章之政令，以肅政朝列。」又《舊唐書》卷四四《職官志三》載：「大夫……掌持邦國刑憲典章，以肅政朝廷。中丞爲之貳。凡天下之人，有稱冤而無告者，與三司訊之。凡中外百僚之事，應彈劾者，御史言於大夫。大事則方幅奏彈之，小事署名而已。若有制使覆囚徒，則與刑部尚書參擇之。凡國有大禮，則乘輅車以爲之導。」〔註46〕可知御史大夫乃是掌管唐王朝國家法制、禮儀、政紀的高級官吏。

唐代御史大夫地位尊崇，權勢顯赫，在國家政治生活中舉足輕重。不僅許多名臣都任過此職，如太宗朝杜淹、溫彥博、蕭瑀、馬周；高宗武后時期的魏元中、魏思謙；玄宗時的李傑、李朝隱、尹思貞；憲宗時的李夷簡、李元素、趙宗儒等，而且許多人還從御史大夫任上直接出任宰相，如馬周，貞觀六年，「授監察御史，……尋除侍御史，……十五年，遷治書侍御史，……十八年，遷中書令。」劉仁軌，麟德二年（665 年）「擢拜大司

〔註43〕傅紹良：《唐代諫議制度與文人》，中國社會科學出版社 2003 年版，第 53～71頁。

〔註44〕唐・李林甫等：《唐六典》卷一三《御史臺》，第 377 頁。

〔註45〕後晉・劉昫：《舊唐書》卷四四《職官志三》，第 1861 頁。

〔註46〕後晉・劉昫：《舊唐書》卷四四《職官志三》，第 1862 頁。

憲」，「乾封元年，遷右相，兼檢校太子左中護。」這些令人回想起御史臺長官當時曾有過的顯赫政治地位。「安史之亂」前，唐代御史大夫地位崇高，爲朝廷重臣。

「安史之亂」堪稱唐王朝由盛轉衰的轉折點。御史大夫的設置也發生了重要變化，學界普遍認爲，「安史之亂」後的肅宗、代宗兩朝，御史大夫仍然常置，且一直是御史臺的臺長。德宗貞元年間，御史大夫便「官不常置」。〔註47〕事實果眞是如此嗎？

讓我們首先來看德宗貞元年間御史大夫的任職情況，見本書附錄表二所示。從表二可以看出，貞元年間，共有 32 人次在御史大夫任上，貞元元年、八年、九年、十五年、十七年、十八年還有多人任御史大夫。況且唐代史料散佚嚴重，十不存一，以上統計勢必存在疏漏，貞元年間御史大夫任職的實際情況肯定比統計要多。但僅據上列事實，足可說明貞元年間有御史大夫在任，而非學界普遍認爲的「貞元年間，幾乎沒有一位御史大夫在位。」

那麼，應如何認識史書所謂御史大夫「自貞元中位缺，久難其人」〔註48〕的情況呢？這裡關鍵是對「官不常置」的理解問題。德宗即位之初，曾勵精圖治，欲以振作，「擢崔祐甫爲相，頗用道德寬大，以弘上意，故建中初政聲藹然，海內想望貞觀之理。」〔註49〕但自朱泚之亂後，卻大乖前志，無所作爲，朝政混亂不堪，藩鎮勢力猖獗。史載：「上性猜疑，不委任臣下，官無大小，必自選而用之，宰相進擬，少所稱可。及群臣一有譴責，往往終身不復收用。好以辯給取人，不得敦實之士；艱於進用，群才淹滯。」〔註50〕自陸贄被貶之後，「尤不任宰相，自御史、刺史、縣令以上皆自選用，中書行文書而已。」〔註51〕在此情況下，德宗雖授於臣下御史大夫之職，但多爲虛銜，並不主持御史臺實際事務，而讓級別較低的御史中丞實際負責御史臺工作，以便自己對御史臺的直接控制。所以，所謂「官不常置」應是不按照正常的

〔註47〕 胡滄澤先生認爲：「從德宗貞元二年……以後，直至貞元二十一年德宗去世，在這二十年的時間裏，竟找不到一個在御史臺任職的御史大夫（兼任的不算）。」見《唐代御史制度》，（福建教育出版社 2000 年版）第 25 頁。余華青《中國古代廉政制度史》（上海人民出版社 2007 年版），賈玉英《中國古代監察制度發展史》（人民出版社 2004 年版）均持相似觀點。

〔註48〕 《冊府元龜》卷五二一《憲官部·不稱》。

〔註49〕 後晉·劉昫：《舊唐書》卷一三五《盧杞傳》，第 3714～3715 頁。

〔註50〕 宋·司馬光：《資治通鑒》卷二三四「貞元十年」，第 2897 頁。

〔註51〕 宋·司馬光：《資治通鑒》卷二三五「貞元十二年」，第 2906 頁。

程序設置御史大夫，絕非不設御史大夫。學界卻將「官不常置」理解爲不經常設置、甚至不設置御史大夫，一字理解不同，謬以千里。

憲宗朝，御史大夫又活躍在唐代政壇，如《舊唐書》卷一六七《趙宗儒傳》：「元和初，檢校禮部尙書，判東都尙書省事、兼御史大夫，充東都留守、畿汝都防禦使。」〔註52〕《舊唐書》卷一五《憲宗紀下》：「（元和十三年）三月庚寅，以前劍南西川節度使李夷簡爲御史大夫。」〔註53〕憲宗時期著名政治家鄭元、李元素、李夷簡、李絳等都任過御史大夫。此後直至宣宗、僖宗、昭宗朝，不斷出現御史大夫任職的情況。如穆宗朝賈直言、柳公綽、韓愈、崔群、李德裕、令狐楚，其中韓愈、柳公綽還是著名文學家。晚唐亂世中，御史大夫仍然地位尊崇，是士人期羨的要職和入相的重要途徑。敬宗朝的李德裕、王涯、令狐楚，宣宗朝的顏晁、鄭涓，僖宗朝的李茂貞、王徽、以克讓、李國昌、裴瓚，昭宗朝的王溥、朱友謙、盧彥威、王師範、徐彥若等均任過御史大夫。直至唐哀帝時，仍有御史大夫的記載，如李琢、李崿、薛貽矩即任過御史大夫。

2. 御史中丞

御史中丞是御史大夫的副職。《唐六典》卷一三《御史臺》載：「中丞二人，正五品。」〔註54〕貞觀中，仍置持書侍御史二人，貞觀二十三年七月三日，因爲避諱高宗李治名字的緣故，將持書侍御史改爲御史中丞。〔註55〕龍朔二年（662年）又改爲司憲大夫，咸亨元年（670年）復爲御史中丞。自後至唐末均稱御史中丞。唐御史中丞官階本爲正五品，武宗會昌二年（842年），牛僧儒等奏請：「御史中丞爲大夫之貳，緣大夫職崇，官不常置，中丞爲憲臺之長。今九寺少卿及秘書少監，以國子監司業、京兆尹，並府寺省監之貳，皆爲四品，唯御史中丞官業雖重，品秩未崇。升爲正四品下，爲大夫之貳，令不隔品，亦與丞郎出入秩同，以重其任。」〔註56〕與此同時，中書門下亦奏云：「蹇諤之地，宜老成之人，秩未優崇，則難用耆德。……又御史中丞爲大夫之貳，緣大夫秩崇，官不常置。中丞爲憲臺之長。今寺監、少卿、少監、司業、少尹並爲寺署之貳，皆爲四品。中丞官名至重，見秩未崇，望升爲從

〔註52〕後晉·劉昫：《舊唐書》卷一六七《趙宗儒傳》，第4362頁。
〔註53〕後晉·劉昫：《舊唐書》卷一五《憲宗紀下》，第462頁。
〔註54〕唐·李林甫等：《唐六典》卷一三《御史臺》，第378頁。
〔註55〕宋·王溥撰：《唐會要》卷六○《御史臺上》「御史中丞」條，第1236頁。
〔註56〕宋·王溥撰：《唐會要》卷六○《御史臺》「御史大夫」條，第1235頁。

四品。」〔註 57〕遂爲正四品下。在中晚唐御史地位實際下降的情況下，朝廷力圖通過提高其品階來加強對官吏的監督監察。唐代御史中丞設二員，其中一名在長安作爲御史大夫的副手掌御史臺工作，另一員在東都洛陽主持東都留臺的工作。

　　《唐六典》卷一三《御史臺》載：「御史大夫之職，掌邦國刑憲典章之政令，……中丞爲之貳。」〔註 58〕又《舊唐書》卷《職官志三》載：「大夫掌持邦國刑憲典章，以肅政朝廷。中丞爲之貳。」〔註 59〕可見，御史中丞作爲御史大夫的副手，其工作職責是輔助御史大夫共同履行其職責。需要指出的是，唐「安史之亂」前，御史中丞主要作爲御史大夫的副手，協助御史大夫工作。「安史之亂」後，在唐中後期大部分時間，御史中丞實際上是御史臺的負責人。如穆宗時期著名政治家李德裕、牛僧儒，敬宗時的王璠、獨孤郎，文宗時的溫造、宇文鼎、丁居晦、高元裕，武宗的李回，宣宗時期的封敖、令狐陶等，都曾作過御史中丞。

二、臺、殿、察三院御史

　　唐代御史臺的所屬機構有臺院、殿院、察院，分別由侍御史、殿中侍御史、監察御史任職，統稱三院御史，御史臺的具體職能工作，主要是由三院御史完成的，以下分述之。

1. 臺院和侍御史

　　臺院是侍御史的辦公場所。唐置「侍御史四員，從六品下。」〔註 60〕唐代侍御史的職責是：「掌糾舉百僚，推鞫獄訟。凡有別付推者，則按其實狀以奏。若尋常之獄，推訖斷於大理。凡事非大夫、中丞所劾，而合彈奏者，則具其事爲狀，大夫、中丞押奏。大事則冠法冠，衣朱衣纁裳，白紗中單以彈之，小事常服而已。凡三司理事，則與給事中、中書舍人、更直直於朝堂受表。若三司所按而非其長官，則與刑部郎中員外、大理司直評事往訊之。」〔註 61〕又《唐六典》卷一三《御史臺》云：侍御史掌「糾舉

〔註57〕後晉・劉昫：《舊唐書》卷一八上《武宗紀》，第 587 頁。
〔註58〕唐・李林甫等：《唐六典》卷一三《御史臺》，第 377 頁。
〔註59〕後晉・劉昫：《舊唐書》卷四四《職官志三》，第 1862 頁。
〔註60〕後晉・劉昫：《舊唐書》卷四四《職官志三》，第 1862 頁。
〔註61〕後晉・劉昫：《舊唐書》卷四四《職官志三》，第 1862 頁。

百僚，推鞫獄訟。其職有六：一曰奏彈；二曰三司；三曰西推；四曰東推；五曰贓贖；六曰理匭。」〔註62〕可見，侍御史的主要職責就是糾劾百官，審訊案件，以及處理御史臺的內部事物。侍御史中年資最深者一人，「判臺事，知公廨雜事等，」即處理御史臺的日常行政事務，故此人又稱雜端、端公、院長。他還可以管「殿中、監察執掌，進名、遷改，及令史考第」，由於「臺內事（由其）專決，亦號臺端。」雜端在三院御史中地位最爲雄踞，往往晉升爲御史中丞。侍御史中第二人負責彈奏事宜。侍御史第三、四人知東、西推。所謂東、西推，就是將京城百司及諸州分爲東、西兩部分，各有侍御史一人負責監察。侍御史還可與其他部門組成「三司推事」，共同鞫審大獄，參與司法審判。

臺院還設「主簿一人，從七品下。主簿掌印及受事發辰、勾檢稽失、兼知府廚及黃卷。」主簿主要掌印、收發文牒，考覈、檢查文牒中有無漏失，並管理機關事務和書御史闕失的重要文本 —— 黃卷。「錄事二人，從七品下。」錄事是主簿之輔佐，此外，臺院還有「主事二人，令史十七人，書令史二十三人，亭長六人，掌固十二人」，均爲一般辦事人員。

2. 殿院和殿中侍御史

殿院是殿中侍御史的辦公之地。唐武德五年（622年），置殿中侍御史四人，正八品上。貞觀二十二年（626年），增加員額、品階，殿中侍御史遂爲「六人，從七品上。」

唐代殿中侍御史職責是：「掌殿廷供奉之儀式。凡多至、元正大朝會，則具服升殿。若郊祀、巡幸，則與鹵簿中糾察非違，具服從於旌門，視文物所有虧闕，則糾之。凡兩京城內，則分知左右巡，各察其所巡之內有不法之事。」〔註63〕可見，殿中侍御史的主要職責是掌管坐朝事宜。《唐會要》卷六二《值班》載：「大足元年，王無兢爲殿中侍御史，正班於閤門外，宰相團立於班北。無兢前曰：『去上不遠，公雖大臣，自須肅敬。』以笏揮之，請齊班。」〔註64〕即使宰相違反朝儀，殿中侍御史亦可理直氣壯地彈劾。

殿中侍御史的另一重要職責是「分知左右巡，各察其所巡之內有不法之事。」這些不法之事包括「左降流移停匿不去，及妖訛宿宵，蒲搏盜竊，獄

〔註62〕唐・李林甫等：《唐六典》卷一三《御史臺》，第380頁。
〔註63〕後晉・劉昫：《舊唐書》卷四四《職官志三》，第1863頁。
〔註64〕宋・王溥撰：《唐會要》卷六二《御史臺下》「知班」，第1278頁。

訟冤濫，諸州綱典貿易，賦斂違法」等。〔註65〕殿中侍御史還與侍御史共掌推鞫之事，合稱「四推御史」。唐王朝十分注意對經濟犯罪的防範。殿中侍御史負有監察倉庫出納的重要職責。「倉」即司農寺太倉署所管國家糧倉，「庫」即太府寺左藏署所管國家金庫。唐前期，知東推的殿中侍御史監察太倉出納，知西推的殿中侍御史監察左藏出納。

3. 察院和監察御史

察院是監察御史的辦公所在地。唐武德初（618年）沿隋制，設監察御史八員，貞觀二十二年（626年）加置二員，遂為十人。又《新唐書・百官志三》云：「察院有計史三十四人，令史十人，掌固十二人。」〔註66〕可見察院還有令史等。監察御史品階初為從八品上，垂拱令升為正八品上。〔註67〕

在三院御史中，監察御史頗引人矚目，監察御史雖然官品最低，但其監察所涉及的方面最為廣泛，《舊唐書》卷四四《職官志三》云：監察御史主要「掌分察巡按郡縣、屯田、鑄錢、嶺南選補、知太府、司農出納，監決囚徒。監察祀則閱牲牢，省器服，不敬則劾祭官。尚書省有會議，亦監其過謬。凡百官宴會、習射，亦如之。」〔註68〕《新唐書・百官志三》對監察御史的職責範圍有詳細的記載：

> 監察御史……掌分察百僚，巡按州縣、獄訟、軍戎、祭祀、營作、太府出納皆蒞焉；知朝堂左右廂及百司綱目。

> 凡十道巡按，以判官二人為佐，務繁，則有支使。其一，察官人善惡；其二，察戶口流散，籍賬隱沒，賦役不均；其三，察農桑不勤，倉庫耗減；其四，察妖猾盜賊，不事生業，為私蠹害；其五，查德行孝悌，茂才異等，藏器晦跡，應時用者；其六，查點吏豪宗兼併縱暴，貧弱冤苦不能自伸者。

> 凡戰伐大克獲，則數俘馘，審功賞，然後奏之。屯田，鑄錢，嶺南、黔府選補，亦視功過糾察。決囚徒，則與中書舍人、金吾將軍蒞之。國忌齋，則與殿中侍御史分察寺觀。蒞宴射、習射及大祠、中祠，視不如儀者以聞。

〔註65〕唐・李林甫等：《唐六典》卷一三《御史臺》，第380頁。
〔註66〕宋・歐陽修：《新唐書》卷四八《百官志三》，第1239頁。
〔註67〕唐・李林甫等：《唐六典》卷一三《御史臺》，第381頁。
〔註68〕後晉・劉昫：《舊唐書》卷四四《職官志三》，第1863頁。

初，開元中，兼巡傳驛，至二十五年，以監察御史檢校兩京館驛。大曆十四年，兩京以（監察）御史一人知館驛，號館驛使。監察御史分察尚書省六司，緣下第一人爲始，出使亦然。興元元年，以第一人察吏部、禮部，兼監祭使；第二人察兵部、工部，兼館驛使；第三人察戶部、刑部。歲終議殿最。元和中，以新人不出使無以觀能否，乃命顓察尚書省，號曰六察官。開元十九年，以監察御史二人蒞太倉、左藏庫。三院御史，皆初領繁劇外府推事。〔註69〕

可見，監察御史之職，職能浩繁，就主要職責而言，以分察和分巡最爲重要。從中央三省六部長官到地方州郡官僚都在監察御史的巡察範圍內，還具有監祭祀、監習射、監府廩、監財政，監選、監考等職能，一旦發現違法之處，即可實施彈劾。唐人所謂「御史爲風霜之任，彈糾不法，百僚震恐，官之雄峻，莫之比也。」〔註70〕主要指監察御史而言。

三院御史除了正員之外，還有員外、試、裏行及內供奉等員。《通典》卷二四《監察侍御史》曰：「凡諸內供奉及裏行，其員數各居正官之半，唯俸祿有差，職事與正同。」〔註71〕可見內供奉及裏行一般不得超過正員數的一半。員外及試則無員額限制。裏行一職，起於貞觀朝，馬周初爲布衣，太宗令其於監察御史裏行，自此便置「裏行」之名。神龍元年（705年）罷員外及試官，「裏行」及「內供奉」終唐一世沿置不替。

由上述可知，三院御史中，侍御史主要職能是彈奏，殿中侍御史主要職能是知班，監察御史主要職能是巡察。「實際上除了一些固定的具體職事如臺院的知雜，殿院的左右巡，察院的監祭等之外，彈奏、知班、出使是三院御史都能承擔的，比如侍御史。殿中侍御史、監察御史都曾出使監軍，三院御史亦可知班。」〔註72〕唐前期，御史臺分工明確，後期，三院御史並不拘泥於分工。關於臺、殿、察三院在御史臺的總體情況，趙璘《因話錄》云：

> 御史臺三院，一曰臺院。其僚曰侍御史，眾呼爲「端公」。見宰相及臺長，則曰「某姓侍御」。知雜事，謂之「雜端」，見臺長，則曰「知雜侍御」。雖他官高職兼之，其侍御號不改。見宰相，則曰

〔註69〕宋・歐陽修：《新唐書》卷八四《百官志三》，第1239～1240頁。
〔註70〕唐・杜佑：《通典》卷二四《職官六》，第141頁。
〔註71〕唐・杜佑：《通典》卷二四《職官六》，第144頁。
〔註72〕張國剛：《唐代官制》，三秦出版社1987年版，第87頁。（以下版本號略）

「知雜某姓某官」。臺院非知雜者，乃俗號「散端」。二曰殿院。其
僚曰殿中侍御史，眾呼爲「侍御」。見宰相及臺長「雜端」，則曰「某
姓殿中」，最新入，知右巡；已次知左巡，號「兩巡使」，所主繁劇。
及遷向上，則又入推，益爲勞肩，惟其中間，則入清閒。故臺中諺
曰：「免巡未推，只得自知。」言其暢適也。廳有壁畫小山水甚工，
云是吳道玄眞跡。三曰察院，其僚曰監察御史，眾呼亦曰「侍御」。
見宰相及臺長「雜端」，則曰「某姓監察」。若三院同見臺長，則通
曰「三院侍御」，而主簿紀其所行之事。〔註73〕

御史臺三院的創置，是中國古代御史制度在唐代成熟的標誌之一，臺、殿、
察三院分工明確，各司其職；御史大夫、御史中丞、侍御史、殿中侍御史、
監察御史等，自上而下，職責分明，相互配合，構成了相當嚴密的監察體系，
使得唐代御史成爲一個極富責任感和影響力的監察群體。

三、東都留臺及外臺御史

（一）東都留臺

唐代以長安爲首都，洛陽爲陪都，因洛陽在長安以東，故又稱東都。御
史臺作爲唐王朝監察機關，在兩都均設有機構。東都御史臺簡稱東臺、留臺。

東都御史臺不設御史大夫，以御史中丞爲長官。東都留臺作爲御史臺的
派出機構，本身規模較小，《唐會要》卷六十「東都留臺」條云：「舊制，中
都留臺官，自中丞以下，員額七員；中丞一員，侍御史一員，殿中侍御史二
員，監察御史三員。」〔註74〕又《唐六典》卷十三《御史臺》云：「駕幸京都，
大夫從行，則令中丞一人留在臺，並殿中侍御史一人若別敕留守，不在此限。」
〔註75〕這裡，「京」特指長安，「都」特指洛陽。可見，唐初皇帝往來兩京時，
御史臺並不全臺出動隨行，而是御史大夫隨皇帝出行，中丞各留一人在東西
兩臺主持工作，另留殿中侍御史一人協助處理日常事務，遂逐漸形成東、西
兩臺各有一名御史中丞的格局。「安史之亂」後，皇帝久住長安，東都留臺便
因循舊例，由御史中丞主持臺務。《唐會要》載：「（元和）十三年三月，以權
知御史中丞崔元略爲東都留臺。自後但以侍御史、殿中侍御史、監察御史共

〔註73〕唐·趙璘：《因話錄》，見《中華野史》，泰山出版社1999年版，第579頁。
〔註74〕宋·王溥撰：《唐會要》卷六〇「御史臺上」，第1233～1234頁。
〔註75〕唐·李林甫等：《唐六典》卷一三《御史臺》，第380頁。

主留臺之務，而三院御史亦不常備焉。」〔註76〕此後，東都留臺便不以御史中丞爲長官。

東都留臺的監察範圍，《全唐文》卷二三〇趙煜《東都留臺石柱記》曰：「夫洛陽有明堂、辟雍、太倉、武庫、郊廟、百祀、邦畿百域有不如法，得舉劾之。」如果說監察、彈劾明堂、辟雍、太倉、武庫、郊廟、百祀等職責的界定稍嫌籠統，那麼，元稹在留臺監察御史任上的所作所爲，給我們認識留臺的工作範圍提供了一個絕好的個案。元和四年（809 年），元稹任留臺監察御史，他在長慶末年編刪文稿時寫過一篇《自敘》，述及他在留臺監察御史任上的所作所爲：

> 分莅東臺，天子久不在都，都下多不法者。百司皆牢獄，有栽接吏械人逾歲而臺府不得而知之者，予因飛奏絕百司專禁錮。河南尉叛官，予劾之，忤宰相旨。監徐使死於軍，徐帥郵傳其柩，柩至洛，其下毆詬主郵吏，予命吏徙柩於外，不得復乘傳。浙西觀察使封杖決安吉令至死；河南尹誣奏書生尹太階請死之；飛龍使誘趙寔家逃奴爲養子；田季安盜取洛陽衣冠女；汴州沒入死商錢且千萬；滑州賦於民以千，授於人以八百；朝廷饋東師，主計者誤命牛車四千三百乘舁越太行。類是數十事，或移、或奏，皆止之。貞元已來，不慣用文法，內外寵臣皆喑鳴。會河南尹房式詐謾事發，奏攝之。

〔註77〕

東都留臺的監察工作，並不僅限於此例，又如《大唐新語》載：「劉童爲御史，東都留臺，時蘭漠爲留守，輒役數百人修宮內。劉童爲盛夏不宜擅役功力，漠拒之曰：『別奉進旨。』童奏之，招決漠二十下，謫嶺南。」〔註78〕從上述材料至少可看出：

一是東都留臺監察範圍頗爲廣泛，超出洛陽範圍，在相當大的地域，甚至江浙一帶均可行使監察權。

二是留臺作爲御史臺的派出機構，不但有效地運作，其監察權力仍然很大。關於河南尹房式一案，《資治通鑑》卷二三八有較詳細的記載：「（元和五

〔註76〕宋・王溥：《唐會要》卷六〇「御史臺上」，第 1234 頁。

〔註77〕後晉・劉昫：《舊唐書》卷一六六《元稹傳》，第 4337 頁。

〔註78〕唐・劉肅撰：《大唐新語》卷七《容恕》，見《唐五代筆記小說大觀》，上海古籍出版社 2000 年版，第 276 頁。（以下版本號略）

年），河南尹房式有不法事，東臺監察御史元稹奏攝之，擅令停務；朝廷以爲不可，罰（稹）一季俸，召還西京。」〔註79〕河南尹是從三品的封疆大吏，被只有正八品下的監察御史越職停務而不敢違抗，東臺御史權重可見一斑。不過，總體上唐代御史還是熱衷京城長安御史臺職務。韓愈《大唐故殿中侍御史隴西李府君墓誌銘並序》記載李虛中任監察御史，「及由蜀來，輩類御史皆樂在朝廷進取，君獨念寡稚，求分司東出。嗚呼，其仁哉！」〔註80〕即是明證。

東都留臺除上述權力之外，還擁有司法審判權，並監察大理寺、刑部的司法審判、司法行政活動。爲了避免干擾，唐王朝對一些高官的犯罪問題往往實行「異地審判」制度，東都留臺相應也會承擔審判職責。如玄宗時，宰相宋璟之子宋渾、宋恕皆「依倚權勢，頗爲貪暴」，天寶九載（750 年），「林甫奏稱璟子渾就東京臺推，恕就本使劍南推，皆有實狀，渾流嶺南高要郡，恕流海康郡。」〔註81〕德宗時，「齊抗捕得劫轉運絹賊郭，朱瞿等七人，及贓絹，詔令杜亞與留臺同鞫之，皆首伏。」〔註82〕都是東都留臺參與司法審判的例子。

東都留臺和西京御史臺一樣，還可監察大理寺、刑部的司法審判、司法行政活動。如《王府君墓誌銘並序》載：「俄以本官歸御史府，滿歲，專殿中，皆留臺爲監察。……爲殿中時，有鹽鐵贓吏，本罪抵死，大理斷流，敕下東臺，公不奉詔，抗疏論奏，竟當昏辜，由是穆宗深奇之。」〔註83〕這是東都留臺監察大理寺、刑部的司法審判活動的典型例子。另外，西京御史臺地處長安，履行職責時不可避免地受皇帝、權貴、宦官寵臣等的掣肘，加之御史眾多，相互牽制，政出多門。相比之下，留臺御史較少，地處洛陽，反而較少受到干擾，以至於一段時期內「眾所嚴憚，愈於京師。改由臨之者，專也；奉之者，一也。專則權有獨斷，一則政無多門。」〔註84〕

〔註79〕宋・司馬光：《資治通鑒》卷二三八，第 2943 頁。

〔註80〕周紹良主編：《唐代墓誌彙編》元和〇六五，第 1994 頁。

〔註81〕後晉・劉昫：《舊唐書》卷九六《宋璟傳》，第 3036 頁。

〔註82〕後晉・劉昫：《舊唐書》卷一二四《令狐運傳》，第 3531 頁。

〔註83〕《唐故朝散大夫守尚書吏部郎中兼侍御史知雜事上柱國臨沂縣開國男食邑三百戶琅琊王府君墓誌銘並序》，周紹良主編：《唐代墓誌彙編》下冊「太和〇五四」，上海古籍出版社 1992 年版，第 2134 頁。

〔註84〕唐・趙煜：《東都留臺石柱記》，《全唐文》卷三三〇，第 1991 頁。

（二）外　臺

開元以前，諸節度使並不帶御史銜，「自張守珪爲幽州節度，加御史大夫，幕府始帶憲官，由是方面威權益重。遊宦之士，至以朝廷爲閒地，謂幕府爲要津。遷騰倏忽，坐致郎省，彈劾之職，遂不復舉。」〔註85〕這是唐代監察制度發生變化的一個轉折點，諸節度使本來即是方面大員，又兼御史大夫，權力更爲加強，一般文士追名逐利，紛紛投往幕府是必然的。「安史之亂」後，唐代諸道方鎮參佐均帶御史銜，度支、鹽鐵、轉運等巡院官員亦帶御史銜，稱爲外臺，享有一定的監察權。

高元裕《請外臺御史振舉舊章奏》云：

> 伏以天下三司監院官帶御史者，從前謂之外臺，得以察訪所在風俗，按舉不法。元和四年，御史中丞李夷簡亦曾奏，知監院官多是臺中僚屬，伏請委以各訪察本道使司及州縣有違格敕不公等事，罕能遵行，歲月既久，事須振起。伏請自今已後，三司知監院官帶御史者，並屬臺司；凡有紀綱公事，得以指使。〔註86〕

可見，唐代中後期還是看重外臺的監察作用的。「安史之亂」以後外臺勢力的增長，並不意味著御史臺組織的發展，恰恰是諸道使府切割御史臺職權的表現。

學界對幕府僚佐帶憲職問題，還缺乏比較深入的探討，由此導致在一些文學家的任職問題上錯誤的結論。

唐代方鎮文職僚佐的設置及員額，《新唐書》卷四九《百官志四》有較爲詳細的記載，嚴耕望《唐方鎮使府僚佐考》〔註87〕、戴偉華《唐方鎮文職僚佐考》〔註88〕均有論述，簡而言之，節度使有副使、行軍司馬、判官、支使、掌書記、推官、巡官、衙推各一人，如節度使兼觀察使、安撫使、營田使、招討使、經略使等等，則相應會增置幕府員額。幕府僚佐帶憲職，在講究等級的唐代官場應該亦有相應的制度規定。雖然這些制度記載已散佚不全，但我們從幕府參佐帶御史銜的現象中還是能總結一些規律。

一般而言，行軍司馬是節度使的上佐，常帶御史中丞或侍御史銜；判官

〔註85〕宋・王讜撰、周勳初校證：《唐語林校證》卷八「補遺」，第693頁。
〔註86〕唐・高元裕：《請外臺御史振舉舊章奏》，《全唐文》卷六九四，第4201頁。
〔註87〕嚴耕望：《唐史研究叢稿》，新亞研究所1980年版。
〔註88〕戴偉華：《唐方鎮文職僚佐考》，廣西師範大學出版社2007年版。

在幕府中地位甚高，「盡總府事」，〔註89〕往往帶殿中侍御史銜；掌書記以下，則多帶監察御史銜。這在中、晚唐時期越來越嚴格、規範。如《大唐中興頌》云：「尚書水部員外郎兼殿中侍御史、荊南節度判官元結撰。」〔註90〕韋皋，建中四年曾任殿中侍御史，鳳翔隴右節度使營田判官，〔註91〕王起，貞元中「以監察充掌書記。入朝爲殿中。」〔註92〕等等。當然，例外情況是有的，如《舊唐書·憲宗紀下》載，元和十二年（817年）秋七月，「制以中書侍郎、平章事裴度守門下侍郎、同平章事、使持節蔡州諸軍事蔡州刺史，充彰義軍節度、申光蔡觀察處置等使，仍充淮西宣慰處置使。……以刑部侍郎馬總兼御史大夫，充淮西行營諸軍宣慰副使。以太子右庶子韓愈兼御史中丞，充彰義軍行軍司馬。以司勳員外郎李正封、都官員外郎馮宿、禮部員外郎李宗閔皆兼侍御史，爲判官書記，從度出征。」〔註93〕平定淮西，事關朝廷安危，裴度以宰相身份出師，其幕府成員品階整體提高了一級，這也從側面證明一般情況下幕府判官多帶殿中侍御史銜。

李商隱於大中三年（849年）至大中五年（851年）在盧弘止幕府任節度判官，「（大中三年）十月，尚書范陽公以徐戎兇悍，節度闕判官，奏入幕。」（《樊南乙集序》）〔註94〕盧弘止任武寧使節度，邀李商隱入幕，還爲李商隱奏請了一個「侍御」的憲銜，如薛逢《重送徐州李從事商隱》有「蓮府望高奏御史」之句，李郢《重送李商隱侍御奉使入關》也稱李商隱爲「侍御」。那麼，李商隱究竟帶何種御史銜呢？

《新唐書》本傳云「王茂元鎮河陽，愛其才，表掌書記，以子妻之，得侍御史。」〔註95〕與李商隱自序不符，地名、官名皆誤。唐代稱監察御史、殿中侍御史皆曰「侍御」，〔註96〕劉學鍇《李商隱傳論》認定李商隱任監察御史銜，「此侍御定指監察御史。」〔註97〕事實上，李商隱既爲節度判官，〔註98〕他應

〔註89〕宋·司馬光：《資治通鑒》卷二一六「唐紀三二」，胡三省注。
〔註90〕唐·元結：《大唐中興頌》，《全唐文》卷三八〇，第2285頁。
〔註91〕後晉·劉昫：《舊唐書》卷一四〇《韋皋傳》，第3821頁。
〔註92〕後晉·劉昫：《舊唐書》卷一六四《王起傳》，第4278頁。
〔註93〕後晉·劉昫：《舊唐書》卷一五《憲宗下》，第460頁。
〔註94〕唐·李商隱：《樊南乙集序》，《全唐文》卷七七九，第4795頁。
〔註95〕宋·歐陽修：《新唐書》卷二〇三《文藝傳下·李商隱傳》，第5792頁。
〔註96〕見本章第二節「臺殿察三院御史」部分。
〔註97〕劉學鍇：《李商隱傳論》，安徽大學出版社2002年版，第361～362頁。
〔註98〕戴偉華：《唐方鎮文職僚佐考》引《新唐書》卷二〇三《李商隱傳》：「弘止歸

當帶殿中侍御史銜，才符合唐代官制。徐幕生涯結束後，李商隱於大中五年（851 年）任柳仲郢幕判官，其所帶銜例由殿中侍御史升為檢校工部員外郎，〔註99〕這也合乎唐代官員的陞遷慣例。

第三節　唐代御史臺的職權

　　唐代御史臺作為「人君耳目」，其本質是「治吏」之官，肩負「舉百司紊失，彈邪佞之文」的重任，直接關係封建政權的興衰存亡。睿宗李旦曾說：「彰善癉惡，激濁揚清，御史之職也。政之理亂，實由此也。」〔註100〕道出了御史的工作職責和作用。

　　關於唐代御史的職任及其演變，學界已多有探討，如胡滄澤先生《唐代御史制度》、胡寶華先生《唐代監察制度》及現已出版的數種《中國古代監察制度史》論著。資料詳實，分析細緻。下文據文獻資料，並參照歷家論著，對唐代御史的職責及任務作一考釋。

一、監察權

（一）彈劾權

　　沒有監督的權力必然導致腐敗。在中國封建社會的政權結構中，作為至高無上的皇帝，對所有官員擁有最終的處置權。但皇帝本人不可能對龐大的官僚機器的運行進行全面監督，這就需要專門負責監察的機構，監督權力的運行，並對運行過程中的違法亂紀行為進行彈劾、糾正，唐代御史的彈劾權正由此而來。唐代御史臺的主要職責即是彈劾官吏。有唐一代，隨政局、人事的變化，御史在實際政治生活中地位、不同時期御史職能發揮的好壞是不同的，由此彈劾的對象、內容、頻次、效果也發生相應的變化。為了便於論述，筆者先對唐代御史彈劾事件進行了統計，統計結果如本書附錄表三所示。

徐州，表為掌書記。」認為李商隱任盧弘止幕府掌書記，不確。按李商隱《樊南乙集序》中敘其徐幕情況時說：「故事，軍中移檄牒刺，皆不關決記室，判官專掌之。其關記室者，記室假，故余亦參雜應用。」明顯可見李商隱任判官職，兼記室部分工作。

〔註99〕宋・歐陽修：《新唐書》卷二○三《李商隱傳》，第 5793 頁。

〔註100〕《唐大詔令集》卷一○○，影印文淵閣四庫全書本，臺灣商務印書館 1983 年版。

1. 彈劾的提出

《舊唐書》卷《職官志三》載：「凡中外百僚之事，應彈劾者，御史言於大夫。大事則方幅奏彈之，小事署名而已。」〔註101〕御史臺負責對各級官吏的違法行為作出彈劾，重大彈劾事件須由御史大夫用專供彈劾使用的專折上奏皇帝，一般彈劾事件則署御史大夫名即可。由附表三統計可知，唐代御史提出彈劾一般有以下幾種情況：

（1）官員工作失職。包括戰爭中喪師過半、選舉中銓選不實、工作中嚴重失誤等，共約30起。（2）貪污受賄等經濟犯罪。包括賄賂、擅用官錢、違制貪贓等經濟問題，共57起。（3）刑事案件。諸如鞫獄殘酷、私殺曹吏、杖人致死、殺部曲等，共10起。（4）違法國家法律制度。包括虛增功狀、使役過度、漏泄試題、於私第上事、私加軍餉、失儀違格令等，共50起。（5）政治問題。如圖謀不軌、謀反、黨爭等12起。（6）御史誣告。有些御史乘機誣告、陷害等，共 6 起。可見，御史彈劾主要是針對官員的違法亂紀和經濟犯罪問題。

按照三院御史的分工，侍御史具體負責彈奏事宜。但在御史臺實際的監察實踐中，御史大夫、中丞及三院御史均可對官吏失職事件進行彈劾，並不限於侍御史。即使不為御史者，亦可對違法之事提出彈劾，如太宗朝薛國公長孫順德就因刺史張長貴佔地逾制而對其彈劾。如附表三所示，有關御史大夫彈劾的事件有20起，中丞彈劾事件21起，侍御史彈劾事件23起，殿中侍御史 10 起，監察御史彈劾事件 72 起。不為御史者彈劾 1 起。事實上，現存唐代史料不及原來的十分之一，唐代御史實際彈劾事件遠比統計要多，但本書的統計提供了足以反映總體情況的概數。

2. 彈劾的對象

從附表三可看出，被彈劾者中，褚遂良、魏元中、楊炎等都是官居高位的宰相，王晏平、柳晟均為節度使，杜黃裳為吏部侍郎、劉滋為刑部尚書、李齊連為京兆尹，均是位高權重的高級官吏，仍受到只是八品官的監察御史彈劾。《舊唐書》卷七四《孫逖傳》：「湜，景龍二年遷兵部侍郎，……俄拜吏部侍郎，尋轉中書侍郎、同中書門下平章事。與鄭愔同知選事，銓綜失序，為御史李尚隱所劾。」〔註102〕

〔註101〕後晉・劉昫：《舊唐書》卷四四《職官志三》，第 1862 頁。
〔註102〕後晉・劉昫：《舊唐書》卷七四《孫逖傳》，第 2622 頁。

即使是已故官員，如死後發現其生前有違法事情，仍然要受到彈劾和處分。如《舊唐書》卷一六六《元稹傳》載：

> 拜監察御史，（元和）四年，奉使東蜀，劾奏故劍南東川節度使嚴礪違制擅賦，又籍沒塗山甫等吏民八十八戶田宅一百一十一、奴婢二十七人、草千五百束、錢七千貫。時礪已死，七州刺史皆責罰。〔註103〕

3. 彈劾的效果

據附表三統計，唐代御史彈劾事例先後總計至少約214起，不可謂不多。那麼，彈劾的效果如何呢？

唐高祖、太宗時期，共有彈劾事件28起，其中3起夠不上彈劾，實際彈劾事件25起，彈劾有效者16起，有效率70%以上。唐代初期，政治清明，以法理天下，尤重憲官，皇帝對御史臺工作亦頗為重視。這是彈劾有效率高的主要原因。

高宗武后時期，共發生彈劾事件54起，彈劾有效者26起，有效率不到50%，可謂好壞參半。一般而言，高宗時期，御史彈劾有效率尚高。武后時期，武后為了鞏固自己的統治，重用酷吏，羅織迫害，希旨彈劾、風聞奏事等司空見慣，整個御史臺系統處於畸形狀態，故彈劾效率不高。但此期仍有不少御史能忠實履行職責，正氣凜然。如徐有功，「節操貞勁，器懷亮直，徇古人之志業，實一代之賢良。……當賊后遷鼎之際，酷吏羅織之辰，徐有功獨抗群邪，持平不撓。」〔註104〕為了司法公正，徐有功敢於武則天爭曲直，這在來俊臣等酷吏當道的大周王朝，實非常人所敢為，稱其為「獬豸之精」，確是名至實歸。

神龍三年（707年），監察御史魏傳弓劾奏內常侍輔信義縱暴，竇懷貞曰：「輔常侍深為安樂公主所信任，權勢甚高，常成禍福，何得輒有糾彈？」傳弓曰：「今王綱漸懷，君子道消，正由此輩擅權耳。若得今日殺之，明日受誅，無所恨。」〔註105〕高宗武后時期，酷吏橫行之際，一批御史之所以敢於彈劾，嫉惡如仇，一方面，唐王朝建國初確立的御史雄要地位，至此期並未完全動搖，在某些方面甚至還有所加強。另一方面，御史剛直不阿、大膽

〔註103〕後晉・劉昫：《舊唐書》卷一六六《元稹傳》，第4331頁。
〔註104〕後晉・劉昫：《舊唐書》卷八五《徐有功傳》，第2820頁。
〔註105〕宋・王溥撰：《唐會要》卷六一「彈劾」條，第1260頁。

彈劾之風，已形成一種新的社會風尚。這些御史們不怕打擊、不畏報復、敢於碰硬的無私無畏氣概，有力地維護了法律的尊嚴，在中國監察史上書寫了壯麗的篇章。

玄宗時期，共發生彈劾事件 32 起，其中御史彈劾 31 起，彈劾有效者 26 起，彈劾率達 80%以上。玄宗時彈劾事件主要發生在開元前期。開元初，御史臺運行又恢復正常，玄宗皇帝高度重視，支持御史臺工作。《舊唐書・玄宗紀上》載：「四年春正月癸未，尚衣奉御長孫昕恃以皇后妹婿，與其妹夫楊仙玉毆擊御史大夫李傑，上令朝堂斬昕以謝百官。」〔註106〕長孫昕自恃外戚，毆打御史大夫，玄宗將其斬首，有力地維護了御史的權威。

特別是開元十四年（726 年）崔隱甫任御史大夫後，御史臺工作日益規範，御史監察倉庫、巡察館驛等制度相繼建立。開元二十六年制定的《唐六典》，對御史臺職權作了明確規定，御史責權體系較之初唐進一步明確。御史彈劾有效率較高，正是開元年間御史臺運行比較規範的反映。開元後期及天寶年間，朝政日非，玄宗倦於政事，李林甫、楊國忠相繼專權，打擊御史，憲司重地遭到毀滅性打擊，多名御史、諫官被殺、政治生態日益惡化。少有御史彈劾事件發生。

肅宗朝以後，御史彈劾效果總體而言越來越差，特別是穆宗至唐末，近 80 年的時間裏，共記載彈劾事件 26 起，僅相當於貞觀朝 20 餘年內的彈劾數量，而且許多彈劾無果而終。懿宗以後更不見彈劾事例，當然也就談不上彈劾效率。這是因為，唐代中後期，藩鎮割據、宦官專權日盛一日，藩鎮、宦官經常干預御史臺事務，御史臺作用難以充分發揮。文宗朝御史彈劾王晏平事件就受到藩鎮的嚴重干擾，《新唐書》卷一六九載：

> 王晏平罷靈武節度使，以馬及鎧仗自隨，（為憲司所劾），貶康
> 州司戶參軍，厚賂貴近，決日，改撫州司馬。〔註107〕

王晏平違法亂紀，因為「厚賂貴近」，竟改撫州司馬，其幕後正是藩鎮在撐腰。後期，宦官亦時常插手御史臺事務：

> 敬宗初，（崔元略）還京兆尹，兼御史大夫。收貸錢萬七千緡，
> 為御史劾奏，詔刑部郎中趙元亮、大理正元從質、侍御史溫造以三
> 司雜治。元略素事官人崔潭峻，頗左右之，獄具，削兼秩而已。俄

〔註106〕宋・王溥撰：《舊唐書》卷八《玄宗紀上》，第 176 頁。
〔註107〕宋・歐陽修：《新唐書》卷一六九《韋溫傳》，第 5159 頁。

授戶部侍郎，譏謗大興，諫官斥元略方劾而遷，有助力。〔註108〕

此案表明後期宦官勢力對御史彈劾權的干擾，彈劾已不再具有整飭百官的威嚴。在此政治環境下，御史的彈劾權被嚴重削弱。元稹於元和四年（809年）拜監察御史，「奉使東蜀，劾奏故劍南東川節度使嚴礪違制擅賦，又籍沒塗山甫等吏民八十八戶田宅一百一十一、奴婢二十七人、草千五百束、錢七千貫。時礪已死，七州刺史皆責罰。稹雖舉職，而執政有與礪厚者惡之。使還，令分務東臺。」此起彈劾事件，惹怒了嚴礪舊黨。元稹本應擢升，卻「令分務東臺」，實際上是貶官。元稹在東臺監察御史任上的言行，終致朝廷不能接受，憲宗元和五年（810年）春正月：

> 召稹還京。宿敷水驛，內官劉士元後至，爭廳，士元怒，排其戶，稹襪而走廳後。士元追之，後以箠擊稹傷面。執政以稹少年後輩，務作威福，貶爲江陵府士曹參軍。〔註109〕

堂堂東臺御史遭受宦官凌辱後，又受到貶官處分。事情發生後，朝廷竟也一味庇護宦官。這一事件，真實地反映出唐中後期御史面臨的尷尬境地。在此現實下，御史們一個個明哲保身，不能有效地實施彈劾。中晚唐時期，對於監察系統中許多制度層面的人爲破壞，人們並不是視而不見，不去彌補，而是藩鎮、宦官勢力膨脹下無可無奈何的選擇。

就總體來看，有唐一代，御史在維護唐代統治秩序，整飭吏治，淨化官場風氣，保證國家機器正常運轉方面發揮了不可替代的作用。即使在藩鎮割據、宦官專權的黑暗政局中，也不乏挺身而出、正氣凜然、彈劾奸佞的剛正御史。御史彈劾，始終是高懸在官吏頭上的正義之劍，讓權臣震恐、讓貪官驚懼、也讓皇帝敬畏，較好地起到了震懾百僚、澄清吏治的作用。

（二）巡察州縣

唐代州、縣地方政府，既是基層政權，同時也是溝通「三省六部」與地方的樞紐，在國家政權結構中具有重要的意義。早在貞觀時期，身爲侍御史的馬周就向唐太宗陳述州、縣政府的特殊重要性：「臨天下者，以人爲本。欲令百姓安樂，唯在刺史、縣令。縣令既眾，不能皆賢，若每州得良刺史，則合境蘇息。天下刺史悉稱聖意，則陛下端拱岩廊之上，百姓不慮不安。自古

〔註108〕宋・歐陽修：《新唐書》卷一六○《崔元略傳》，第4974頁。
〔註109〕後晉・劉昫：《舊唐書》卷一六六《元稹傳》，第4331頁。

郡守、縣令，皆妙選賢德。」〔註110〕正因如此，唐王朝非常重視州縣地方政府的監察工作，始終將巡按州縣作為御史臺的一項主要職責。

唐王朝對州縣的監察，分御史巡察和遣使巡察兩類。「安史之亂」前，御史巡察州縣成為一種經常性的制度，相關記載，史不絕書，如：

貞觀二年……遣御史大夫杜淹巡關內諸州。〔註111〕

貞觀二十年……遣大理卿孫伏伽、黃門侍郎褚遂良等二十二人，以六條巡察四方，黜陟官吏。〔註112〕

光宅元年，分御史臺為左、右肅政臺，左臺專知京百司，右臺按察地方諸州。〔註113〕

天授二年，發十道存撫使，以右肅政御史中丞、知大夫事李嗣真等為之。〔註114〕

景龍三年，置十道按察使，分察天下。〔註115〕

開元二年……二月，丁卯，復置十道按察使。〔註116〕

開元十七年……五月癸巳，復置十道按察使。〔註117〕

乾元元年四月，改為觀察處置使。〔註118〕

當然，「安史之亂」後，這些使職逐漸演變為握有地方實權的行政長官，巡察往往不能貫徹執行。根據《唐會要》卷七八「天寶九載三月敕：『本置採訪使，令舉大綱。若大小必由一人，豈能兼理數郡。自今已後，採訪使但查訪善惡，舉起大綱。自餘郡務所有奏請，並委郡守，不須干及。』」〔註119〕的記載來看，無論按察使、處置使、採訪使等，「但查訪善惡」，是專職巡察的職務。

《新唐書·百官志三》對監察御史巡按州縣的監察標準有明確規定：

〔註110〕後晉·劉昫：《舊唐書》卷七四《馬周傳》，第2618頁。
〔註111〕後晉·劉昫：《舊唐書》卷二《太宗紀上》，第33頁。
〔註112〕後晉·劉昫：《舊唐書》卷三《太宗紀下》，第58頁。
〔註113〕後晉·劉昫：《舊唐書》卷九四《李嶠傳》，第2993頁。
〔註114〕宋·王溥撰：《唐會要》卷七七「巡察按察巡撫等使」，第1672頁。
〔註115〕宋·王溥撰：《唐會要》卷七七「巡察按察巡撫等使」，第1674頁。
〔註116〕後晉·劉昫：《舊唐書》卷八《玄宗紀上》，第172頁。
〔註117〕後晉·劉昫：《舊唐書》卷八《玄宗紀上》，第193頁。
〔註118〕宋·王溥撰：《唐會要》卷七八「採訪處置使」條，第1681頁。
〔註119〕宋·王溥撰：《唐會要》卷七八「採訪處置使」條，第1681頁。

> 監察御史掌分察百僚，巡按州縣。……凡十道巡按，以判官二
> 人為佐，務繁則有支使。其一，察官人善惡；其二，察戶口流散，
> 籍賬隱沒，賦役不均；其三，察農桑不勤，倉庫耗減；其四，察妖
> 猾盜賊，不事生業，為私蠹害；其五，查德行孝悌，茂才異等，藏
> 器晦跡，應時用者；其六，查點吏豪宗兼併縱暴，貧弱冤苦不能自
> 伸者。〔註120〕

綜合十道（十五道）巡察及「分察六條」，唐王朝對州縣地方政府的監察，具有以下幾點特色：一是劃片監察，以保證監察的質量。二是制度性巡察和不定期巡察相結合，使州縣地方政府始終處於中央政府的監察、監督之下。三是監察的對象，不僅是「察官人善惡」，對官員個人監察，而且包括對地方政府機構、部門的監察，如「籍賬隱沒，賦役不均」等。這有利於從源頭上、制度上預防腐敗，保證州縣政府的正常運行。四是從前代注重對地方官員的政治監察轉為以經濟監察為主，政治監察為輔。

初唐時期，「巡察使率是三月已後出都，十一月終奏事。時限迫促，簿書填委，晝夜奔逐，以赴期限。而每道所察文武官，多至二千餘人，少者一千以下。皆須品量才行，褒貶得失。……此非敢墮於職而慢於官也，實才有限而力不及耳。」〔註121〕因為時間所限，客觀上也使御史巡按州縣有走過場的現象。總體而言，御史巡察州縣，堪稱「欽差大臣」；肩負多項重大使命，獨立行使權力，可以左右地方官員的仕途，各級地方官無不畏懼，以至於開元年間「御史出使，……州縣抵迎，相望道路；牧宰祗候，僮僕不若。」〔註122〕御史巡按州縣，對於加強中央對地方的控制，澄清吏治是有重大作用的。

「安史之亂」後，御史巡按州縣徒有其名，已起不到初唐時的巡按效果。肅、德宗兩朝，戰亂頻仍、藩鎮割據日益嚴重，朝廷號令一度「不出京城」，御史出巡按察亦形同虛設。「元和中興」，憲宗平定藩鎮勢力後，急於恢復中央對地方的控制，曾三令五申要求御史巡按州縣。《唐會要》卷六二載：

> （元和）七年閏七月敕：「前後累降制敕，應諸道違法徵科，
> 及刑政冤濫，皆委出使郎官、御史，訪察聞奏。雖有此文，未嘗舉
> 職。外地生人之勞，朝廷莫得盡知。今後應出使郎官、御史，所歷

〔註120〕宋・歐陽修：《新唐書》卷四三《百官志三》，第1240頁。
〔註121〕後晉・劉昫：《舊唐書》卷九四《李嶠傳》，第2993頁。
〔註122〕宋・王溥撰：《唐會要》卷六二「出使」條，第1277頁。

州縣，其長吏風俗，閭閻疾苦，水旱災傷，並一一條錄奏聞。……
並限朝見後五日聞奏，並申中書門下。如所奏不實，必議懲責。」
〔註123〕

從這條材料可見，雖然朝廷多次強調御史訪察州縣，據實聞奏，但從執行情況來看，有令不行、有禁不止，御史巡察州縣流於形式、名存實亡，不能起到應有的監察作用。

（三）對中央官吏的監察

唐代中央各部門主要有三省、六部、九寺、五監，三省指中書省、門下省、尚書省。御史臺對上述各省、部、寺、監等均有監察權。

1. 對中書、門下省的監察

《唐六典》規定：「御史大夫、中丞之職，「其百僚有奸非隱伏，得專推劾。若中書、門下五品以上，尚書省四品以上，諸司三品以上，則書而進之，並送中書門下。」〔註124〕中書省五品以上官員有散騎常侍、諫議大夫、中書舍人、侍郎、中書令等，門下省五品以上官員有散騎常侍、諫議大夫、給事中、黃門侍郎、侍中等。不僅御史大夫、中丞可對以上官員的違法亂紀行為實施彈劾，事實上，御史臺官員包括三院御史均可對違法官員提出彈劾。景龍中，宗楚客與侍中紀處訥等共為朋黨，收受外族娑葛賄賂，監察御史崔琬劾奏楚客等曰：

> 宗楚客、紀處訥等，性惟險詖，志越溪壑，幸以遭逢聖主，累
> 忝殊榮，承愷悌之恩，居弼諧之地。不能刻意砥操，憂國如家，微
> 效涓塵，以裨川嶽，遂乃專作威福，敢樹朋黨，有無君之心，闕大
> 臣之節。潛通獫狁，納賄不貲。公引頑凶，受略無限。醜問充斥，
> 穢行昭彰。……此而可容，孰不可恕？臣謬參直指，義在觸邪，請
> 除巨蠹，用答天造。楚客、處訥、晉卿等驕恣跋扈，人神同疾，不
> 加天誅，詎清王度。並請收禁，差三司推鞫。〔註125〕

時宗楚客任中書令，紀處訥任侍中，晉卿時為將作大匠，均可謂位高權重。崔琬僅僅是一個八品的監察官，卻可直接彈劾其違法行為，充分顯示出唐代御史的雄峻地位。

〔註123〕宋・王溥撰：《唐會要》卷六二「出使」，第1277～1278頁。
〔註124〕唐・李林甫等：《唐六典》卷一三《御史臺》，第378頁。
〔註125〕後晉・劉昫：《舊唐書》卷九二《蕭至忠傳附宗楚客傳》，第2972頁。

－41－

2. 分察六司

尚書省所屬六部、九寺、五監是唐王朝的政務機關，在唐代政治生活中具有極其重要的地位，唐太宗曾說：「尚書省天下綱維，百司所秉。若一事有失，天下必有受其弊者。」〔註126〕唐代尚書省是全國行政的總匯，「對於皇帝，它將詔敕變成政令，推動施行；對於各級官署部門，它按照行政規範及制敕要求督促各項政事的執行。」〔註127〕

尚書省總理政務運行、事關天下綱維，故對尚書省的監察，遂成御史臺的一項主要職任。御史臺的「分察六司」權，並不限於六司，而是指對尚書省所屬六部、九寺、五監的監察權。《唐六典》卷一三「御史臺」云：「監察御史……若在京都，則分察尚書六司，糾其過失。」〔註128〕明確規定監察御史對尚書省所屬各部、寺、監的監察權。以後不同的歷史時期，儘管朝廷制度屢經變革，政治環境迥然不同，唐王朝始終重視、多次重申御史對六部的監察權，如《唐會要》載：

> 興元二年十月四日敕：「監察御史六人，承前所定，皆是從下次。舊例，從下又合出使，若一人出使，兼有故，則六察御史遞相移改。今請令監察從上第一人察吏部、禮部；第二人察兵部、工部；第三人察戶部、刑部。每年終，議其殿最。」〔註129〕

> 元和四年五月，御史臺奏：「準舊例，監察御史從下第六人，各察尚書省一司。又準興元元年十月敕，令監察御史從上第一人察吏部、禮部；第二人察兵部、工部；第三人察戶部、刑部。伏以監察第一人、第二人，已充監察御史及官驛等使，新人出使外，並無職掌，無以觀其能否。今請守舊制，以新人分察。」從之。〔註130〕

從上列詔敕可看出，唐朝不同時期都對御史分察六司作了相應的規定和調整，使六察制愈來愈完善。

御史分察六司，對尚書省的行政管理工作進行全面監督、監察，凡有制度不完善者，則糾舉完善之；凡有違法違紀問題者，彈劾之。《唐會要》卷五

〔註126〕後晉・劉昫：《舊唐書》卷七○《戴胄傳》，第2533頁。

〔註127〕張國剛：《唐代官制》，第56頁。

〔註128〕唐・李林甫等：《唐六典》卷一三《御史臺》，第382頁。

〔註129〕宋・王溥撰：《唐會要》卷六○「御史臺上」，第1242～1243頁。「興元二年」應為「興元元年」。同書「元和四年」及兩《唐書》均作「興元元年」。

〔註130〕宋・王溥撰：《唐會要》卷六○「御史臺上」，第1244頁。

八「尚書省諸司」：「武德九年，……治書侍御史孫伏伽進曰：『裴矩受國恩賞，未聞陳議救恤百姓，則欲苟釣虛名，用心若此，豈當朝寄，請鞫其罪。』太宗從之。」〔註131〕王徽，宣宗時任侍御史知雜，「時考簿上中下字朱書，吏緣為奸，多有揩改。徽白僕射，請以墨書，遂絕奸吏之弊。」〔註132〕從而有力地保證了尚書省工作的正常開展。

唐代中後期，朝政日益腐敗，御史分察六司制度也受到嚴重干擾，不能認真貫徹執行。如德宗貞元十九年（803 年），監察御史崔遠就因分察六司而被「笞四十，配流崖州。」原來，建中元年（780 年），德宗即位初，「敕京城諸軍諸使及府縣，季終命御史分曹巡按覆囚，省其冤濫以聞。」〔註133〕但到貞元末，宦官勢力大增，北衙諸軍之權總於宦官手中，「以北軍職在禁密，但移牒而已，御史未嘗至。」崔遠由於不諳故事，至右神策軍云「奉制巡按」，一時引起軒然大波，「軍使等以為持有制命，頗警愕。軍中遽奏之，上發怒」，故有「笞四十，配流崖州」一事。面對監察御史巡察這一「突發事件」，中人「頗警愕」者，神策軍內部必有不可告人的醜惡行當，朝政之混亂可想而知。

（四）司法監察

唐代刑部、大理寺是執法機關，御史臺則對其司法活動進行監察、監督。所謂司法監察，是指御史臺對刑部、大理寺及諸州府縣的司法活動有監察權。這主要包括三個方面：一是御史對各種刑獄案件的覆勘、覆按，以糾視刑獄。二是御史監決舊徒。三是對各級司法部門的司法活動予以監督。以下試述之。

1. 糾視刑獄

《唐六典》卷一三「御史臺」規定：「御史大夫，……若有制使因徒，則刑部尚書參擇之。」〔註134〕在實際運行過程中，御史臺官員均負有「糾視刑獄」的重大使命，如《資治通鑑》載：

> （貞觀元年）青州有謀反者，州縣逮捕支黨，收繫滿獄，詔殿
> 中侍御史安喜崔仁師覆按之。仁師至，悉脫去枷械，與飲食湯沐，
> 寬慰之，止坐其魁首十餘人，餘皆釋放。……及敕使至，更訊諸囚，

〔註131〕宋・王溥撰：《唐會要》卷五八「尚書省諸司」，第 1186 頁。

〔註132〕後晉・劉昫：《舊唐書》卷一七八《王徽傳》，第 4640 頁。

〔註133〕宋・王溥撰：《唐會要》卷六〇「監察御史」，第 1245 頁。

〔註134〕唐・李林甫等：《唐六典》卷一三《御史臺》，第 379 頁。

　　　皆曰：「崔公平恕，事無枉濫，請速就死。」無一人異辭者。〔註135〕

　　崔仁師糾視刑獄，只懲處了爲首的要犯，對於其他脅從者則寬大處理，體現出監察官的仁物情懷。天授二年（691年）御史中丞知大夫事李嗣眞上表稱來俊臣等用法嚴酷，百無一實。如意元年（692）七月，右補闕朱敬則上疏，稱「今既等命眾心已定，宜省刑尚寬。」同月，侍御史周矩亦稱「願陛下緩刑用仁，天下幸甚。」過了僅兩個月，即長壽元年（692年）監察御史嚴善思，剛正不阿，武后命其覆按舊獄。引虛伏罪者八百五十餘人，羅織之黨爲之不振。一次平反了八百五十多人之冤獄，充分顯示出御史司法監察的合理性與積極性。雖然御史糾視刑獄是從維護封建統治的立場出發，但客觀上捍衛了法律的尊嚴，避免了冤濫，卻是值得肯定和贊許的。

2. 監決囚徒

　　儒家法學主張「愼刑」、「決獄仁恕」。官府一點紅，百姓萬點血。唐初統治者對死刑處理相當愼重，唐太守曾下詔曰：「凡有死刑，雖令即決，皆須五覆奏。〔註136〕」此即著名的「五覆奏」。唐代規定監察御史「凡決囚徒，則與中書舍人，金吾將軍監之。」〔註137〕若處決囚徒，監察御史須親臨法場監決，遇囚徒稱冤，則收繫覆勘。但在實際處決囚徒過程中，常有御史未至而先行刑的情況，縱是囚有冤屈，亦不得而知。故「大中四年……御史臺奏：『準舊例，京兆府準敕科決囚徒，合差監察御史一人到府門監決。御史未至，其囚已至科決處，縱有冤屈，披訴不及。今後請令御史到府引問，如囚不稱冤，然後許行決。其河南府準此。諸州有死囚，仍委長官差官監決，並先引問。』從之。」〔註138〕可見宣宗大中以後，御史監決囚徒制度有了進一步的完善，河南、京兆等府在處決囚徒前，御史必須引問，若無冤屈，然後執行死刑。諸州處決囚徒，亦須派官員引問，然後實施死刑。這樣，在處決囚徒前，給罪犯最後一次伸冤的機會，從而有效地避免了一些冤假錯案。

3. 監督各級司法部門的司法活動

　　唐代刑部、大理寺是司法行政、司法審判機構，御史臺在兼有部分司法審判權的同時，對刑部、大理寺及地方州縣的司法活動予以監督。唐代中、

〔註135〕宋・司馬光：《資治通鑑》卷一九二「唐紀八」，第2327頁。
〔註136〕《貞觀政要》卷八《論刑法》，第431頁。
〔註137〕唐・李林甫等：《唐六典》卷一三《御史臺》，第382頁。
〔註138〕宋・王溥撰：《唐會要》卷六〇「御史臺上」，第1245頁。

後期，朝政日趨腐敗，諸司處理刑獄案件時，往往互相推諉扯皮，「有累月不申，兼頻牒不報者，遂使刑獄淹恤，懼涉慢官。其間或有須且禁申，動經時月者。」〔註139〕穆宗朝，面對諸司處理刑獄緩慢，經常淹滯之弊，御史中丞牛僧儒提出了具體的刑獄案件處理規範：

> 立程：凡大事，大理寺三十五日詳斷訖，申刑部，三十日聞奏。中事，大理寺三十日，刑部二十五日。小事，大理寺二十五日，刑部二十日。所斷罪二十件已上為大，十件已上為中，十件已下為小。〔註140〕

明確規定大、中、小案件的處理時間表，御史臺通過監督諸司日常的司法活動，督促諸司提高案件的處理效率，保證了司法部門的正常運轉。文宗朝，御史臺針對「刑獄淹滯」之弊，還提出了相應的處罰措施：

> 臣等今勘責，各得遠近程限，及往復日數。限外經十日不報者，其本判官勾官等各罰三十直；如兩度不報者，其本判官勾官各罰五十直；如三度不報者，其本判官勾官各罰一百直。如涉情故違敕限者，其本判官勾官牒考功書下考。如經過所由，輒有停滯，其所由官等節級別舉處分。其間如事須轉行文牒，諸處追尋，亦須據事由先報。〔註141〕

對於辦事不力，造成「刑獄淹滯」的官員，視情節輕重，分別處以三十、五十、一百直的處罰，情節更嚴重者，當年度的考覈直接定為「考下」，即不合格。

上述可知，終唐之世，御史臺監督各級司法部門的司法活動，對於保證唐代司法制度的正常運轉，更具有難以替代的重要作用。唐代御史臺的司法監察權，其本質目的是為了維護封建統治，但在客觀上，卻有效地減少了冤假錯案，保證了正常的司法活動，提高了辦事效率，有利於普通民眾的利益，是值得肯定的。

（五）財經監察

唐王朝非常重視對國家財政、經濟狀況的監察。「大抵有唐之御天下也，有兩稅焉，有鹽鐵焉，有漕運焉，有倉廩焉，有雜稅焉。」〔註142〕此幾個方

〔註139〕宋・王溥撰：《唐會要》卷六〇「御史臺上」，第1230頁。
〔註140〕後晉・劉昫：《舊唐書》卷一六《穆宗紀》，第489頁。
〔註141〕宋・王溥撰：《唐會要》卷六〇「御史臺上」，第1230頁。
〔註142〕後晉・劉昫：《舊唐書》卷四八《食貨志上》，第2088頁。

面，不但是重大民生問題，也關乎社稷安危，同時，因爲高額利潤的驅動，也成爲歷朝歷代貪污腐敗的重災區。故唐代御史的監察對象中，倉廩、錢糧、賦稅、戶籍、農桑、鹽鐵等一直是重要方面。「巡察六條」中，財經監察要占到一半。唐代御史的財經監察，主要包括以下幾方面的內容：

1. 監察賦稅

賦稅是國家機器運轉的根本保證之一。唐初，在均田制的基礎上，改革了賦稅制度，實行租庸調法。如果說唐代建立之初，尚能做到征斂賦役，務在寬簡，後來，統治者爲了滿足其驕奢淫逸的腐朽生活，不斷加強對民眾的剝削。爲了保證租庸調製的實行，唐前期往往派出御史充當租庸地稅使、租庸使等，監察征稅情況。如「開元十一年，宇文融除殿中侍御史，勾當租庸地稅使。」〔註143〕

「安史之亂」後，均田制遭到破壞，租庸調製亦失去了存在之依託。德宗建中年間，楊炎又實行「兩稅法」。「兩稅法」規定以家資和土地多寡爲標準，每年分春、秋兩次納稅，「今後除兩稅外，輒率一錢，以枉法論。」〔註144〕這就改變了「均田制」破壞以後課賦不均、農民負擔過重的情況，緩解了國家財政經濟狀況。但隨之而來又存在「以錢折物」、「法外加稅」等問題。針對「兩稅法」實行過程中地方州縣「析戶以張虛數，分產以析戶名」等現象，「中丞李夷簡奏：『諸州府於兩稅外違格科率，請諸道鹽鐵、轉運、度支、巡院察訪報臺司，以憑舉奏。』」〔註145〕與賦稅緊密相關的是貨幣，唐代御史還充任鑄錢使，對國家貨幣鑄造進行監察。《通典》卷九載：「諸州凡置九十九爐鑄錢，……約一歲鑄錢二十二萬七千餘貫文。」〔註146〕唐王朝派遣御史查處惡錢，本身是有積極意義的。

2. 監察鹽鐵專賣

鹽鐵在古代一直是國家財政收入的主要來源之一，我國自漢代初年即實行鹽鐵專賣制度。鹽鐵專賣在增加國家財政收入的同時，也給官員乘機貪贓枉法提供了便利。因此，唐王朝一方面以鹽鐵專賣形式確保國家財政收入，又重典治吏，強化對鹽鐵領域的監察。如姜師度，神龍初任御史中

〔註143〕宋・王溥撰：《唐會要》卷八四「租庸使」，第1833頁。

〔註144〕後晉・劉昫：《舊唐書》卷一二上《德宗紀上》，第324頁。

〔註145〕後晉・劉昫：《舊唐書》卷一五《憲宗上》，第430頁。

〔註146〕唐・杜佑：《通典》卷九《錢幣下》，第149頁。

丞，兼河北道監察兼支度營田使，「師度勤於爲政，又有巧思，頗知溝洫之利。」〔註147〕「開元元年十一月，河中尹姜師度以安邑鹽池漸涸，師度開拓疏決水道，置爲鹽屯，公私大收其利。」〔註148〕姜師度通過開通漕運，不但解決了安邑鹽池資源瀕臨枯竭京師用鹽的矛盾，還帶來了可觀的財政收入。於是，「其年十一月五日，左拾遺劉彤上表曰：『臣願陛下詔鹽鐵木等官收興利，貿遷於人，則不及數年，府有餘儲矣。然後下寬貸之令，躅窮獨之徭，可以惠群生，可以柔荒服。雖戎狄猾夏，堯湯水旱，無足虞也。奉天適變，惟在陛下行之。』上令宰臣議其可否，咸以鹽鐵之利，甚益國用。……遂令將作大匠姜師度、戶部侍郎強循俱攝御史中丞，與諸道按察使檢責海內監鐵之課。」〔註149〕

唐代中後期，隨著政治腐敗，官府敲詐、盤剝鹽戶、鹽商之事，仍多有發生。如長慶元年三月（821年），「鹽鐵使王播奏：『應管煎鹽戶及鹽商，並諸監院停場官吏所由等，前後制敕，除兩稅外，不許差役追擾。今請更有違越者，縣令、刺史貶黜罰俸。』」〔註150〕唐德宗建中初年（780），劉晏去職，自此已後，鹽法混亂。官府不斷提高鹽價，至有以穀數斗，易鹽一斤。官鹽既貴，私販公行。官府乃不斷整頓鹽政，鹽法日密。唐憲宗時開始劃定鹽商糶鹽區域，並嚴禁私鹽。然唐後期藩鎮割據、政局混亂，鹽利往往被各個藩鎮截留。所以，嚴刑峻法非但不能杜絕私鹽，反而激起人民的反抗。唐末，王仙芝、黃巢均以販賣私鹽而積蓄力量，進而組織大規模的農民起義，使唐王朝走向崩潰。

3. 監察倉庫、漕運

倉庫是國家積聚錢糧的重要基地，也是封建王朝統制天下的重要手段。倉廩的重要性是不言而喻的。唐王朝戶部設有倉部、庫部專門管理倉廩的政府部門，又派御史臺對之進行監察。《唐會要》卷六〇載：

> 文明元年，又置殿中裏行，以楊啓、王師征爲之。準吏部式，……
> 監倉庫本事察院職務，近移入院，第一人監倉，第二人監庫。〔註151〕

文明元年（684年）以前，監察御史監倉庫事。文明元年（684年）則改爲由

〔註147〕後晉‧劉昫：《舊唐書》卷一八五下《良吏傳下‧姜師度傳》，第4816頁。
〔註148〕後晉‧劉昫：《舊唐書》卷四八《食貨志上》，第2106頁。
〔註149〕後晉‧劉昫：《舊唐書》卷四八《食貨志上》，第2107頁。
〔註150〕後晉‧劉昫：《舊唐書》卷四八《食貨志上》，第2109頁。
〔註151〕宋‧王溥撰：《唐會要》卷六〇「殿中侍御史」，第1240頁。

殿中侍御史執行。又《新唐書》卷四八載：

> 開元十九年，以監察御史二人蒞太倉、左藏庫。三院御史，皆
> 初領繁劇外府推事。其後，以殿中侍御史上一人爲監太倉使，第二
> 人爲監左藏庫使。〔註152〕

《唐會要》卷六〇載：

> （文宗）大和元年六月，御史大夫李固言奏：「監太倉，殿中
> 侍御史一人；監左藏庫，殿中侍御史一人。」〔註153〕

御史臺監察倉庫之任務，在開元十九年以後，一直由殿中侍御史擔任。唐後期雖有御史監倉制度，但制度不健全，貪污盛行，德宗朝，「節度使或託言密旨，乘此盜貿官物。諸道有譴罰官吏入其財者，刻祿廩，通津達道者稅之，蒔蔬藝果者稅之，死亡者稅之。節度觀察交代，或先期稅入以爲進奉。然十獻其二三耳，其餘沒入，不可勝紀。」〔註154〕此種局面，又加速了唐王朝的垮臺。

　　與倉庫緊相聯繫的是漕運，漕運是封建國家的經濟動脈，漕運除運送糧食、鹽鐵等物資需要外，還擔負著唐代戰爭的後勤保障任務。漕運過程中，不法官吏或以次充好、或摻假以謀取私利，以至「米至京師，或沙粒糠秕雜乎其間。」〔註155〕更有甚者，直接私吞國家糧食，如李錡，德宗朝「因恃恩驕橫，天下攉酒漕運，錡得專之，故朝廷用事臣，錡以利交，餘皆乾沒于私，國計日耗。」〔註156〕爲此，唐代實行御史監察漕運制度，以保證漕運的正常進行。如天寶三載（744年），「陝郡太守韋堅兼御史中丞，爲水陸漕運使。」〔註157〕

4. 括　戶

　　括戶就是統治者檢查戶口，將隱漏不報和逃亡人口搜括出來，遣送還鄉或就地入籍，變成國家控制的編戶。唐代隨著土地私有制的迅速發展，地主、貴族階層佔有大量土地，加之封建徭役、賦稅繁多，迫使大量農民逃亡，有的成爲地主隱匿的佃客，從而使國家戶口數量嚴重失實。戶口不實，不但導

〔註152〕宋‧歐陽修：《新唐書》卷四八《百官志三》，第1240頁。
〔註153〕宋‧王溥撰：《唐會要》卷六〇「殿中侍御史」，第1241頁。
〔註154〕後晉‧劉昫：《舊唐書》卷四八《食貨志上》，第2087頁。
〔註155〕宋‧王溥撰：《唐會要》卷八七「轉運鹽鐵總敘」，第1882頁。
〔註156〕宋‧歐陽修：《新唐書》卷二二四《叛臣傳‧李錡傳》，第6382頁。
〔註157〕後晉‧劉昫：《舊唐書》卷一〇五《楊慎矜傳》，第3226頁。

致國家賦稅流入私門，政府費用不足，而且還迫使貧民生機無著，鋌而走險。故歷代統治者均非常注意括戶問題。

武后朝，農民逃戶已成嚴重的社會問題，證聖元年（695 年），鳳閣舍人李嶠上表曰：

> 今天下之人，流散非一，或違背軍鎮，或因緣逐糧，苟免歲時，偷避徭役。此等浮衣寓食，積歲淹年，王役不供，簿籍不掛。或出入關防，或往來山澤，非直課調虛蠲，關於恒賦，亦自誘動愚俗，堪爲禍患，不可不深慮也。〔註158〕

於是武則天「令御史督察檢校」，遣十道使括天下逃戶。在敦煌發現的唐代文書中，有武則天長安三年（703）關於檢括甘、涼、瓜、肅等州所居停的沙州逃戶的牒一件，證明武后時期的括戶確是在廣大地區實行了的。

開元初年，農民逃亡的情況繼續發展，爲了增加封建國家的財賦收入，擴大徭役、兵役的來源，開元十二年（724 年），玄宗在《置勸農使安撫戶口詔》中稱：「先是逋逃，並容自首。如能服勤壟畝，肆力耕耘，所在閒田，勸其開墾。」〔註159〕允許逃戶就近在所居住地附籍，又任命宇文融兼充勸農使括戶。關於宇文融括戶之事，各家史料均有記載，以《唐會要》卷八五記載爲詳：

> 開元九年正月二十八日，監察御史宇文融請急察色役偽濫，並逃戶及籍田，因令充使，於是奏勸農判官數人，華州錄事參軍慕容琦、長安縣尉王冰、太原司錄張均……等，皆當時名士，判官得人，於此爲獨盛，分往天下，安輯戶口，檢責賸田。〔註160〕

宇文融奏置勸農判官慕容琦等二十九人並攝御史，分往全國各地，檢括逃戶和籍外田。「安史之亂」後，土地兼併規模更加迅速，農民失地愈加嚴重，賦役亦日趨繁重，農夫逃亡避稅者越來越多。雖然唐王朝屢屢下令括戶，但逃戶問題始終未能解決，在階級壓迫不能消滅的情況下，逃戶問題是無法根本解決的。

唐代前期，御史監察國家財經效果良好，保證了國家經濟活動的有序運

〔註158〕宋‧王溥撰：《唐會要》卷八五「逃戶」，第 1850 頁。

〔註159〕《唐大詔令集‧置勸農使安撫戶口詔》，影印文淵閣四庫全書本，臺灣商務印書館 1983 年版。

〔註160〕宋‧王溥撰：《唐會要》卷八五「逃戶」，第 1851～1852 頁。

行，使唐王朝賦稅有源，官府食利有準，救荒倉儲有備。唐代後期，御史監察財經不力，導致社會崩潰。在以往的研究中，我們較多重視唐代御史的政治監察，而相對忽視財經方面。其實，御史監察財經工作，自有其不可替代的研究價值和意義。

二、諫諍權

諫議制度是中國古代特有的一種監察制度，其目的在於規範君主的言行，減少政策的失誤。唐代在中書、門下省分別設立了諫議大夫、散騎常侍、給事中、左右拾遺、補闕等諫官，形成了比較成熟、完備的諫官系統，標誌著諫議制度的成熟。其實，在中國古代政治中，君王虛心納諫，臣子直言進諫，是君道、臣道的基本要求。古代士人有「泛諫諍」傳統，我們從上古時期的「門庭若市」、「曹劌論戰」等典故中都能體會到這種朝野普遍諫諍的風采。唐代御史不僅有彈劾權，還可對皇帝的言行進行規諫，甚至「不奉詔」。

筆者對唐代御史群體的諫諍情況進行了統計，製成唐代御史諫諍一覽表，如本書附錄表四所示。據附表四統計結果來看，唐代御史諫諍有以下幾方面的特點：

（一）統計的唐代御史諫諍事件達 117 起，說明御史也是除諫官之外的另外一支諫諍的主要力量。

（二）就這 117 起事件的諫諍原因分析，大致可歸納政治原因，包括時政、刑法、君道、任賢、銓選、宦官專權等；經濟原因，包括宮市、營造、奢靡浪費、賦斂繁重等；典章制度，包括百官辦事效率、健全制度等。無論何種原因，御史諫諍均是針對朝政運行中已經發生的種種錯誤情況向皇帝諫諍，再結合《貞觀政要》中諫諍情況來綜合考察，可知貞觀時期，無論御史、諫官，還是其他官員，諫諍原因並無不同。貞觀以後，御史諫諍，側重於已經發生地錯誤行為，諫官諫諍，則側重於即將發生地錯誤行為。這和諫官的封駁權是一致的。

（三）唐代不同時期，御史諫諍的效果迥然不同。武德、貞觀時期，御史諫諍事件 32 起，均受到妥善處理，有效率達 100%。唐高祖李淵頗善納諫，登基不久，即頒佈著名的《令陳直言詔》：

> 四方州鎮，習俗未懲，表疏因循，尚多迂誕。申請盜賊，不肯

至言，論民疾苦，每虧實錄。妄引哲王，深相佞媚；假託符瑞，極
筆阿諛。亂語細書，動盈數紙，非直乖於體用，固亦失於事情。千
里佇於一言，萬機湊於一日。表奏如是，稽疑處斷，不知此者，謂
我何哉？宜頒告遠近，知朕至意。〔註161〕

皇帝既求賢若渴，貞觀朝更有一批直言犯諫的諍臣，如魏徵、馬周、杜如晦、
孫伏伽、杜淹等均是唐代名臣，以直言敢諫而著稱。在此君主主動納諫，大
臣積極進諫的政治環境下，貞觀朝御史成爲一個極富影響力的諫諍群體。在
唐代不僅每代都能產生一些傑出的諍臣，唐代幾位傑出的皇帝都對御史都懷
有幾分敬畏。

　　高宗武后時期，御史諫諍事件共 24 起，但分佈不均。武則天爲鞏固政權，
一度拒聽諫諍，自顯慶三年（659 年）褚遂良被殺幾二十年的時間裏，無人敢
諫。高宗永淳元年（682 年），封泰山後，「欲遍封五嶽，……監察御史裏行李
善感諫曰：『陛下封泰山，……數年以來，菽粟不稔，餓殍相望，四夷交侵，
兵車歲駕；陛下宜恭默思道以禳災譴，乃更廣營宮室，勞役不休，天下莫不
失望。臣添備國家耳目，竊以爲憂。』上雖不納，亦優容之。自褚遂良、韓
瑗之死，中外以言爲諱，無敢逆意直諫，幾二十年；及善感始諫，天下皆喜，
謂之『鳳鳴朝陽』。」〔註162〕

　　中唐時期，御史諫諍的數量、效果都明顯下降，德宗、順宗、憲宗、穆
宗、文宗五朝，御史諫諍數量僅 30 起，諫諍效果更是不能與唐初同日而語，
以韓愈在監察御史任上的諫諍爲例，貞元十九年（803 年），京畿大旱，韓愈
上《御史臺上論天旱人饑疏》，請緩稅賦，上怒貶爲連州陽山令。這和唐太宗
吐哺納諫之情形成強烈對比。

　　通過統計，我們還可看到與唐代中後期政治形勢密切相關的宦官專權事
件，「德宗晚年，政出多門，宰相不專機務，宮市之弊，諫官論之不聽。愈嘗
上章數千言極論之，不聽。」〔註163〕該起事件說明德宗朝在宦官勢力對朝政
的干預。

　　晚唐時期罕有御史諫諍者，宣、懿、僖、昭宗四朝，御史進諫者僅有 8
例。唐末幾位皇帝，對御史進諫有兩種極端的態度：一是盲目拒諫，二是心

〔註161〕李淵：《令陳直言詔》，《全唐文》卷一，第 11 頁。
〔註162〕宋・司馬光：《資治通鑑》卷二○三，第 2474～2475 頁。
〔註163〕後晉・劉昫：《舊唐書》卷一六○《韓愈傳》，第 4195 頁。

存僥倖、賭博心理，盲目超拔。在此形勢下，我們幾乎看不到晚唐御史有效諫諍的記載。

御史諫諍的效果與唐王朝的盛衰緊密相連，唐代不同歷史時期御史諫諍的不同效果，從一個側面反映了唐王朝政治的運行情況。

三、司法審判權

較之秦、漢、魏、晉，唐代御史臺的職能發生很大變化，自秦迄隋，御史以監察百僚爲主。唐代御史不僅具有監察百僚之權，還具有諫諍權，同時，唐代御史臺通過推鞫監獄訟，三司受事等形式，切割了刑部、大理寺的部分職能，擁有一定的司法審判權和司法監察權。這樣，唐代御史臺具有集憲官、諫官、法官的特徵於一身的特點。

（一）理匭

推鞫獄訟，首先要接受訴訟狀。唐代御史接受訴訟狀的形式主要有：直接接受訴訟狀；聞鼓接受詞狀；立肺石、受詞狀；理匭等形式，學界已論之頗詳，茲不贅述。御史理匭，使御史能直接獲得民間冤濫的第一手資料，便於推劾刑獄，同時，亦帶來了一些弊端：

一是訴訟事件本應由所屬州縣推鞫，但地方州縣尚未推劾完畢，訴訟者即到御史臺撾鼓進狀，如此，使御史臺陷入事務型工作，分散了其監察職能。故貞元九年二月，御史臺奏：「今後府縣諸司公事，有推問未畢，輒撾鼓進狀者，請卻使本司推問斷訖。猶稱屈抑，便任詣臺司按覆。若實屈抑，所由官錄奏推典，量罪決責；如告事人所訴不實，亦準法處分。」〔註164〕

二是事無鉅細，甚至如「婚田兩兢」、「息利交關」、「公私債務」等瑣事亦到御史臺論理，這也不利於御史臺監察職能的開展。故大中元年，御史臺奏請「自今以後，伏請應有論理公私債負及婚田兩兢，且會於本司，本州府論理，不得即詣臺論訴。」〔註165〕

（二）臺獄

御史臺推鞫獄訟，或授制命詳覆案件，往往需要一定時日，且詳覆過程中需要一定的保密措施，原來暫繫於大理寺獄，不免有「罪人於大理寺隔街

〔註164〕宋・王溥撰：《唐會要》卷六〇「御史臺上」，第1227頁。
〔註165〕宋・王溥撰：《唐會要》卷六〇「御史臺上」，第1231頁。

往來，致有漏泄獄情」之事發生，這就需要御史臺有專門關押犯人之場所。於是，臺獄便應運而生。

關於御史臺設置臺獄，諸家史籍記載並不一致，以《唐會要》記載為簡明扼要：

> 故事，臺中無獄，須留問，寄繫於大理寺。至貞觀二十二年二月，李乾祐為大夫，別置臺獄，由是大夫而下已各自禁人。至開元十四年，崔隱甫為大夫，引故事奏掘之。以後恐罪人與大理寺隔街往來，致有漏泄獄情，遂於臺中諸院寄禁，至今不改。〔註166〕

可見，從唐初到貞觀二十二年，御史臺並無臺獄。凡留問者均寄繫於大理寺，至貞觀二十二年始置臺獄。除開元年間短時間廢置外，御史臺獄一直存在，不曾廢替。這一點從不同時期的史料記載中可得到映證。如：

> 武后長安初年，殿中侍御史崔湜撰寫的《御史臺精舍碑銘》，保存了武后時期設置臺獄的具體情況，當時獄中所繫犯人「數以千計。」

> 敬宗時，「王坊卒夜鬥，傷縣人，鄠令崔發怒，敕吏捕卒，其一中人也。釋之。帝大怒，收發御史獄。會大赦，改元，發以囚坐雞幹下，俄而中人數十持梃亂擊，發敗面折縣，幾死。吏哀請乃去。」〔註167〕

> 僖宗中和時，四會改受（時）溥金，劾（李）損，付御史獄，中丞盧渥傅成其罪。〔註168〕」

御史臺設置臺獄，可以隨時提審犯人，標誌著御史臺的司法審判地位得到加強，是唐代御史制度的新發展。

（三）三司受事

唐代御史不僅擁有自己的臺獄，司法審判權，而且可與有關部門一起鞫審疑案，或重大案件，此即所謂「三司受事」。

「三司受事」有大、小之分。《唐六典》卷一三「御史臺」載：「凡先下之人有稱冤而無告者，與三司詰之。三司；御史大夫、中書、門下。大事奏裁，事專達。」〔註169〕此為「大三司」。由御史臺、刑部、大理寺組成的則為

〔註166〕宋・王溥撰：《唐會要》卷六○「御史臺上」，第1226頁。

〔註167〕宋・歐陽修：《新唐書》卷一一八《李渤傳》，第4286頁。

〔註168〕宋・歐陽修：《新唐書》卷一○一《蕭瑀傳・附蕭遘傳》，第3958頁。

〔註169〕唐・李林甫等：《唐六典》卷一三《御史臺》，第378頁。

「小三司」。

「三司受事」制的形成，主要是爲了審判一些重案、要案或疑難複雜之案件。重案、要案一般牽涉人員很廣，社會影響廣泛。非刑部、大理等單獨所能勝任，需要有「三司受事」制以聯席辦公的形式來解決。

「三司受事」制的建立，有一個逐步完善的過程。高宗時，「（李義府）既主選，無品鑒才，而谿壑之欲，惟賄是利，不復銓判，人人咨訕。又母、妻、諸子賣官市獄，門如沸湯。自永徽後，御史多制授，吏部雖有調注，至門下覆不留。義府乃自注御史、員外、通事舍人，有司不敢卻。帝嘗從容戒義府曰：『聞卿兒子女壻橈法多過失，朕爲卿掩覆，可少勗之。』」〔註170〕但李義府自恃有皇后撐腰，面對高宗勸誡，不思悔改，反而「勃然變色……曰：『誰爲陛下道此？』」時隔不久，李義府因其他不法事，被右金吾倉曹參軍楊行穎彈劾下獄。李義府身爲宰相，對其處理當需謹慎從事，於是皇帝召刑部、大理寺及御史臺共同審理此案。《資治通鑑》卷二〇一載：

> 夏四月乙丑，下義府獄，遣司刑太常伯劉祥道與御史、詳刑共鞫之。胡三省注：「司刑太常伯，即刑部尚書。詳刑、大理也。唐自承徽已後，大獄以尚書刑部、御史臺、大理寺官雜按，謂之三司。」〔註171〕

這是唐代「三司受事」制的開始。

則天稱帝後，酷吏橫行，專事羅織打擊，「三司受事」制事實上廢止不行。開元年間，玄宗撥亂反正，重新建立「三司受事」制，史載，開元十四年，「敕宰臣源乾曜、刑部尚書韋抗、大理少卿胡珪、御史大夫崔隱甫就尚書省鞫問（張說）。」〔註172〕「安史之亂」後，一大批受僞職，協從者待罪闕下，自大臣陳希烈以下等合數百人，對這些受僞職者如何處理，肅宗派御史大夫李峴，中丞崔器等爲三司使，組成類似於今天的特別法庭審判之。此後，直到晚唐，一直有「三司受事」之記載，如：

> 宣宗時，「據三司推勘吳湘獄，謹具逐人罪狀如後：揚州都虞候盧行立、劉群，於會昌二年五月十四日，於阿顏家喫酒，與阿顏母阿焦同坐，群自擬收阿顏爲妻，妄稱監軍使處分，要阿顏進奉，

〔註170〕宋・歐陽修：《新唐書》卷二二三《姦臣傳・李義府傳》，第6341頁。

〔註171〕宋・司馬光：《資治通鑑》卷二〇一「唐紀十七」，第2444頁。

〔註172〕後晉・劉昫：《舊唐書》卷九七《張說傳》，第3054頁。

不得嫁人，兼擅令人監守。」〔註173〕

今據三司使追崔元藻及淮南元推判官魏鉶並關連人款狀，淮南都虞候劉群、元推判官魏鉶、典孫貞高利錢倚黃嵩、江都縣典沈頒陳宰、節度押牙白沙鎮過使傅義、左都虞候盧行立、天長縣令張弘思、典張洙清陳迴、右廂子巡李行璠、典臣金弘舉、送吳湘妻女至澧州取受錢物人潘宰……〔註174〕

建立「三司受事」制，主要是審理大案、要案之需要。如開元二年四月五日敕：「在京有訴冤者，並與尚書省陳牒，所由司爲理，若稽延致有屈滯者，委左右丞及御史臺訪察聞奏。如未經尚書省，不得輒入於三司越訴。」〔註175〕可見「三司受事」主要審理重大案件，至於一般案件，未經尚書省許可不能越級入「三司」訴訟。

「御史臺作爲中央監察機關，一方面負責監督大理寺和刑部的司法審判、司法行政活動；另一方面，若遇有詔獄、重大疑案、冤案或其他案件，則以推鞫獄訟或『三司受事』等形式，直接參與審判，取得了部分司法審判權，同時，它還建立了御史臺獄，通過『三司受事』受理有關訟訴案件，這些都是以往歷代御史臺機構所不曾有的。」〔註176〕「三司受事」制使司法、監察部門聯合審理案件，能有效地避免冤濫，以後各朝在司法制度建設方面，都借鑒了唐王朝創立的「三司受事」制，如清代有所謂「九司會審」，即三司（都察院、大理寺、刑部）和六部（吏、戶、禮、兵、刑、工）組成的聯合審判機制來審理一些重大案件。

需要指出的是，御史雖然可以推鞫獄訟，但其作爲監察機構和刑部、大理寺等司法部門還是有區別的。刑部、大理寺所斷獄案須報御史臺詳覆。凡經御史臺推鞫清楚的案子，一般要送至大理寺量刑定罪。終唐之世，御史臺雖然具有部分司法審判職能，但並非司法行政部門，其監察職責始終是很清晰的。

四、監選、監考權

中國的選舉制度，唐代以前，「舉」、「選」不分，凡被舉薦視爲合格者，

〔註173〕後晉・劉昫：《舊唐書》卷一八下《宣宗紀》，第619頁。
〔註174〕後晉・劉昫：《舊唐書》卷一八下《宣宗紀》，第619～620頁。
〔註175〕宋・王溥撰：《唐會要》卷五七「尚書省諸司上」，第1155頁。
〔註176〕胡滄澤：《唐代御史制度》，第78頁。

即可授於官職。宋、元、明、清各朝，舉人會試合格，再經殿試，亦即授於官職。唯有唐一代，「舉」、「選」各有其獨立的程序，「選」即銓選，是對及第舉子和六品以下官員的選拔考覈。所謂「舉」者，亦即「人們常說的科舉考試，它負責把各科的舉子由縣試、州府試或學官試、省試中舉拔出來，其任務也就完成了。」〔註177〕

唐代以吏部主持銓選，「至於銓選，其制不一，凡流外，兵部、禮部舉人，郎官得自主之，謂之『小選』。太宗時，以歲旱穀貴，東人選者集於洛州，謂之『東選』。高宗上元二年，以嶺南五管、黔中都督府得即任土人，而官或非其才，乃遣郎官、御史爲選補使，謂之『南選』。其後江南、淮南、福建大抵因歲水旱，皆遣選補使即選其人。」〔註178〕南選爲高宗上元三年（676年）設置，《唐會要》載：「上元三年八月七日敕：桂、廣、交、黔等州都督府，比來所奏擬土人首領，任官簡擇，未甚得所。自今已後，宜準舊制，四年一度，差強明清正五品已上官，充使選補，仍令御史同往注擬。」〔註179〕可見，唐代御史不但監察兩京銓選，對南選也進行監察，以保證銓選之嚴肅性。

大曆後期至德宗朝，御史監察銓選制度曾一度停止。據《唐會要》卷七五「南選」記載：「大曆十四年十二月二日敕：『南選已經差郎官，固宜專達，自今已後，不須更差御史監臨。』」〔註180〕但御史監選自有其現實政治運行中的合理性，興元元年（784年），憲宗朝又恢復正常。：「元和二年八月，命職方員外郎王潔充嶺南選補使，監察御史崔元方監焉。」〔註181〕從總體上來看，唐王朝一直比較重視御史臺對銓選的監察，貞元元年（785年）正月二十五日敕：

> 宜令清資常參官，每年於吏部選人中，各舉一人，堪任縣令、錄事參軍者，所司依資注擬。便於甲歷，具所舉官名銜，仍牒御史臺。如到任政理尤異，及無贓犯，事蹟明著，所司舉錄官姓名聞，當議襃貶。……仍永爲常式。〔註182〕

〔註177〕王勳成：《唐代銓選與文學》，中華書局2001年版，第1頁。
〔註178〕宋・歐陽修：《新唐書》卷四五《選舉志下》，第1180頁。
〔註179〕宋・王溥撰：《唐會要》卷七五「南選」，第1621頁。
〔註180〕宋・王溥撰：《唐會要》卷七五「南選」，第1622頁。
〔註181〕宋・王溥撰：《唐會要》卷七五「南選」，第1623頁。
〔註182〕宋・王溥撰：《唐會要》卷七五「雜處置」，第1614頁。

吏部須將銓選舉官名銜，以書面正式文件形式報送御史臺，御史臺要對這些官員進行跟蹤監察。對於銓選中的營私舞弊現象，御史臺有權彈劾，「貞元二年三月，考功員外郎陳歸爲嶺南選補使，選人流放，注官美惡，違背令文，惟意出入，復供求無厭，郵傳患之。監察御史韓參奏劾，得罪，配流恩州。」〔註183〕陳歸身爲主持銓選的官員，玩忽職守，御史彈劾此輩奸佞之徒，保證了銓選的公正性。

唐代御史對科舉考試亦有監察權，如元和二年（807年）憲宗發佈敕誥：

> 自今已後，州府所選進士，如跡涉疏狂，兼虧禮教，或曾任州
> 府小吏，有一事不合清流者，雖薄有辭藝，並不得申送。如後舉事
> 發，長吏奏停現任，如已停替者，殿二年。本試官及司功官，見任
> 及已停替，並量事輕重貶降，仍委御史臺常加察訪。〔註184〕

這其實是針對參加科舉考試的士子資格的審查，相關長吏、知貢舉者均要承擔相應責任，而負責察訪、監察職能的則是御史臺。由此可見，唐代御史對科舉考試有著深度介入。又如大和三年（829年），「高鍇爲考功員外郎，取士有不當，監察御史姚中立又奏停考功別頭試。」〔註185〕因爲御史的干預，此種考試當時即停，至大和六年才恢復。

御史監選、監考的效果，與御史個人素質頗有關係，同時也受到不同時期朝廷政局的影響。即使在政治較清明的貞觀朝，也有對監選御史打擊報復的現象，如「貞觀四年，監察御史王凝使至益州，刺史高士廉動戚自重，從眾僚候之陛遷亭。凝不爲禮，呵斥之，士廉甚恥恚。至五年，入爲吏部尚書，會凝赴選，因出爲蘇湖令。」〔註186〕王凝因爲忠於職守反而成了銓選制度的犧牲品。

天寶時期，奸相楊國忠專權，破壞了原先銓選中「吏部三銓，三注三唱，自春及夏，才終其事」的制度，「使胥吏於私第暗定官員，集百僚於尚書省對注唱，一日令畢，以誇神速，資格差謬，無復倫序。明年注擬，又於私第大集選人，令諸女弟垂簾觀之，笑語之聲，朗聞於外。」〔註187〕對此違法亂紀

〔註183〕宋·王溥撰：《唐會要》卷七五「南選」，第1623頁。

〔註184〕宋·王溥撰：《唐會要》卷七六「貢舉中」，第1634頁。

〔註185〕宋·歐陽修：《新唐書》卷四四《選舉志上》，第1166頁。

〔註186〕宋·王溥撰：《唐會要》卷六二「出使」，第1275～1276頁。

〔註187〕後晉·劉昫：《舊唐書》卷一○六《楊國忠傳》，第3244頁。

行爲，「其所昵侍御史鄭昂」不加彈劾，反而「諷選人於省門立碑，以頌國忠銓綜之能。」李林甫專權時期，御史監考職能也不能正常發揮。可見，朝政腐敗導晚唐更是「公道隘塞，銓選失緒，吏爲奸蠹，有重疊補擬者。」〔註188〕政局的變化、當權者的干擾，往往會導致科考、銓選失序，制度規定形同虛設。

御史監選制度雖然因政局影響而效果不同，但與其所發揮的積極作用相比，仍然屬於支流。總體而言，御史監選制度，保持對保證銓選制的有序進行，阻止作弊行爲的滋生蔓延，無疑起到了積極作用。

五、其它職權

除上述主要職責外，御史臺還有下列幾項職權：

（一）監軍權

「兵者，國之大事，死生之地，存亡之道，不可不察也。」自古及今，只要有國家的存在，軍事的重要性就不容忽視。《通典》卷二九《職官十一》云：「隋末或以御史監軍事，大唐亦然。」唐代御史臺不僅巡察百僚，對軍隊亦有監察權，《新唐書》卷一九九《儒學傳中·孔若思傳》：「孔若思，……祖紹安，……隋大業末，爲監察御史。高祖討賊河東，紹安與夏侯端同監軍，禮遇尤密。」可知，早在李淵起事之初，即有御史監軍的明確記載，並非如胡滄澤先生所說「在高宗時期已經有明確的監察御史監軍的記載。」〔註189〕

御史監軍，旨在加強對軍隊的直接控制，蘇珦「垂拱初，拜右臺監察御史。時則天將誅韓、魯等諸王，使珦按其密狀，珦訊問皆無徵驗。或誣告珦與韓、魯等同情，則天召見詰問，珦抗議不回。則天不悅，曰：『卿大雅之士，朕當別有驅使，此獄不假卿也。』遂令珦於河西監軍。」〔註190〕蘇珦正是因爲持身公正、公廉不阿，才被派往河西監察軍事。武則天稱帝前後，爲了打擊異己勢力，特別重視御史監軍的作用。文明元年（684年）九月，武后在《改元光宅敕文》中特別指出：「右肅政御史臺一司，其職員一準御史臺，專知諸州按察。其舊御史臺改左肅政御史臺，專知在京有司，及監諸軍旅並出使。」

〔註188〕後晉·劉昫：《舊唐書》卷一七八《王徽傳》，第4643頁。
〔註189〕胡滄澤：《唐代御史制度》，第104頁。
〔註190〕後晉·劉昫：《舊唐書》卷一○○《蘇珦傳》，第3115頁。

〔註191〕監軍在武后稱帝後實是左肅政臺的一項主要職責。有唐一代，確也曾出現過不少忠於職守、剛廉不阿的監軍御史，爲整飭軍隊樹立了良好風範。御史監軍，能加強中央對軍隊的控制，監察軍中將領的不法行爲，維護士兵的合法權益，其有利的方面值得肯定。

玄宗時御史監軍已有了本質的變化，隨著宦官勢力的不斷髮展，宦官開始監軍。德宗朝，「初鑄河東監軍印。監軍有印，自王定遠始也。」〔註192〕宦官監軍有專印，其職能竟同於朝廷衙門。

對宦官監軍，不斷有人指出其弊端。如「安史之亂」爆發後，高適即拜適左拾遺，轉監察御史，「天子西幸，適走間道及帝於河池，因言：『翰忠義有素，而病奪其明，乃至荒踣。監軍諸將不恤軍務，以倡優蒲簺相娛樂，渾、隴武士飯糲米日不厭，而責死戰，其敗固宜。又魯炅、何履光、趙國珍屯南陽，而一二中人監軍更用事，是能取勝哉？臣數爲楊國忠言之，不肯聽。故陛下有今日行，未足深恥。』」〔註193〕宦官監軍的慘痛教訓，不可謂不深刻。中唐時，蕭復也曾深刻指出：「宦者自艱難已來，初爲監軍，自爾恩倖過重。此輩只合委宮掖之寄，不可參兵機政事之權。」〔註194〕

（二）知館驛

唐代交通發達，驛傳體系完善，水陸驛路通向全國各地，遠達四夷邊鄙地區。驛傳體系對國家信息傳遞，政情上傳下達、乃至軍事戰略意義重大。從開元年間開始，御史始兼館驛使，巡察任務中，專門規定有對驛站、驛傳的巡察。「初，開元中，兼巡傳驛，至二十五年，以監察御史檢校兩京館驛。大曆十四年，兩京以御史一人知館驛，號館驛使。」〔註195〕對於違反館驛制度的官員，御史有權彈劾。御史知館驛使，對於保證驛路的順暢有重要意義。這爲「大唐帝國傳達政令、運送官員、交流物資、傳播信息等提供了堅實的基礎，也爲唐詩的當時傳播提供了制度保證。」〔註196〕

總之，唐代御史制度是唐代政治法律制度的重要組成部分，唐代御史制

〔註191〕清·徐松等編：《全唐文》卷九六，第599頁。
〔註192〕後晉·劉昫：《舊唐書》卷一三《德宗紀》，第382頁。
〔註193〕宋·歐陽修：《新唐書》卷一四三《高適傳》，第4679頁。
〔註194〕後晉·劉昫：《舊唐書》卷一二五《蕭復傳》，第3551頁。
〔註195〕宋·歐陽修：《新唐書》卷四八《百官志三》，第1240頁。
〔註196〕吳淑玲：《唐代驛傳與唐詩發展之關係》，見《文學遺產》2008-04期，第36～46頁。

度體系嚴密完備、職能清晰，選任制度規範，監察方式多樣，監察機構獨立、實行垂直領導，它不僅在監察百僚、澄清吏治、維護統治秩序、保證國家機器正常運轉等許多方面，發揮了積極、重要作用，而且豐富了中國廉政文化，爲後世的廉政建設提供了寶貴經驗。「以銅爲鏡，可以正衣冠；以古爲鏡，可以知興替；以人爲鏡，可以明得失。」〔註197〕科學、歷史地考察唐代御史制度的發展變化，總結利弊得失，不但爲研究唐代監察制度所必須，也可爲我國當前的廉政建設提供有益借鑒。

〔註197〕唐・劉餗撰、程毅中點校：《隋唐嘉話》上，中華書局 1979 年版，第 7 頁。

第二章　唐代御史的人格特徵、
　　　　思維模式

中國古代封建社會基本特徵是君主專制，君主專制主義集權的封建王朝得以建立、運轉，有賴於統一的軍隊和統一的官僚機構作爲保障和支撐。龐大的官僚機構是推動國家機器運轉，實施統治的物質力量，因此，保證官僚機構高效、廉潔行政，關乎國家生死存亡。爲治吏而需要監察官，需要相應的法律制度，古代監察法制就是於斯過程中產生和發展起來的。監察官作爲中國古代封建社會一類特殊的社會群體，他們擁有某種長期積澱下來的精神面貌和文化心態。但不同時代的監察官群體往往又具有各自不同的生活方式和文化品格。活躍在唐代監察職位上的御史，既具有古代監察文化的某些傳統心理，又體現出不同於其他時代、不同於唐代其他社會角色的獨特面貌。

第一節　唐代御史的人格特徵

所謂人格，即「個體在對人、對事、對己等方面的社會適應中行爲上的內部傾向性和心理特徵。表現爲能力、氣質、性格、需要、動機、興趣、理想、價值觀和體質等方面的整合，是具有動力一致性和連續性的自我，是個體在社會化過程中形成的心身組織。」〔註1〕人格特質由一系列共有的、重要的、核心的和相對穩定的行爲模式有機組合而成。就總體而言，唐代御史在監察實踐中彈劾不法，不畏權貴；議論朝政，直言敢諫；嫉惡如仇，敢作敢

〔註 1〕　車文博：《當代西方心理學新辭典》，吉林人民出版社 2001 年版，第 287 頁。

爲，表現出一種異常鮮明的人格特徵。細而論之，其人格特徵表現在以下幾方面。

一、剛直骨鯁

唐代御史的人格魅力，首先表現爲剛直骨鯁。御史志懷霜雪、氣抱風雲，彈劾則「公卿屛氣」，出使則「道路生風」，「如火烈烈、如霜肅殺，不可犯也。」〔註2〕有關御史的剛直人格，唐代史料中記載多有，茲先引兩條材料：

《舊唐書》卷八九載：

> 武衛大將軍權善才坐誤斫昭陵柏樹，仁傑奏罪當免職。高宗令即誅之，仁傑又奏罪不當死。帝作色曰：「善才斫陵上樹，是使我不孝，必須殺之。」……仁傑曰：「臣聞逆龍鱗，忤人主，自古以爲難，臣愚以爲不然。居桀、紂時則難，堯、舜時則易。臣今幸逢堯、舜，不懼比干之誅……陛下做法，懸之象魏，徒流死罪，俱有等差。豈有犯非極刑，即令賜死？法既無常，則萬姓何所措其手足。陛下必欲變法，請從今日爲始。……今陛下以昭陵一株柏殺一將軍，千載之後，謂陛下爲何主？此臣所以不敢奉制殺善才，陷陛下於不道。」〔註3〕

《大唐新語》卷二載：

> 宋璟，則天朝以頻論得失，內不能容，而憚其公正，乃敕璟往揚州推按。奏曰：「臣以不才，叨居憲府，按州縣乃監察御史事耳，今非意差臣，不識其所由，請不奉制。」無何，復令按幽州都督屈突仲翔。璟復奏曰：「御史中丞，非軍國大事不當出使。且仲翔所犯，贓污耳。今高品有侍御史，卑品有監察御史，今敕臣，恐非陛下之意，當有危臣，請不奉制。」月餘，優詔令副李嶠使蜀。嶠喜，召璟曰：「叨奉渥恩，與公同謝。」璟曰：「恩制示禮數，不以禮遣璟，璟不當行，謹不謝」。乃上言曰：「臣以憲司，位居獨坐。今隴蜀無變，不測聖意令臣副嶠，何也？恐乖朝廷故事，請不奉制。」〔註4〕

狄仁傑、宋璟是唐代御史中之代表性人物，其行爲在御史群體中具有代表

〔註2〕唐·李華：《御史中丞廳壁記》，《全唐文》卷三一六，第1906頁。

〔註3〕後晉·劉昫：《舊唐書》卷八九《狄仁傑傳》，第2886頁。

〔註4〕唐·劉肅：《大唐新語》卷二「剛正」，第229頁。

性。上述材料中表現出來的狄、宋兩人的性格特點，可以「剛」、「正」二字來概括。眾所周知，在武后朝酷吏政治的陰霾籠罩朝野的氣氛中，朝臣人人自危，以至每入朝，「必與其家訣曰：『不知重相見否？』」〔註5〕狄仁傑、宋璟同樣面臨巨大政治壓力，仍然忠實履行職業使命，對皇帝錯誤言論竟連續數次「拒不奉詔」，其個性之剛直骨鯁，確實有異於常人，不由使人肅然起敬。

　　唐代御史外在行為的剛直源於其個性之骨鯁。剛直心性在唐代許多御史身上都有比較明確的體現，這從史家記載中可以看出，如《新唐書》云：李尚隱，「性剛亮，論議皆披心示誠，處事分明」；〔註6〕劉迴，「以剛直稱，第進士，歷殿中侍御史」；〔註7〕穆寧，「剛正，氣節自在」；〔註8〕李中敏「性剛峭」；〔註9〕狄兼謨，「剛正有祖風」〔註10〕；薛季昶，「性剛烈」；〔註11〕盧渙，「為吏以清白稱」。《舊唐書》云：韋雲起，「剛腸嫉惡」；〔註12〕柳澤，「志懷剛厲」；〔註13〕劉仁軌，「太宗奇其剛正」；〔註14〕李國貞，「性剛正，有吏才」；〔註15〕李齊物，「清廉獨斷，剛毅不群。」；〔註16〕高郢，「性剛正」；〔註17〕李翱，「性剛急，論議無所避」〔註18〕韋安石，「性持重，少言笑，為政清嚴，所在人吏咸畏憚之」；〔註19〕等等。「純臣獨耿介，下士多反覆。明公仗忠節，一言感萬夫。」〔註20〕「官資清貴近丹墀，性格孤高世所稀。」〔註21〕從唐人對監察官的寄贈詩作中同樣能看到這種剛直的性格。

〔註5〕後晉・劉昫：《舊唐書》卷一八六《來俊臣傳》，第5907頁。
〔註6〕宋・歐陽修：《新唐書》卷一三〇《李尚隱傳》，第4499頁。
〔註7〕宋・歐陽修：《新唐書》卷一三二《劉子玄傳・迴附傳》，第4524頁。
〔註8〕宋・歐陽修：《新唐書》卷一六三《穆寧傳》，第5014頁。
〔註9〕宋・歐陽修：《新唐書》卷一一八《李中敏傳》，第4289頁。
〔註10〕宋・歐陽修：《新唐書》卷一一五《狄兼謨傳》，第4215頁。
〔註11〕宋・歐陽修：《新唐書》卷一二〇《薛季昶傳》，第4314頁。
〔註12〕後晉・劉昫：《舊唐書》卷七五《韋雲起傳》，第2633頁。
〔註13〕後晉・劉昫：《舊唐書》卷七七《柳澤附傳》，第2683頁。
〔註14〕後晉・劉昫：《舊唐書》卷八四《劉仁軌傳》，第2789頁。
〔註15〕後晉・劉昫：《舊唐書》卷一一二《李國貞傳》，第3340頁。
〔註16〕後晉・劉昫：《舊唐書》卷一一二《李齊物傳》，第3337頁。
〔註17〕後晉・劉昫：《舊唐書》卷一四七《高郢傳》，第3976頁。
〔註18〕後晉・劉昫：《舊唐書》卷一六〇《李翱傳》，第4207頁。
〔註19〕後晉・劉昫：《舊唐書》卷九二《韋安石傳》，第2956頁。
〔註20〕唐・皎然：《贈李中丞洪一首》，《全唐詩》卷八一五，第9170頁。
〔註21〕唐・李中：《獻張拾遺詩》，《全唐詩》卷七四八，第8526頁。

這些記載顯示出御史在性格上具有某些共性的個性特徵：御史心性耿直、不畏強權、嫉惡如仇，有支配、攻擊、自負、自豪的的特點；御史不避權貴、勁悍質木、果敢勇猛、直道正言、執著倔強；御史忠君報國、崇尚正義、寧爲玉碎、不爲瓦全。儘管上列材料不無虛美成分，但就整體而言，對御史性格特徵的眾多記載都指向一點：剛直。應該說，上述這些記載還是有其客觀性的，已經比較準確地道出了御史群體的個性，比較眞實地逼近御史群體的人格特徵。御史天性中就有對「正」的「親和力」，有對「邪」的「離心力」。

現代西方人格心理學的眾多流派中，幾乎所有的人格理論都不否認人格的先天因素。性格是構成人格特徵的基本要素之一，一個人的人格傾向存在基因，人格特質是經由遺傳、環境、成熟、學習等因素交互作用下，表現於身心各方面的特質。如果拋開御史個性中那些純粹的個人化成分，站在歷史文化的共性層面來看，這種貫穿御史成長、具有共同或相似特質的性格特徵對他們人格形成的影響是不可或缺的。當然，作爲一種人格特質，御史的剛直骨鯁人格，一方面固然是其性格使然，更有待於御史在職業生涯中的人生歷練。

御史的剛直骨鯁人格的形成，最重要的還是來自監察實踐的錘鍊。唐代御史作爲肩負監察職能的群體，其工作不但和尚書省等行政職能部門大爲不同，也和大理寺等司法部門有著本質的不同。御史監察的對象，不是普通民眾，而是官員的違法亂紀行爲，而且多是朝廷重權臣。這些權貴往往掌握相當大的權利，「朝野岳牧除拜多出其門，百僚惕懼，莫敢言者。」〔註22〕「彰善癉惡、激濁揚清」的職責，決定了御史必須剛正骨鯁，不畏強暴，才能完成監察工作。德宗朝御史中丞韓皋，「常有所陳，必於紫宸殿對百僚而請，未嘗詣便殿。上謂之曰：「我與卿言，于此不盡，可來延英。」訪及大政，多所匡益。……公曰：「御史，天下之平也。摧剛植柔，惟在於公，何故不當人知之？奈何求請便殿，避人竊語，以私國家之法？」〔註23〕御史崗位上複雜的工作環境、職業風險，使御史人格向剛果勁正、果敢勇猛等方向發展。逐步形成了剛正骨鯁的人格特質。

唐王朝在御史選任中注重剛直骨鯁因素。御史以監察百僚爲主要職責，

〔註22〕唐・劉肅：《大唐新語》卷二「剛正」，第231頁。
〔註23〕宋・王讜撰、周勳初校證：《唐語林校證》卷三「方正」，第195～196頁。

決定了御史只有氣節剛直，敢於碰硬，才能勝任工作。故唐王朝在御史的選任中，重視御史的剛正素質，選任御史，必「先質重貞退者。」〔註24〕「若非端勁知名之士，不在斯選。」〔註25〕同時，唐代還不斷「淨化」御史臺隊伍，將不合格者淘汰。那些謹小慎微，膽小怕事，不宜擔任御史職務者，常常會遭到淘汰。如穆宗朝李珏，人老好，「性寡欲」，「武昌牛僧孺辟署掌書記。還爲殿中侍御史，宰相韋處厚曰：『清廟之器，豈擊搏才乎？』除禮部員外郎。」〔註26〕《舊唐書》卷一七一載：

> 開成三年，御史中丞高元裕上疏：「御史府紀綱之地，官屬選用，宜得實才。其不稱者，臣請出之。」監察御史杜宣猷、柳瑰、崔郢，侍御史魏中庸、高弘簡，並以不稱，出爲府縣之職。〔註27〕

又《東觀奏記》記載：

> 大中十一年（857年），「李景讓、夏侯孜侃侃立朝，俱勵風操。景讓爲御史大夫視事之日，以侍御史孫玉汝、監察御史盧猭、王覿不稱職，請移他官。」〔註28〕

監察御史杜宣猷、柳瑰等，並非奸佞之人，而是其不能勝任紀綱之司「肅政彈非」的特殊使命。孫玉汝、盧猭等御史因爲不稱職而離開御史臺，這些措施保證了御史隊伍的整體素質，使擔任御史職務者本身即剛正之士，加之監察職業的錘鍊，極有利於其剛直人格之形成。

人格的形成，還受制於其賴以成長的具體環境。唐代御史臺濃烈的法學氣息，對御史群體的思想觀念、思維模式、情志心態都會有一定的、潛移默化的滲透，對他們思維習慣和人格的形成有某種潛在的影響。剛性的法律給御史群體的人格注入了剛勁因子，有助於其剛正人格的形成。唐代御史一般剛直不阿，如睿宗於太極年間（712年）爲給兩個公主建造道觀，向附近各縣在賦稅外額外征稅，對睿宗的這一行爲，時任殿中侍御史的辛替否上疏皇帝、尖銳指斥：「頃自夏已來，霖雨不解，穀荒於隴，麥爛於場。入秋已來，亢旱成災，苗而不實，霜損蟲暴，草葉枯黃。下人咨嗟，未知賙賑，而營寺造觀，

〔註24〕後晉・劉昫：《舊唐書》卷一七七《崔從傳》，第4578頁。
〔註25〕唐・杜牧：《李蔚除侍御史盧潘除殿中侍御史等制》，《全唐文》卷七四八，第4567頁。
〔註26〕宋・歐陽修：《新唐書》卷一八二《李珏傳》，第5360頁。
〔註27〕後晉・劉昫：《舊唐書》卷一七一《高元裕傳》，第4452頁。
〔註28〕唐・裴庭裕撰、田廷柱點校：《東觀奏記》，中華書局1994年版。

日繼於時」〔註 29〕的情況，並質問睿宗「知倉有幾年之儲？庫有幾年之帛？知百姓之間可存活乎？三邊之上可轉輸乎？」堅決要求「權停兩觀」。這種剛正人格的形成與御史臺法學氛圍的薰陶不無關係。

御史的剛直人格，還在於唐代御史制度的紀律規範。唐代統治者一方面重視御史的選任，一方面制定《唐律》，嚴懲貪瀆枉法，規範御史的監察行為，面對「在外官人，罕遵法式，孤弱被抑，冤不獲申，有理之家，反遭逼迫」非法亂紀現象，如御史「多惜人情，未聞正色」，不僅要受到譴責，更要「按其有犯彈奏」。〔註 30〕這種強制性的職業規範有助於推動御史盡職盡責履行職業職責，也有助於唐代御史剛直骨鯁人格的形成。

所當指出的是，並非只有唐代御史具有剛直骨鯁的人格特質，亦不能說唐代御史皆為剛直骨鯁之士。但是，唐代御史的剛直骨鯁人格，自有其獨特的文化語境和文化背景。無論唐人還是後人概括唐代御史「直道正言、不曲不許」，「持憲孤立、直而不撓」，「孤標傑出、壁立千仞」，「骨鯁千秋」等，都是對其人格的一種特別強調。

二、清介自守

御史最基本的行為特徵就是監察，職業職責使御史與其他官員之間形成某種對立的關係，另一方面，御史本身也極容易暴露，其一言一行，都在眾目睽睽之下。這就造成該群體與現實社會之間一種特殊的、近乎對立的關係，與之相適應，御史群體也就形成了其特殊的人格特徵。

作為現實官場的「對立者」，御史職業具有高風險、高壓力特點，御史彈劾的對象是權貴大臣、諫諍的對象是至高無上的皇帝，御史是通過與皇帝和朝中執政大臣的衝突顯示出自己的價值的。皇帝高高在上，難以容忍臣下指責其弊；權臣手握權柄，生殺予奪、專橫跋扈，順之者昌、逆之者亡。而御史心性剛直，嫉惡如仇，奸佞邪惡之徒必想方設法打擊報復、設計陷害。如此使御史經常處於驚風駭浪之中，不測之禍隨時可能降臨。即使在世稱清明政治的貞觀朝，御史也會遭到朝臣之打擊報復，如《唐會要》載「貞觀四年，監察御史王凝使至益州，刺史高士廉勳戚自重，從眾僚候之昇偃亭。凝不為

〔註 29〕唐・辛替否：《諫造金仙玉眞兩觀疏》，見《全唐文》卷二七二，第 1643 頁。
〔註 30〕《唐大詔令集・敕御史刺史縣令詔》，影印文淵閣四庫全書本，臺灣商務印書館 1983 年版。

禮，呵卻之，士廉甚恥恚。至五年，入爲吏部尙書，會凝赴選，因出爲蘇湖令。」〔註31〕監察御史王凝因爲忠於職守成爲權貴報復的對象。貞觀時期猶是如此，更遑論酷吏橫行的武后朝了。難怪武后朝御史中丞魏元忠感歎：「臣猶鹿也，羅織之吏如獵者，苟須臣肉爲之羹耳，彼將殺臣以求進，臣顧何幸？」〔註32〕中唐時，李絳曾上疏痛陳直言進諫之難：

> 夫人臣進言於上，豈易哉？君尊如天，臣卑如地，加有雷霆之威，彼晝度夜思，始欲陳十事，俄而去五六，及將以聞，則又憚而削其半，故上達者財十二。何哉？干不測之禍，顧身無利耳。〔註33〕

御史的職業特徵，往往使其成爲最容易遭受打擊的群體。御史職位固然雄要，備受皇帝重視，爲「清要之職」，但同時御史職業又具有高風險、高壓力的特點，「繡衣之職，自古稱難。豸冠之司，當今不易。」〔註34〕特別是皇帝昏庸、忠奸不分，宦官專權的污濁政局中，御史履行職責常常面臨巨大的職業風險。同時，世俗生活的基本需求與政治勢力共同驅趕著作爲監察群體的御史匯入流俗，隨著時間的遷移，一些放棄了初衷的監察官往往取得了高位，對於其餘人來說更是難看的刺激：舉世昏昏，我何獨昭昭？孤獨的持守意味著與生活需求的對立，而他人的背離則是對此種持守的懷疑，是世俗生活獲得勝利的一次次證明。由此形成的強烈、鮮明的對照，也必然引起御史對自身的反思。

面對此種環境，頹廢、動搖、分化，都是唐代御史群體中切實存在的現象。以元稹爲例，元稹在御史職位上不欲碌碌無爲，意欲自振，遭權貴忌恨，被貶爲江陵士曹參軍。一旦現實的打擊將他從躊躇滿志中驚醒，他才會感到切膚之痛，在貶往江陵士曹參軍途中，元稹痛定思痛，作《酬翰林白學士代書一百韻》詩：「臥轍希濡沫，低顏受頜頤。世情焉足怪，自省固堪悲。溷鼠虛求潔，籠禽方訝饑。猶勝憶黃犬，幸得早圖之。〔註35〕這是遭受沉重打擊之後的痛切反思，並萌生另圖他途的念頭，元稹後來的變節，與宦官交接，在此已初露端倪。但是，我們也可清楚地看到，唐代御史一直作爲一支重要

〔註31〕宋·王溥撰：《唐會要》卷六二「出使」條，第1275～1276頁。

〔註32〕宋·歐陽修：《新唐書》卷一二二《魏元忠傳》，第4344頁。

〔註33〕宋·歐陽修：《新唐書》卷一五二《李絳傳》，第4837頁。

〔註34〕周紹良、趙超主編：《唐代墓誌匯編續集》貞觀〇一二《大唐故度支郎中彭府君墓誌銘並序》，上海古籍出版社2001年版，第15頁。

〔註35〕唐·元稹：《酬翰林白學士代書一百韻》，《全唐詩》卷四〇五，第4519頁。

力量活躍在唐代政治舞臺，其作爲整體的人格特點並未消失。這個群體並未在困境和流俗中消失和沉淪。那麼，支持他們人格的動力又是什麼？

首先，唐代御史清介自守人格的形成，是應對職業複雜環境、自我樹立的需要。「其身正，不令而行；其身不正，雖令不從。」〔註36〕文宗任用狄兼謨時有一段意味深長的談話：「御史臺朝廷綱紀，一臺正，則朝廷治，朝廷正，則天下治。畏忌顧望，則職業廢矣。卿，梁公後，當嗣家聲，不可不慎。」〔註37〕對狄兼謨出任御史中丞一職，期待甚高御史崗位上複雜的工作環境、巨大的職業風險，要求他們有堅定的意志來主宰自我，唐代御史具有明確的自我意識，對自我的珍視使御史們不甘混同於流俗，他們有極高的自我期許。要完成自己的監察使命，必須直道正言、不屈不諂、清正廉潔，才能不爲強暴、邪惡所脅迫。若持身不嚴、爲身家計，難免陷入流俗而難以自拔，沒有主體的挺立，所謂「公義」沒有實現的可能。故「御史多以清苦介直獲進，居常敝服羸馬。」〔註38〕武后朝侍御史王義方，「性謇特，高自標樹」，義方爲御史時，「買第，後數日，愛廷中樹，復召主人曰：『此佳樹，得無欠償乎？』又予之錢。其廉不貪類此。」〔註39〕順宗朝監察御史韋貫之，剛直方正，清廉自守，史書稱其「自布衣至貴位，居室無改移。……身歿之後，家無餘財。」〔註40〕這些都彰顯出御史人格中清方自守的一面。

其次，唐代御史清介自守人格的形成，還是強烈的社會責任感和救世理想的驅動。唐代御史大都對御史職業有一種強烈的使命感和責任感，以「彰善癉惡、激濁揚清」爲己任。如魏傳弓，神龍二年（706年）爲監察御史。「監察御史魏傳弓嘗以內常侍輔信義尤縱暴，將奏劾之，懷貞曰：『輔常侍深爲安樂公主所信任，權勢甚高，……何得輒有彈糾？』傳弓曰：『今王綱漸壞，君子道消，正由此輩擅權耳。若得今日殺之，明日受誅，無所恨！』」〔註41〕再如開元二年，殿中侍御史郭震劾刑部尚書趙彥昭等，明確表示「臣雖才識妄庸，忝司清憲，熟見奸僻，敢不糾彈。」〔註42〕唐代御史，欲不在流俗中隨

〔註36〕《論語·子路》，見清·阮元校刻：《十三經注疏》，中華書局 1980 年版，第 2507 頁。

〔註37〕宋·歐陽修：《新唐書》卷一一五《狄兼謨傳》，第 4215 頁。

〔註38〕宋·王讜撰、周勳初校證：《唐語林校證》卷八「補遺」，第 693 頁。

〔註39〕宋·歐陽修：《新唐書》卷一一二《王義方傳》，第 4160 頁。

〔註40〕後晉·劉昫：《舊唐書》卷一五八《韋貫之傳》，第 4175 頁。

〔註41〕後晉·劉昫：《舊唐書》卷一八三《外戚傳·竇懷貞附傳》，第 4724 頁。

〔註42〕宋·王溥撰：《唐會要》卷六一「御史臺中」，第 1262 頁。

波逐流、迷失自我，不隨政局動盪、政風清濁而保持自己的節操，現實可行的途徑，唯有心中高懸正義理想，通過個體的精神持守，保持御史的內在精神——諸如道德、倫理原則、價值標準等，以清方自守、以儒家道統自持。御史強烈的社會責任感和救世理想的驅動，使他們具有明確的自我定位和極高的自我期許，這實際上即確立了自己的職業信念，確立了個人生存的價值依託，唐代御史的清介自守人格由此而奠定。

三、傑出特立

御史臺和其它行政機構相比，突出的特徵就是「凌駕」其它部門之上，對其行為有監察權。御史臺這種「雄要地位」及御史在國家政治生活中所起的作用，對御史人格形成也有重要影響。

唐代皇帝重視發揮御史的作用，唐初李淵目御史之職「清而復要。」〔註43〕直到唐末的昭宗對御史仍寄於殷切期望，「古置御史，繩愆糾察，為朕耳目。董正朝綱，厥任非輕。……今朕丕承鴻緒，值造多艱，外有侵侮之虞，內賴修攘之略，特簡命爾，而宜益勵初心，毋荒朕命。」〔註44〕任用怎樣的人擔任御史職務，寄託著皇帝的政治希望。唐宣宗更是清楚地表達了他對御史的期待：

> 夫法不立而化行，惡不去而善進，雖使堯舜在上未之有也。故御史之舉職者，前代有埋輪都亭之奏，國朝亦有戴豸正殿之劾。若非端勁知名之士，不在斯選。……使吾綱目盡張，堤防不壞，不在法吏，其在他乎？〔註45〕

可以看出皇帝對御史期望之切，溢於言表。如此君臣際遇，唐代御史怎能不產生感恩報德的感激之情？又怎能不激發起御史群體崇高的職業意識？面對新的崗位和富有挑戰性的工作，御史大多有一種「誓心除國蠹，許國不謀身」，逢危殉命，抱義立節的獻身精神。「御史府居朝廷之中，傑出他署。蓋以圭表百吏，糾繩四方。」〔註46〕御史的職能，本質上講是皇權向各行政機構、向全國各地的延伸，御史往往「代天子巡察」，自然臨駕百僚之上，朝廷大臣也

〔註43〕後晉・劉昫：《舊唐書》卷一八五《良吏上・李素立傳》，第4786頁。
〔註44〕昭宗：《賜御史大夫史實制》，《全唐文》卷九○，第568頁。
〔註45〕《授李蔚侍御史盧潘殿中侍御史等制》，《文苑英華》卷三九四，第2005頁。
〔註46〕唐・崔嘏：《授蕭鄴李元監察御史制》，《全唐文》卷七二六，第4411頁。

心存幾分敬畏，御史臺這種特殊的行政地位，利於唐代御史形成一種傑出特立的人格氣度。

唐代御史通過行業識別和同別的政府機構中的人員的比較，明確意識到自己不同於其他職位，自然產生一種濃鬱的優越意識。御史職權重大，文武百官上自王公大臣、下至各級地方官吏無不受其監督，這使御史產生優於他人的等級意識。御史爲清要之職，在官僚系統中陞遷較快，政績突出者還可提前拔擢，身爲御史不免有仕途亨通的成就感。唐代御史制度賦予御史雄要的政治地位，御史在職位陞遷、職位特徵等諸多方面無與倫比的優勢，使他們普遍有一種自負、自豪之感。思謙「性謇諤，顏色莊重，不可犯。見王公，未嘗屈禮。或以爲譏，答曰：『耳目官固當特立，雕鶚鷹鸇，豈眾禽之偶，奈何屈以狎之？』」〔註47〕韋思謙的這種心態在唐代御史中具有普遍性。無論就社會期待、還是自指而言，唐代御史都有一種頗爲自負、自豪的「特立」意識。

此外，唐代御史傑出特立的人格氣度，還來自大唐世風的陶鑄。「遙想漢人多少閎放，新來的動植物，及毫不拘忌，來充裝飾的花紋。唐人也還不算弱，……長安的昭陵上，卻刻著帶箭的駿馬。」「漢唐雖然也有邊患，但魄力究竟雄大，人民具有不至於爲異族奴隸的自信心。」〔註48〕以剛勁雄健爲特徵的「閎放」、「雄大」氣象，是漢唐文化最突出的歷史特徵，唐代整個社會呈現出一種樂觀豪放，富於新鮮感的青春氣息。此種時代精神對唐代社會生活、士人心態有全面深刻的影響。唐人個個激情四溢、人人傑出特立、笑傲王侯、謔浪公卿者大有人在。唐代御史既處於這樣一種時代氣氛之中，周圍又有那樣一批狂傲不羈的士人群體，那麼，他們形成這種人格心理實在不足爲奇。

四、忠君報國、維護正義

「逆龍鱗，忤人主」，向被視作爲臣之大忌，彈劾位高權重的權臣，有時是要付出生命代價的。所謂「鷹搏狡兔，須急救之，不爾須反爲所噬。御史繩奸佞亦然。」〔註49〕既已深知彈劾權貴的危險性，卻又持守彌堅、義無反

〔註47〕後晉・劉昫：《舊唐書》卷八八《韋思謙傳》，第 2862 頁。

〔註48〕魯迅：《看鏡有感》，《魯迅全集》第一卷《墳》，人民文學出版社 1980 年版，第 202 頁。

〔註49〕宋・司馬光：《資治通鑒》卷二一〇「唐紀二六」，第 2573 頁。

顧，倘若只從剛直的性格加以解釋肯定過於簡單，在御史群體一意孤行、忠於職守的背後，必然具有更爲頑強、更爲理性的精神作爲其人格支撐。如果認眞閱讀有關史料，在更爲宏觀的視野上考察御史的人格構成，當不難發現發現有一種比剛直心性更爲持久、頑強的精神躍動在御史身上。

秦朝和西漢的御史大夫兼任副丞相，監察權勢必受到相權的制約。東漢的御史臺隸屬於少府，少府係皇帝私府，這些都說明秦漢時期監察機構尚未完全獨立。〔註 50〕魏晉六朝，監察制度屢有變遷，更沒有形成「固定的地方監察制度，這是魏晉南北朝時期監察法制發展尚不夠完善之處。」〔註 51〕唐代監察制度的成熟，一方面使御史臺的政治地位「復爲雄要」，另一方面促使御史職責具體化，職業特點和行業特徵清晰化，唐代御史作爲一種獨特的社會角色，一個社會群體的整體性明顯增強。這樣一個有著自身職業特色、職業意識、價值觀念的監察群體的崛起，其政治要求、社會理想、職業意識必然自覺而強烈地反映出來，史載：

> 顯慶元年，……有洛州婦人淳于氏，坐姦繫於大理，義府聞其姿色，囑大理丞畢正義求爲別宅婦，特爲雪其罪。卿段寶玄疑其故，遽以狀聞，詔令按其事，正義惶懼自縊而死。侍御史王義方廷奏義府犯狀，……帝怒，出義方爲萊州司戶，而不問義府姦濫之罪。義府云：「王御史妄相彈奏，得無愧乎？」義方對云：「仲尼爲魯司寇七日，誅少正卯於兩觀之下。義方任御史旬有六日，不能去奸邪於雙闕之前，實以爲愧。」〔註 52〕

李義府是武后的心腹，官拜中書侍郎，同中書門下三品。一個小小的侍御史，上任僅僅二十一天，朝中複雜的人事內幕知之甚少，就欲彈劾武后的心腹親信，當朝宰相，後果是可想而知的。但明知其中的危險，仍執意堅行，驅使他彈劾的內在動力，是忠君報國、維護正義的堅定信念。

崇高的職業使命感、職業意識激發了御史強烈的責任心，成爲唐代御史群體在監察職位上剛直敢言、恪盡職守、無所畏懼的內在動力，這種忠君報國、維護正義的信念，有力地標誌著御史群體職業意識的空前成熟和自覺，

〔註 50〕邱永明：《中國古代監察制度史》，上海人民出版社 2006 年版，第 237～140 頁。

〔註 51〕張晉藩主編：《中國古代監察法制史》，江蘇人民出版社 2007 年版，第 170 頁。

〔註 52〕後晉‧劉昫：《舊唐書》卷八二《李義府傳》，第 2767 頁。

它雖然以盡忠郡王爲前提，但實際上無疑自許爲澄清吏治、去除奸佞等社稷重任的承擔者。對懷著忠君報國、維護正義的政治理想進入仕途的唐代士子來說，御史臺無疑給他們提供了一個極好的不受職守所拘，施展政治抱負的政治平臺，御史的職業使命和文人的政治良知相結合，加強了他們職業意識的成熟和自覺，對此，元稹在《代李中丞謝官表》中有著暢快明白的表述：

> 伏奉今月二十九日制，授臣御史中丞。寵秩逾涯，心魂戰越。臣某中謝。臣生值聖時，蔭分天屬，雖牽絲入仕，或因瑣碎之文，而執簡當朝，實由睦族而致。頃以材駑氣直，屢棄遐荒。陛下擢自遠藩，任兼臺閣。夙夜循省，效報無階。豈謂天眷曲臨，過蒙獎拔，坐令專席，位忝中司。因當陳乞於天，安敢叨榮於己？如或綸言既降，丹慊莫從，則當破柱求奸，碎首請事，死而後已，義不苟然，增日月之末光，答天地之殊造。無任懇款屏營之至。〔註53〕

這是元和四年元稹在監察御史任上爲李夷簡任御史中丞後起草的謝恩表，既反映出元稹強烈的職業意識，又深得李夷簡的認同，我們不妨將其看作是唐代御史群體普遍的職業意識。因爲是御史，就要報效天子知遇之恩，就應當「破柱求奸，碎首請事，死而後已。」唐代御史就是將這種使命感鎔鑄到其監察實踐中去的。實際上，唐代不少正直御史的言行都充分印證了這一點。肅宗朝一度刑法頗濫，御史大夫李峴起而論奏：「若虛希旨用刑，不守國法，陛下若信之輕重，是無御史臺。」〔註54〕李甘，中唐時爲侍御史，「鄭注侍講禁中，求宰相。朝廷譁言將用之，甘顯倡曰：『宰相代天治物者，當先德望，後文藝，注何人，欲得宰相？白麻出，我必壞之。』」〔註55〕惟有體認到御史群體此種崇高、強烈的職業意識、守法意識對御史人格的深刻影響，方能理解唐代御史諸如逢危殉命、直言犯諫、拒不奉詔等種種偏執行爲的心理依據，而不會僅僅將其視爲怪僻荒謬之舉動。

唐代御史具有以道自任的忠君報國、崇尚正義精神絲毫不值得奇怪，因爲這是中國古代士子延續了兩千餘年的集體意識，是悠久的傳統監察文化的積澱。根據文化人類學家的研究，人格不是憑空產生的，個體或群體的人格

〔註53〕冀勤點校：《元稹集》卷三四，中華書局 1982 年版，第 389 頁。（以下版本號略）

〔註54〕後晉・劉昫：《舊唐書》卷一一二《李峴傳》，第 3344～3345 頁。

〔註55〕宋・歐陽修：《新唐書》卷一一八《李中敏傳・李甘附傳》，第 4291 頁。

特質，總是受制於其所處的、特定的文化傳統，在同等社會條件下可以形成個體或群體基本相似的人格特質，亦即「基本人格」。「基本人格是文化的基礎，一個社會的秩序、凝聚力、認同感和穩定性來自某種基本人格的社會成員。」〔註 56〕唐代御史忠君報國、崇尚正義的人格精神，離不開傳統文化，特別是傳統監察文化的薰陶和哺育。

早在春秋戰國時期，以申不害、管仲、商鞅、荀子、韓非等為代表的思想家形成了早期的監察理論，如治國之根本在於治吏，任用諫臣、監督朝政等。申不害認為竊取國家政權者，並非盜賊，而是居於蕭牆之內君王寵信的大臣，「今人君之所以高為城郭而謹門閭之閉者，為寇戎盜賊之至也。今夫殺君而取國者非必逾城郭之險而犯門閭之閉也。」〔註 57〕故應建立專門的監察機構來監督大臣。韓非更是明確提出「明君治吏不治民」的觀點，「聞有吏雖亂而有獨善之民，不聞有亂民而獨治之吏，故明主治吏不治民。」〔註 58〕可以說，先秦肇始，從古代監察文化之濫觴，就有著明確的以「治吏」為主，激濁揚清的監察文化內涵。

秦漢以降，骨鯁忠烈之臣懲處奸邪、直言犯諫之事蹟，史籍多有記載。如漢代蘇章，執法無私，「順帝時，遷冀州刺史，故人為清河太守。章行部案其奸臧。乃請太守為設酒肴，陳平生之好，甚歡。太守喜曰：『人皆有一天，我獨有二天。』章曰：『今夕，蘇孺文與故人飲者。私恩也。明日，冀州刺史案事者，公法也。』遂舉正其罪，州境知章無私，望風畏肅。」〔註 59〕東漢大儒楊震，號「關西孔子」，「道經昌邑，故所舉荊州茂才王密為昌邑令。夜懷金十斤以遺震，震曰：『故人知君，君不知故人。』密曰：『暮夜無知。』震曰：『天知、地知、子知、我知，何謂無知？』」〔註 60〕一句「天知、地知、你知、我知」的平常話語，一代名臣清白、高尚的人格節操可見一斑。漢代李膺，以輕死尚勇、嫉惡如仇著稱，「時張讓弟朔為野王令，貪殘無道，至乃殺孕婦，聞膺屬威嚴，懼罪逃還京師，因匿兄讓弟舍，藏於合柱中。膺知其

〔註 56〕夏建中：《文化人類理論學派 —— 文化研究的歷史》，中國人民大學出版社1997 年版。

〔註 57〕《申子‧大體》，引自《群書治要》卷三六，商務印書館 1939 年版。

〔註 58〕清‧王先慎撰、鍾哲點校：《韓非子集解》卷一四《外儲說右下》，中華書局1998 年版，第 331～332 頁。

〔註 59〕南朝‧宋‧范曄：《後漢書》卷三一《郭杜孔張廉王蘇羊賈陸列傳》，第 1107頁。

〔註 60〕宋‧司馬光：《資治通鑑》卷四九「漢紀四一」，第 566 頁。

狀，率將吏卒破柱取朔，付洛陽獄。受辭畢，即殺之。」〔註61〕他們忠於職守、剛正不阿，出色地踐行了職業使命，在歷史上樹立了一座座高尚人格的豐碑。這種傳統監察文化中最富生命力和感召力的價值觀念，經儒家倫理的自覺鎔鑄，作爲一種「集體無意識」，積澱在古代監察官的心靈深處，參與到唐代御史的人格建構中。唐代御史能遙承此種血脈精神，故其人格特質亦與眾不同。

　　毋庸諱言，唐代也有一些御史趨炎附勢，以柔媚自進。如《御史臺記》記載：「趙仁獎附宦官，拜監察御史，無他能，惟擅歌《黃麞》，姚崇見之曰：『此黃麞御史。』」〔註62〕唐代酷吏的人格缺陷更是非常明顯。這種個別的例外乃至少數的異常情況是存在的，但並不代表唐代御史群體的主體。

第二節　唐代不同歷史階段御史的品格

　　人格是穩定性與可塑性的統一，我們強調人格的穩定性並不意味著它在個體的一生中是一成不變的，隨社會環境、實踐的變化，個體人格也會相應產生或多或少的變化。就唐代御史群體人格發展變化的實際狀況而言，主要有唐代政治環境、監察制度變化及御史職位遷轉引起的人格發展變化等諸種狀況。當然，這裡僅是指變化的主要傾向而言，至於具體細節方面，則呈現複雜之情況。

一、武后朝酷吏的人格缺陷

　　武則天眞正做皇帝雖僅十五年（690～704 年），然執掌大權約從高宗永徽六年（655 年）開始，前後近半個世紀。武則天執政時期，唐代御史臺的職能發生了重大變異，監察制度呈現出新的特點，主要表現在以下三方面：

　　（一）設置左、右肅政臺，御史員額擴大，品階提升，而監察範圍縮小，監察力度空前增強。弘道元年（683 年）十二月，高宗去世；次年，則天立中宗李顯爲帝，改元嗣聖（684 年）；旋又廢之，立李旦爲皇帝，改元文明（684 年），是爲睿宗，大唐王朝也開始了武后臨朝稱制、獨掌大權的時代。在此期

〔註61〕南朝・宋・范曄：《後漢書》卷六七《黨錮列傳》，第 2194 頁。
〔註62〕宋・葉廷珪撰：《海錄碎事》卷十一下注「《御史臺記》」。見文淵閣四庫全書，
　　　　臺灣商務印書館 1983 年版，第 921 冊，第 579 頁。

間，御史臺的編制、職責都發生了重大變化。光宅元年（684年）武后《改元光宅敕文》稱：

> 司隸之官，監郡之職，所以巡省風俗，刺舉愆違。今人物殷煩，區宇遐曠，而所在州縣，未能澄肅。可置右肅政御史臺一司，其職員一準御史臺，專知諸州按察。其舊御史臺改左肅政御史臺，專知在京有司及監諸軍旅並出使。〔註63〕

武則天在唐初御史臺的基礎上，改原來御史臺爲左肅政臺，又新置右肅政臺。同時，御史臺的編制規模成倍擴大。唐初御史臺一般設御史大夫一人、中丞二人、侍御史四人、殿中侍御史六人、監察御史十人，不記裏行等員外官，共計定員二十三人。左、右肅政臺的御史人數，《通典》有詳細記載：

> 武后時，改御史臺爲肅政臺，凡置左、右肅政二臺。別置大夫、中丞各一人，侍御史、殿中、監察各二十人。〔註64〕

這樣，兩臺共計御史人數達一百二十餘人。這裡不排除有武后濫授御史的現象。〔註65〕如此龐大的監察隊伍是中國監察史上空前的。

在擴大左、右肅政臺御史員額的同時，武則天將御史的品階亦相應提升，《通典》卷四二載：

> 侍御史，從六品下階。注：舊從七品上，《垂拱令》改。

> 殿中侍御史，從七品下階。注：御史臺、國子主簿，舊正八品，《垂拱令》改。

> 監察御史，正八品上階。注：舊從八品上，《垂拱令》改。

〔註66〕

左、右肅政臺的職責亦發生重大變化，《通典》卷四二載：「左以察朝廷，右以察郡縣。」〔註67〕又據宋代類書《類要》引《垂拱令》曰：「左肅政臺監察御史，掌在京糾察、祠祀及諸出使之事。」〔註68〕可見左肅政臺主要監察兩

〔註63〕清·徐松等：《全唐文》卷九六，第599頁。

〔註64〕唐·杜佑：《通典》卷二四《職官六》，第141頁。

〔註65〕武則天執政時期授官較濫，如唐張鷟《朝野僉載》卷四載：「則天革命，舉人不試皆與官。起家至御史、評事、拾遺、補缺者，不可勝數。」

〔註66〕唐·杜佑：《通典》卷二四《職官六》，第143～145頁。

〔註67〕唐·杜佑：《通典》卷二四《職官六》，第141頁。

〔註68〕《類要》卷一六「監察御史」引《職員令》，第650頁下。《類要》見《四庫存目叢書》子部，齊魯書社1997年版。

京官吏，右肅政臺則負責巡查地方。

左右肅政臺的設立，御史人數成倍擴大，職責分工清晰，品階升高，必然大大提高御史臺的地位，有助於調動御史監察的積極性。御史監察範圍更加集中、細化，意味著監察力度空前增強。

（二）四方告密者蜂起，御史享有「風聞奏事」的特權。如果說御史編制的擴大，職能的強化奠定了組織人事上的保障，那麼鼓勵告密、允許御史「風聞奏事」則是恐怖政治的權力保障。《資治通鑑》載：

> 武后以法制群下，諫官、御史得以風聞言事。自御史大夫至監察得互相彈奏，率以險詖相傾覆。〔註69〕

所謂「風聞奏事」，亦即御史對傳聞所得信息，不必查驗真實與否，便可上疏彈奏。由於「風聞奏事」信息準確性不夠，誣陷、冤濫頗多，唐王朝一直不許「風聞奏事」。武則天為了打擊反對勢力，允許御史「風聞奏事」，這一特權廣為奸佞之徒所運用，「及許敬宗、李義府用事，政多私僻，奏事官多俟仗下，於御座前屏左右密奏。」〔註70〕密告、陷害之風遂愈演愈烈。

武后臨朝稱制後，於垂拱二年下制：「朝堂所置登聞鼓及肺石，不須防守，其有槌鼓石者，令御史受狀為奏。」〔註71〕同時，武則天還創設了全新的匭檢制度，以接受民間告密舉報。垂拱二年三月，太后命鑄銅為匭，其器共為一室，中有四隔，上各有竅，以受表疏，可入不可出，「其東曰『延恩』，獻賦頌、求仕進者投之；南曰『招諫』，言朝政得失者投之；西曰『伸冤』，有冤抑者投之；北曰『通玄』，言天象災變及軍機密計者投之。命正諫、補闕、拾遺一人掌之。」〔註72〕登聞鼓、肺石及匭檢制度，本身無可非議，但在武后朝卻完全變質，誘發告密之風，《資治通鑑》卷二〇三載：

> 太后自徐敬業反，疑天下人多圖己，又自以久專國事，且內行不正，知宗室大臣怨望，心不服，欲大誅殺以威之。乃盛開告密之門，有告密者，臣下不得問，皆給驛馬。供五品食，使詣行在。雖農夫樵人，亦得召見，廩於客館，所言或稱旨，則不次除官，無實者不問。於是四方告密者蜂起，人皆重足屏息。〔註73〕

〔註69〕宋・司馬光：《資治通鑑》卷二一一「唐紀二七」，第2598頁。
〔註70〕宋・司馬光：《資治通鑑》卷二一一「唐紀二七」，第2598頁。
〔註71〕宋・王溥撰：《唐會要》卷六二「御史臺下」，第1280頁。
〔註72〕宋・司馬光：《資治通鑑》卷二〇三「唐紀一九」，第2485頁。
〔註73〕宋・司馬光：《資治通鑑》卷二〇三「唐紀一九」，第2485頁。

徐敬業只是李唐王朝的一個中下級軍官，登高一呼，竟然「天下雲集響應」，號召力如此之大，顯然不是其人格魅力，而是普天之下對女皇的不滿和不服，這是武則天深知的。面對此種境遇，武則天必然要大開告密之風，不惜殺人以立威。嗣聖元年（684 年）二月，參與廢帝的飛騎十餘人聚會宴飲，其中一人言：「向知別無勳賞，不若奉廬陵。」語未畢，「一人起，出詣北門告之。座未散，皆捕得，繫羽林獄。言者斬，餘以知反不告皆絞，告者除五品官。告密之端自此興矣。」〔註74〕於是人人自危，道路以目，無敢言者。正如時任麟臺正字的陳子昂所云：

> 頃年以來，伏見諸方告密囚累百千輩，大抵所告皆以揚州為名，及其窮究，百無一實。陛下仁恕，又屈法容之，傍許他事，亦為推劾。遂使奸惡之黨，決意相讎；睚眥之嫌，即稱有密；一人被訟，百人滿獄，使者推捕，冠蓋如雲。或謂陛下愛一人而害百人，天下喁喁，莫知寧所。〔註75〕

武則天大興告密之風的真實動機，是鞏固威權、打擊異己，維持自己的統治。其主要打擊對象是李唐王室及舊臣官僚。但酷吏「上以希人主之旨，下以圖榮身之利。徇利毀多，則不能無濫，濫及良善，則淫刑逞矣。」〔註76〕事實上形成了陰森恐怖的政治環境，對當時官僚層的心理有深刻影響。

（三）御史臺為酷吏所把持，由監察機關淪為特務機關。單純鼓勵告密還遠遠不夠，武則天更要將普通案件無限上綱、無限擴大，株連甚廣，弄得人人自危方能起到震懾效果。武后臨朝之初，政治地位尚不鞏固，急需以酷吏實施嚴刑峻法來樹立權威。《舊唐書·酷吏傳》云：

> 逮則天以女主臨朝，大臣未附，委政獄吏，剪除宗枝。於是來俊臣……周興、丘神勣、侯思止、郭霸、王弘義之屬，紛紛而出。然後起告密之刑，制羅織之獄，生人屏息，莫能自固。〔註77〕

如此一來，御史臺為酷吏所把持。武后時期酷吏見諸史籍的即有：丘神勣、來子珣、萬國俊、周興、來俊臣、魚承曄、王景昭、索元禮、傅遊藝、王弘義、張知默、裴籍、焦仁亶、侯思止、郭弘霸、李仁敬、皇甫文備、陳嘉言、

〔註74〕宋·司馬光：《資治通鑑》卷二〇三「唐紀一九」，第 2477 頁。
〔註75〕唐·陳子昂：《諫用刑書》，《全唐文》卷二一三，第 1285 頁。
〔註76〕唐·陳子昂：《諫用刑書》，《全唐文》卷二一三，第 1286 頁。
〔註77〕後晉·劉昫：《舊唐書》卷一八六上《酷吏傳上》，第 4836 頁。

劉光業、王德壽、王處貞、劉景陽、屈貞筠、唐奉一、李秦授、曹仁哲、鮑
思恭、周利貞、裴談、張福貞、張思敬、王承、劉暉、楊允、姜煒、封行珣、
張知、衛遂忠、公孫琰、鍾思廉、姚紹之、李嵩、李全交、王旭、朱南山、
康暐、吉頊等四十七人。〔註78〕其中來子珣、萬國俊、來俊臣、魚承曄、劉
光業、王德壽、鮑思恭、王處貞、王弘義、屈貞筠、侯思止、周利貞、郭弘
霸、李敬仁、傅遊藝、姚紹之、李嵩、李全交、王旭、吉頊〔註79〕等二十人
均有御史經歷。由此可見御史是酷吏的重要來源之一。來俊臣，天授二年擢
拜左臺御史中丞，與一幫酷吏同惡相濟，「陰嘯不逞百輩，使飛語誣衊公卿，
上急變。每摘一事，千里同時輒發，契驗不差，時號爲『羅織』。……俊臣與
其屬朱南山、萬國俊作《羅織經》一篇。……俊臣鞫囚，不問輕重，皆……
掘地爲牢，或寢以匭溺，或絕其糧，囚至齧衣絮以食，大抵非死終不得出。
每赦令下，必先殺重囚乃宣詔。又作大枷，各爲號：一、定百脈，二、喘不
得，三、突地吼，四、著即臣，五、失魂膽，六、實同反，七、反是實，八、
死豬愁，九、求即死，十、求破家。後以鐵爲冒頭，被枷者宛轉地上，少選
而絕。凡囚至，先布械於前示囚，莫不震懼，皆自誣服。」〔註80〕御史臺已
由原來的監察機關淪爲特務機關，監察職能喪失殆盡，完全成爲武則天打擊
異己勢力的工具。

　　當酷吏橫行之時，仍有一些正直良吏如嚴思善、徐有功等御史不屈不許，
與酷吏對立。只是武則天一心想用酷吏整肅異己，因此就讓酷吏肆意橫行。
此種形勢下，徐有功等御史哪有能力力挽狂瀾，能於濁流中圍住一圈清水已

〔註78〕此處綜合《舊唐書·酷吏傳》、《新唐書·酷吏傳》及《唐會要》卷四一「酷
　　　　吏」等材料。
〔註79〕來子珣，見《舊唐書》卷一八六《酷吏傳上》；萬國俊見《舊唐書》卷五〇《刑
　　　　法志》；來俊臣，見《舊唐書》卷一八六《酷吏傳上》；魚承曄，見《舊唐書》
　　　　卷八七《裴炎傳》；劉光業，見《舊唐書》卷五〇《刑法志》；王德壽，見《舊
　　　　唐書》卷五〇《刑法志》；鮑思恭，見《舊唐書》卷五〇《刑法志》；王處貞，
　　　　見《舊唐書》卷五〇《刑法志》；王弘義，見《新唐書》卷二〇九《酷吏傳》；
　　　　屈貞筠，見《舊唐書》卷五〇《刑法志》；侯思止，見《舊唐書》卷一八六《酷
　　　　吏傳上》；周利貞，見《舊唐書》卷九一《桓彥範傳》；郭弘霸，見《舊唐書》
　　　　卷五〇《刑法志》；李敬仁，見《舊唐書》卷五〇《刑法志》；傅遊藝，見《舊
　　　　唐書》卷一八六《酷吏傳上》；姚紹之，見《新唐書》卷二〇九《酷吏傳》；李
　　　　嵩、李全交分見《朝野僉載》；王旭，見《舊唐書》卷一八六上《酷吏傳上》；
　　　　吉頊，見《舊唐書》卷一八六上《酷吏傳上》。
〔註80〕宋·歐陽修：《新唐書》卷二〇九《酷吏傳·來俊臣傳》，第5905～5906頁。

屬萬幸了。

武后朝監察制度的上述變化，造就了特殊情況下的酷吏群體，導致一定時期內酷吏政治的肆虐橫行，這是御史人格心態在特定情況下的變態發展。與剛正不阿的御史群體相比，酷吏人格具有如下缺陷：

首先，酷吏為吏尖刻而品德拙劣。酷吏在中國歷史上由來已久，《舊唐書・酷吏傳序》認為「持法任術，尊君卑臣，奮其策而鞭撻宇宙，」是為苛法；「持其苛，肆其猛」用事為酷吏。〔註 81〕唐代酷吏皆是「庸流賤職，奸吏險夫。以粗暴為能官，以兇殘為奉法。往從按察，害虐在心。倏忽加刑，呼吸就戮。暴骨流血，其數甚多。冤濫之聲，盈於海內。」〔註 82〕可見酷吏人格污點甚多，為吏尖刻而品德拙劣。

按照唐王朝一般案件縣審——州審——省審三級審訊、重大案件「三司受事」的司法審判機制，武則天斷無專權之可能。為了打擊異己勢力，她必須越過現行制度，踐踏法律的尊嚴，直接交能希風承旨之人處理告密案件。這些酷吏既受武皇直接派遣、小人得志，那就頤指氣使，無限上綱，用極其殘酷的手段對朝臣橫加迫害，以完成特殊任務。長壽二年（693 年），女皇派遣萬國俊攝監察御史推按嶺南服刑之人謀逆案，授其「若得反狀，便斬決」之權。國俊集中流人置於別所，知其冤而不為伸，竟矯詔令其自盡，流人皆號哭，稱冤不服，國俊乃將其驅趕至水中殺戮，三百餘人一時斃命。然後屈打成招，誣奏說「諸流人咸有怨望，若不推究，為變不遙。」〔註 83〕武后「深然其奏」，擢國俊為侍御史。又派遣劉光業、王德壽、鮑思恭、王處貞、屈貞筠等一幫酷吏分往劍南、黔中、安南、嶺南等六道查案。諸酷吏見萬國俊殺人陞官，紛紛效法，劉光業殺九百人、王德壽殺七百人，少者殺人亦不少於五百，一時人人自危，道路以目。

其次，阿諛奉承、獻媚邀寵，善於投機以求高位。唐王朝立國之初，關隴軍事貴族與部分江南士族、山東舊族共同組成了核心領導層。處於權力金字塔下層的低級官吏很難與貞觀重臣分庭抗禮。他們迫切期望提高自己的政治地位，從歧視、壓制他們的關隴貴族手中奪取特權。早在高宗龍朔時期（661年～664 年），圍繞「廢王立武」事件，李義府、許敬宗等新進文士就表現出

〔註 81〕後晉・劉昫：《舊唐書》卷一八六上《酷吏上》，第 4835 頁。

〔註 82〕後晉・劉昫：《舊唐書》卷一八六上《酷吏上》，第 4840～4841 頁。

〔註 83〕後晉・劉昫：《舊唐書》卷一八六《酷吏上・萬國俊傳》，第 4846 頁。

「急於干進、利慾薰心、阿諛諂媚，無儒雅之態、無骨鯁之氣」〔註 84〕的人格特徵。酷吏之行爲具有很大的政治投機性，如侯思止，「索元禮引與同坐，密教曰：『上不次用人，如問君不識字，宜對獬豸不學而能觸邪，陛下用人安事識字？』無何，后果問，思止以對，后大悅。」〔註 85〕擢爲左臺侍御史。而武則天爲了樹立威權，打擊貞觀舊臣，急需一批支持者，兩者一拍即合，結成政治聯盟。「武后已立，義府與敬宗、德儉及御史大夫崔義玄、中丞袁公瑜、大理正侯善業相推轂，濟其奸，誅棄骨鯁大臣，故后得肆志攘取威柄，天子斂衽矣。」〔註 86〕

再次，御史本身具有權威性人格特徵，在御史職業道德淪喪，御史臺畸形運作的情況下，御史人格又會向暴力人格發展。就本質而言，封建國家的監察制度是爲君主服務的，它一方面具有監察百僚、維護吏治的作用；另一方面，御史臺本身也具有強化專制統治的工具品格。在某些特殊歷史條件下，御史臺的工具品格會相應會膨脹。酷吏是武后朝監察制度畸形發展、御史權力惡性膨脹的產物。貞觀之治，省刑愼法，天下有良吏而無酷吏。武則天欲挾制群臣，威權獨任，「於是索元禮、來俊臣之徒，揣后密旨，紛紛並興，澤吻磨牙，噬紳縉若狗豚然，至叛胔臭達道路，冤血流離刀鋸，忠鯁貴強之臣，朝不保昏。」〔註 87〕史家感慨「非吏之敢酷，時誘之爲酷」，可謂深中肯綮。

總之，由於先天的文化素質、特定政治環境的影響，酷吏群體普遍具有急於干進、利慾薰心、不擇手段、殘暴貪婪、善於投機、品德拙劣等人格特質。這些惡劣的人格特質在武則天肅清政敵、整肅外朝的運動中進一步強化，其負面效應也更爲突出。

二、天寶時期監察制度的弱化與御史剛直人格的淡化

欲論述天寶時期唐代監察制度的變化及其對御史人格、心態的影響，須首先明瞭此期的社會政治情況。

開元時期，唐玄宗勵精圖治，系統地針對武則天時期御史活動的不正常情況撥亂反正，唐代御史制度也進一步完善和成熟。然天寶時期，玄宗日倦

〔註 84〕 杜曉勤：《初盛唐詩歌的文化闡釋》，東方出版社 1997 年版，第 204 頁。
〔註 85〕 宋·歐陽修：《新唐書》卷二〇九《酷吏傳》，第 5909 頁。
〔註 86〕 宋·歐陽修：《新唐書》卷二二三《李義府傳》，第 6340 頁。
〔註 87〕 宋·歐陽修：《新唐書》卷二〇九《酷吏傳序》，第 5903～5904 頁。

政務、耽於享樂，唐王朝在經歷了開元盛世之後正醞釀著一場空前的災難。作爲國家整個政治生活的有機組成部分，唐代天寶年間監察制度遭到破壞，御史監察職能全面弱化，存在諸多複雜而嚴重的問題，概而言之，其弊有三：

其一，宦官分割御史臺職權，獲得了監軍權。唐玄宗走上歷史舞臺，宦官功不可沒。早在先天元年（712 年），玄宗在發動宮廷政變中，就受到宦官高力士等的全力支持。玄宗上臺以後，以高力士爲代表的宦官侍奉玄宗，深受信任，漸漸掌握大權，成爲朝廷一股重要勢力。唐玄宗後期，宦官勢力更得到很大發展，並逐漸侵蝕其他政府部門的職權，至天寶初期，宦官遂奪取了御史臺的監軍權。史載：「小勃律，其王爲吐蕃所誘，妻以女，故西北二十餘國皆羈屬吐蕃。自仁琬以來三討之，皆無功。天寶六載，詔仙芝以步騎一萬出討。是時步兵皆有私馬自隨，仙芝乃自安西過撥換城，入握瑟德，經疏勒，登葱嶺，涉播密川，遂頓特勒滿川，行凡百日。……仙芝乃分軍爲三，使疏勒趙崇玭自北谷道、撥換賈崇瓘自赤佛道、仙芝與監軍邊令誠自護密俱入，約會連雲堡。」〔註 88〕這是唐代宦官監軍的最早記載，此後唐代宦官監軍的記載也不斷出現。宦官深居後宮，久處婦人之中，不知稼穡之艱、邊庭之苦，更不瞭解軍中、邊疆情況，遑論行軍打仗？故宦官監軍，不但使軍隊的戰鬥力下降，更開了中唐宦官專權的先例，影響至爲惡劣。

其二，藩鎮大員對御史臺職權的切割，嚴重削弱了御史臺的權威。天寶時期，各個節度使勢力也空前膨脹，如安祿山，天寶元年（741），剛剛 40 歲便一躍成爲平盧軍節度使，此後又恃後宮之寵以求進，在唐王朝嚴格按「循資格」任官的體制下，屢屢刷新唐代和平年間節度使陞遷的記錄，至天寶十載（751 年），安祿山已身兼三鎮節度使，兼平盧、河北轉運使、管內度支、營田、採訪處置使。藩鎮節將勢力既大增，則必然要切割御史臺的權力以自固、自重。《唐語林》卷八云：「開元已前，諸節制並無憲官，自張守珪爲幽州節度，加御史大夫，幕府始帶憲官，由是方面威權益重。」〔註 89〕諸節度使本來即是封疆大吏，主政一方，又帶憲銜，自然威權益重，其負面影響則是御史臺監察職能的削弱，失去監督與約束的政局愈來愈黑暗、污濁了。

其三，奸相對御史臺的清洗，使御史臺職能近乎癱瘓。開元二十四年（736 年）張九齡罷相，李林甫任中書令，這是開元政治由清明到日趨黑暗的轉折

〔註 88〕宋・歐陽修：《新唐書》卷一三五《高仙芝傳》，第 4576 頁。
〔註 89〕宋・王讜撰、周勳初校證：《唐語林校證》卷八「補遺」，第 693 頁。

點。李林甫於開元二十四年（736年）爲相，天寶十二年（753年）卒，執掌
朝政達十六年之久；天寶十三載（754年）以後，楊國忠又獨攬大權。爲了鞏
固自己在朝中的地位，李、楊先後屢興大獄，大肆誅殺御史臺官員。開元二
十五年（737年），「監察御史周子諒上書忤旨，暴之殿庭，朝堂決杖死之。」
〔註90〕死於李林甫的屠刀下。天寶初，李林甫藉故貶李邕爲北海太守，天寶
六載（747年），李林甫指使「監察御史羅希奭馳往就郡決殺之。」〔註91〕御
史大夫韋堅，頗有吏能，其姐是惠宣太子妃，妹又爲皇太子妃。看到韋堅「中
外榮盛」，李林甫「懼其詭計求進，承恩日深，堅又與李适之善，益怒之，恐
入爲相，乃與腹心構成其罪。……（天寶）五載正月望夜，堅與河西節度使，
鴻臚卿皇甫惟明夜遊，同過景龍觀道士房，爲林甫所發，以堅戚里，不合與
節將狎昵，是構謀規立太子。玄宗惑其言，遽貶堅爲縉雲太守，惟明爲播川
太守。尋發使殺惟明於黔中。……又構堅與李适之善，貶适之爲宜春太守。
七月，堅又長流嶺南臨封郡，堅弟將作少匠蘭、樗縣令冰、兵部員外郎芝、
堅男河南府戶曹諒並遠貶。至十月，使監察御史羅希奭誅而殺之，諸弟及男
諒並死。」〔註92〕因韋堅一案，殿中侍御史鄭欽說貶夜郎尉，監察御史豆盧
友貶富水尉，監察御史楊惠貶巴東尉，連累者數十人。經過幾次打擊，除王
維等極少數御史之外，正直的御史臺官員許多人被殺、遭貶。

楊國忠專權則更有甚者，「河東太守兼本道採訪使韋陟，斌之兄也，文雅
有盛名，楊國忠恐其入相，使人告陟贓污事，下御史按問。陟賄中丞吉溫，
使求救於安祿山，復爲國忠所發」，遂貶「陟桂林尉，溫灃陽長史。安祿山爲
溫訟冤，且言國忠諂疾。上兩無所問。」〔註93〕權相與藩鎮、節度之間的矛
盾日趨激烈，表面繁榮的唐王朝已潛藏著種種危機。

當然，政局的日趨腐敗、黑暗只是外因，天寶御史群體人格心態的變化，
與其自身的人格、素質是分不開的。爲了更清晰、深刻地認識天寶時期御史
群體的人格特點，我們不妨將天寶御史群體與中唐御史群體的參政素質進行
比較。若細加比較，不難發現兩者之間存在著明顯差別：

首先，從生活的社會環境來看，中唐御史群體身處由亂入治之際，參政

〔註90〕後晉・劉昫：《舊唐書》卷九《玄宗紀下》，第208頁。
〔註91〕後晉・劉昫：《舊唐書》卷一九〇中《文苑傳中・李邕傳》，第5040頁。
〔註92〕後晉・劉昫：《舊唐書》卷一〇五《楊慎矜傳》，第3224頁。
〔註93〕宋・司馬光：《資治通鑒》卷二一七「唐紀三三」，第2673頁。

意識具體實在。中唐時期社會危機已經積澱到不可不變之時，整個社會均有著革除弊政的緊迫感，變革圖強思想風起雲湧，從韓愈、柳宗元、劉禹錫、元稹的監察實踐中可以明確地看到這一點，從「永貞革新」中我們更能窺探到士階層力圖變革的堅強意志和不懈努力。與之相比，天寶御史群體則身處表面繁榮的「盛世」，參政意識浮躁空疏。雖然此期御史諫政、監察傳統猶存，但重文的政治傳統更濃，御史選任中重文因素增多。御史群體置身於此種相對寬鬆的政治環境中，其參政熱情及任性行爲，構成了這個時代文人們的精神風貌。生活在這種環境下的天寶御史群體難免空泛浮躁、浪漫不羈，其參政素質、參政能力離現實政治的需要還是有相當差距的。

其次，從個人經歷來看，中唐御史多數出身貧寒，從小體驗到生民凋敝、民生之艱。李紳一首「鋤禾日當午、汗滴禾下土。誰知盤中餐，粒粒皆辛苦。」無疑交織著自身慘淡的生活體驗；韓愈「三歲而孤，蒙幼未知。」〔註 94〕可謂孤苦飄零、艱辛備嘗；憲宗朝崔從，少孤貧，「與仲兄能同隱山林，苦心力學，屬歲兵荒，至於絕食，弟兄採梠拾橡實，飲水棲衡，而講誦不輟，」〔註 95〕如斯者十餘載。苦難生涯的錘鍊，使中唐御史深切地認識到社會之弊病，故其具有「救濟人病、俾補時闕」的強烈願望。盛唐士人多爲盛世光環所籠罩，大都在漫遊、豪飲、交友中度過了快意風光，岑參「春草連青綬，晴花間赤旗。山鶯朝送酒，江月夜供詩。」〔註 96〕杜甫所謂「往昔十四五，出遊翰墨場。斯文崔魏徒，以我似班揚。……性豪業嗜酒，嫉惡懷剛腸。脫略小時輩，結交皆老蒼。飲酣視八極，俗物都茫茫。」〔註 97〕頗能道出盛唐士人的共同推崇的生活方式。這種豪放、浪漫生活中形成的士人人格更多具有一種詩人氣質，而缺少政治家必備的行政能力，因此，盛唐士人群體的參政意識往往被織成一張夢幻的大網，只是作爲一種不著邊際的人生理想而呈現。

再次，盛唐更多是一個充滿青春氣息、更爲感性的時代。盛唐士人的救世理想往往較爲空疏，不切實用。中唐時期，標誌著由漢代章疏學派向宋代心性學派過渡的啖助《春秋》學派經世致用思想風起雲湧，對中唐御史影響

〔註 94〕唐・韓愈：《祭鄭夫人文》，見《全唐文》卷五六八，第 3392 頁。

〔註 95〕後晉・劉昫：《舊唐書》卷一七七《崔愼由傳・父從附傳》，第 4577 頁。

〔註 96〕唐・岑參：《送嚴黃門拜御史大夫再鎮蜀川兼觀省》，《全唐詩》卷二〇一，第 2100 頁。

〔註 97〕唐・杜甫：《壯遊》，仇兆鰲：《杜詩詳注》卷一六，中華書局 1979 年版，第 1438 頁。

甚大。陸質的主要政治活動在貞元末年,與韋執誼,王叔文任太子侍讀,並曾參加王叔文集團。中唐著名政治家如柳宗元、呂溫、羊士諤、韓曄、凌準、韓泰、劉禹錫等均曾師從陸質學習《春秋》學派。柳宗元繼承了啖、趙學派特別是陸質「以生人為重,社稷次之之義,發吾君聰明,躋盛唐於雍熙」的精神指向;〔註98〕呂溫明言「所曰《春秋》者,……必可以尊天子、討諸侯、正華裔、繩賊亂者,某願學焉。」〔註99〕劉禹錫認為《春秋》之學「其寬猛迭用,猶質文循環,必稽其弊而矯之。」〔註100〕竇群、韓愈等御史,儘管政治見解與柳宗元各異,但都推崇《春秋》學派,憲宗元和年間,盧仝以治《春秋》而知名,韓愈稱讚其「先生事業不可量,惟用法律自繩己。《春秋》三傳束高閣,獨抱遺經窮終始。」〔註101〕可見,韓愈對《春秋》之學是推崇的。無論是「尊天子、討諸侯、正華裔、繩賊亂」,還是「以生人為重,社稷次之之義」等言論主張,都充分體現出中唐御史通經以致用的特點。

由於上述差別,盛唐御史群體雖然有著積極參政的願望,卻較難將其化作具體的監察實踐,對現實政治的監察能力有限。監察力度的不足,則容易造成宦官、藩鎮、奸相對御史臺職權的分割。一方面是御史職權大為削弱,御史在現實政治中難以作為,另一方面是藩鎮、節度幕府需要幕僚人才,不少御史轉而通過入幕求取官職,如此則御史臺的監察職能一再被弱化了。天寶時期政局的日益混亂,與此期御史監察權的弱化,不能有效實施監察是分不開的。「上即位以來,所用之相,姚崇尚通,宋璟尚法,張嘉貞尚吏,張說尚文、李元紘、杜暹尚儉,韓休、張九齡尚直,各其所長也。九齡既得罪,自是朝廷之士,皆容身保衛,無復直言。」〔註102〕面對政治環境的污濁,特別是多名正直御史被貶、被殺的境遇,許多御史如驚弓之鳥,皆容身保衛、無復直言,呈現出「集體怔忡症」。加之天寶御史群體詩人情感型氣質頗濃,少有政治家的理智、堅韌、權變之策,也極容易引起人格心態的移位。

此期御史剛直人格的淡化傾向,可以王維、蔣冽等御史為例說明。開元二十二年(734年)張九齡為中書令。王維被擢為右拾遺。作有《獻始興公》詩,稱頌張九齡「所不賣公器,動為蒼生謀。」「賤子跪自陳,可為帳下不?

〔註98〕唐・呂溫:《祭陸給事文》,《全唐文》卷六三一,第3762頁。
〔註99〕唐・呂溫:《與族兄皋請學〈春秋〉書》,《全唐文》卷六二七,第3741頁。
〔註100〕唐・劉禹錫:《答饒州元使君書》,《全唐文》卷六〇四,第3603頁。
〔註101〕唐・韓愈:《寄盧仝》,《全唐詩》卷三四〇,第3808頁。
〔註102〕宋・司馬光:《資治通鑑》卷二一四「唐紀三〇」,第2635頁。

感激有公議，曲私非所求。」〔註103〕體現了他當時積極進取、有所作爲的心態。開元後期，政局日趨污濁，特別是張九齡被貶後，王維對政治日趨厭倦、心態日趨消極。但對李林甫而言，像王維這樣性格柔弱之人留在御史臺，既無妨自己專權，又不會授人以柄，還表明自己並非任人唯親，是奸相頗爲屬意的御史人選。故李林甫專權時期，王維非但未遭清洗，官職還穩健上昇，開元二十五年（737年）王維以監察御史的身份出使邊塞，作有《使至塞上》、《出塞》等詩。開元二十八年（740年），王維以殿中侍御史身份知南選，天寶末，更官至給事中。職位陞遷的同時，王維之心態卻產生重大變化，他一方面對當時的官場感到厭倦和擔心，另一方面卻又戀棧懷祿，不能決然離去，只得隨俗俯仰，亦官亦隱，「日夕見太行，沉吟未能去。問君何以然，世網嬰我故。小妹日成長，兄弟未有娶。家貧祿既薄，儲蓄非有素。幾回欲奮飛，踟躕復相顧。」〔註104〕這種心態，和早期的積極進取人格心態相較，眞有恍如隔世之感。

蔣冽，開元時進士及第，歷仕大理評事、監察御史、殿中侍御史、侍御史，天寶中先後任考功員外郎、御史中丞，可謂是開元、天寶時期資深的監察官。其《經埋輪地》詩云：

漢家張御史，晉國綠珠樓。時代邈已遠，共謝洛陽秋。

洛陽大道邊，舊地尚依然。下馬獨太息，擾擾城市喧。

時人欣綠珠，詩滿金谷園。千載埋輪地，無人興一言。

正直死猶忌，況乃未死前。汨羅有翻浪，恐是嫌屈原。〔註105〕

該詩感慨歷史上「埋輪破柱」之士後代乏人，對御史職業的風險、壓力存有顧忌，「汨羅有翻浪，恐是嫌屈原。」詩人對屈原遭遇的深深同情中也反映出其憂讒畏譏之心態，蔣冽於「安史之亂」中曾受僞職，從中亦能窺見些許端倪。

三、政治衰敗與中、晚唐御史的多元心態

「安史之亂」以後，唐王朝社會政治日趨黑暗與腐敗，藩鎮相繼而起，「喜則連橫叛上，怒則以力而相併」；宦官專權，「舉手伸縮，便有輕重。」朝廷

〔註103〕清·趙殿成：《王右丞集箋注》卷五，上海古籍出版社1998年版，第85頁。

〔註104〕唐·王維：《偶然作六首》其三，《王右丞集箋注》卷五，上海古籍出版社1998年版，第72頁。

〔註105〕唐·蔣冽：《經埋輪地》，《全唐詩》卷二五八，第2883頁。

內部黨爭不斷，嚴重削弱了唐王朝的實力，唐帝國出現了明顯的傾覆之勢。正如司馬光在《資治通鑑》中說：「於斯之時，閹寺專權，脅君於內，弗能遠也；藩鎮阻兵，陵慢於外，弗能制也；士卒殺逐主帥，拒命自立，弗能詰也；軍旅歲興，賦斂日急，骨血縱橫於原野，杼軸空竭於里閭。」〔註106〕這一切，加上統治集團的腐敗，使唐王朝陷入空前的危機之中，最終走向崩潰。

面對日益混亂、腐敗的吏治，中晚唐幾位皇帝在御史選任上心存僥倖心理，僅僅想通過選任幾名幹練的御史，或通過提高御史的品階、待遇就一下子解決積重難返的吏治問題，而不從政治體制的運行中去找問題。故而官僚制度方面，中晚唐御史的品階、地位較唐代前期還有所提高。「凡殿內御史，雖文才秀出，功課高等者，滿歲而授，猶曰美遷。」〔註107〕「御史府自中執憲暨察視之官，皆顯職也。」〔註108〕但在實際政治運行中，御史地位卻一降再降，罕有作為，經常受到各方的責難甚至宦官的毆打，如元和五年（810年），元稹「詔還西京，至敷水驛，有內侍後至，破驛門呼罵而入，以馬鞭擊傷稹面。上復引稹前過，貶江陵士曹。」〔註109〕這兩種相互矛盾的現象並無牴牾之處，「一方面反映出唐代中央力圖從官僚制上提高御史的地位，強化中央集權的統治；另一方面又無力改變中晚唐時期出現的『輕法學』、『賤法吏』現狀。」〔註110〕

自然災害在中晚唐也常發生，建中、貞元時天下大旱，「螟蝗蔽野、草木無遺」。貞元十九年，「京畿諸縣夏逢亢旱，秋又早霜，田種所收，十不存一。……人死相枕藉。」每次災害降臨，皇帝都憂心忡忡，惴惴不安。自然災害雖是自然現象，但是在唐代天人感應思想仍然盛行的年代裏，自然天象與現實政治、王朝興衰之間有著人為認定的密切聯繫。天災與人禍並至，處於風雨飄搖中的政局更加混亂、動盪，百姓陷入水深火熱之中，各地農民起義不斷，加速了唐王朝的滅亡。

在上述政治環境的影響下，中晚唐御史的價值觀、人生觀都發生了明顯

〔註106〕宋·司馬光：《資治通鑑》卷二四四「唐紀六〇」，第3026頁。

〔註107〕唐·白居易：《張元夫可禮部員外郎制》，《白居易集箋校》卷四九，第2915頁。

〔註108〕唐·白居易：《張諷等四人可兼御史中丞侍御史監察御史制》，唐·白居易著、朱金城箋校：《白居易集箋校》卷五一，第2991頁。

〔註109〕唐·白居易：《論元稹第三狀》，《白居易集箋校》卷五九，第3360頁。

〔註110〕胡寶華：《唐代御史地位演變考》，見《南開學報》2005年第4期。

的變化，呈現出以下三種情況：

　　一是名節之士，勇敢地批判、揭露現實，變革圖強，御史的剛直人格進一步彰顯。動亂的年代、腐敗的政治，既可使人意志消沉、隨波逐流，也可催人立志圖強、銳意進取。貞元、元和之際，隨著削藩戰爭的節節勝利，唐王朝一時間迴光返照，一度呈現「中興」氣象，加之中唐儒學復興等因素，激發了韓愈、柳宗元、劉禹錫、元稹等御史剛健激越的參政意識和踔厲奮發的參政實踐。任御史之前，他們都經歷了基層行政的歷練，韓愈先後任徐、泗、濠節度推官、國子監四門博士，貞元十九年（803 年）任監察御史；柳宗元歷任集賢殿書院正字，藍田尉，貞元十九年任監察御史；劉禹錫歷官太子校書、徐、泗、濠節度使書記、渭南縣主簿，貞元十九年任監察御史；元稹先後任校書郎、左拾遺、元和四年（809 年）任監察御史。豐富的基層行政經歷，加深了他們對各種社會問題的認識。基本相似的職業經歷和彼此關係的密切，使韓、柳、劉、元等在人格、心態上有著基本一致的發展趨向；他們對貞元、元和之際腐敗的現實政治均有著比較一致的清醒、深刻的認識，均有革除弊政的強烈願望；長期累積的、嚴重的各種社會問題已確實到了變革刻不容緩的地步。全面、豐厚的知識結構，使中唐御史多了理性的成分而較少有不切實際的幻想，能夠自覺地將個人前途與國家、民族之命運緊相挽結，因而，在御史任上，韓、柳、劉、元等高標獨樹、英銳峻發、忠於職守、忠誠職業，勇敢地批判現實、彈劾奸佞，於斯過程中，唐代御史群體剛直的人格心性亦愈加彰顯出來。

　　韓愈《齪齪》詩云：「齪齪當世士，所憂在飢寒。但見賤者悲，不聞貴者歡。大賢事業異，遠抱非俗觀。報國心皎潔，念時涕汍瀾。……願辱太守薦，得充諫諍官。排雲叫閶闔，披腹呈琅玕。致君豈無術，自進誠獨難。」〔註111〕表現出積極入世、參與具體的監察實踐的激切心態。柳宗元則繼承了啖助、趙匡《春秋》之學的經世思想，強調統治者為政須重善政理民，以民意為重，以民心為天，「唐家正德受命於生人之意。」〔註112〕這些思想分明包含著一個懸壺濟世的赤誠之心，在今天看來仍然是那麼催人自省！劉禹錫云：「昔賢多使氣，憂國不謀身。目覽千載事，心交上古人。侯門有仁義，靈臺多苦辛。

〔註111〕唐・韓愈：《齪齪》，韓愈著、錢仲聯集釋：《韓昌黎詩繫念集釋》卷一，上海古籍出版社 1994 年版，第 100 頁。（以下版本號略）
〔註112〕唐・柳宗元：《貞符》，《柳宗元集》卷二，中華書局 1979 年版，第 30 頁。

不學腰如磬，徒使甑生塵。」〔註113〕《舊唐書·元稹傳》載：「稹性鋒銳，見事風生。既居諫桓，不欲碌碌自滯，事無不言，即日上疏論諫職。」〔註114〕「吾自爲御史來，效職無避禍之心，臨事有致命之志。……往歲添職諫官，不忍小見，妄干朝聽，謫棄河南，泣血西歸，生死無告。不幸余命不隕，重戴冠纓，常誓效死君前，揚名後代。」〔註115〕可謂此種人格心態的典型表現。正是這種人格特質，使他們在御史職位上下求索、迥異流俗，表現出一種義無反顧、九死不悔的鬥士品格。

中晚唐亂世中，類似韓、柳、劉、元這樣的剛直人格心態，在當時御史群體中並非個別現象。如晚唐文宗朝侍御史李甘，「時鄭注侍講禁中，求宰相，朝廷嘩言將用之，甘顯倡曰：『宰相代天治物者，當先德望，後文藝。注何人，欲得宰相？白麻出，我必壞之。』」〔註116〕因爲李甘的堅持，「相注之事竟寢」。太和初（827 年），劉蕡舉賢良方士，能直言極諫。是年馮宿等爲考策官，見蕡對嗟服，以爲漢之鼂（錯）董（仲舒）無以過。但中宦當途，畏之不敢取。正人「傳讀其文，有相對垂泣者。諫官御史爲之扼腕憤發。執政反從而弭之。時被選者二十三人，所言皆亢齪常務，頗得優調。河南府參軍李郃謂人曰：『劉蕡下第，我輩登科，實厚顏矣！』疏請以所授官讓蕡，不納。」〔註117〕從此條記載來看，當時正直的監察官亦不乏其人。另外，與韓愈同時被貶的監察御史張薦，參加永貞革新的程異、呂溫、陳諫等御史，一直到晚唐時逢危殉命的御史大夫孔緯等均是如此。

二是虛戴鐵冠、無可奈何的矛盾心態。中晚唐時期，朝廷官員中勤勉奉公的觀念已相當淡薄，從元稹執筆的穆宗詔書中可以看到當時官場劣跡，「卿大夫無進思盡忠之誠，多退有後言之謗；士庶人無切磋琢磨之益，多銷鑠浸潤之讒。進則諛言詔笑以相求，退則群居雜處以相議。留中不出之請，蓋發其陰私；公論不容之詞，實生於朋黨。擢一官則曰恩皆自我；黜一職則曰事出他門。」〔註118〕不以勤恪自勵，不以秉公爲念，相互排斥，爭權逐利，這

〔註113〕唐·劉禹錫：《學阮公體三首》其二，劉禹錫撰、卞孝萱校訂：《劉禹錫》卷二一，中華書局 1990 年版，第 258 頁。（以下版本號略）

〔註114〕後晉·劉昫：《舊唐書》卷一六六《元稹傳》，第 4337 頁。

〔註115〕唐·元稹：《誨侄等書》，冀勤點校《元稹集》卷三〇，第 356 頁。

〔註116〕後晉·劉昫：《舊唐書》卷一七一《李甘傳》，第 4450 頁。

〔註117〕後晉·劉昫：《舊唐書》卷一九〇下《文苑傳下·劉蕡傳》，第 5077 頁。

〔註118〕唐·元稹：《戒勵風俗德音》，《元稹集》卷四〇「制誥」，第 448 頁。

種政治環境必然給當時御史活動蒙上了一層陰影，一些正直御史，意欲自振，改變現狀，但在黑暗、腐敗的現實中卻不能有所作爲，於是出現無可奈何的矛盾心態。杜牧，「沈傳師廉察江西宣州，辟牧爲從事、試大理評事。又爲淮南節度推官、監察御史裏行，轉掌書記。俄眞拜監察御史，分司東都。……授宣州團練判官、殿中侍御史、內供奉。」〔註119〕是晚唐著名詩人、政治家。侍御史李甘因嫉惡鄭注遭貶，杜牧作《李甘詩》，贊其「平生負奇節，一旦如奴虜。指名爲錮黨，狀跡誰告訴。……拜章豈艱難，膽薄多憂懼。如何干鬥氣，竟作炎荒土。題此涕滋筆，以代投湘賦。」〔註120〕並爲李甘的被貶鳴不平，這些都表現出一個正直御史的心性情懷。然而，在晚唐衰世中，杜牧有心作爲，卻無力迴天，其心態和前輩御史如韓、柳、劉、元相比，大爲不同。

大和九年（835年），杜牧爲監察御史分司東都，重見在宣州幕府已識歌妓張好好，感舊傷懷，作《張好好》詩以贈之，詩末云：

洛城重相見，婷婷爲當壚。怪我苦何事，少年垂白鬚。

朋遊今在否，落拓更能無。門館慟哭後，水雲秋景初。

斜日掛衰柳，涼風生座隅。灑盡滿襟淚，短歌聊一書。〔註121〕

這裡沒有韓、柳、劉、元等剛健激越的參政意識和英銳峻發的參政激情，感傷成爲作品的情感基調和一種痛苦、無奈、失落的心緒。其實，杜牧在東都監察御史任上所作詩多有此種情緒：

《洛中送冀處士》：

我爲八品吏，洛中如繫囚。忽遭冀處士，豁若登高樓。〔註122〕

《故洛陽城有感》：

篳圭苑里秋風后，平樂館前斜日時。

錮黨豈能留漢鼎，清談空解識胡兒。

千燒萬戰坤靈死，慘慘終年鳥雀悲。〔註123〕

曾經爲「天子鷹隼」的監察御史，在杜牧看來只是八品小吏、如同繫囚，索然而寡味，這和中唐韓、柳、劉、元等御史踔厲奮發、積極用世的人格心態相比確要低沉得多，流露出一種迷惘、失落、無奈、疲倦的氣息，可謂中、

〔註119〕後晉・劉昫：《舊唐書》卷一四七《杜佑傳・從郁子牧附傳》，第3986頁。

〔註120〕唐・杜牧：《李甘詩》，《全唐詩》卷五二○，第5942頁。

〔註121〕唐・杜牧：《張好好詩》，《全唐詩》卷五二○，第5940頁。

〔註122〕唐・杜牧：《洛中送冀處士》，《全唐詩》卷五二○，第5942頁。

〔註123〕唐・杜牧：《故洛陽城有感》，《全唐詩》卷五二一，第5962頁。

晚唐御史矛盾心態的典型表現。開成元年七月，李紳制授宣武軍節度使，「城內少長士女相送者數萬人，至白馬寺，流涕泣當車者不可止」，留臺御史杜牧竟「使臺吏遮毆百姓，令其廢祖帳。」這就更淪爲統治者的幫兇了。

　　許渾，大中三年（849 年）爲監察御史。」〔註 124〕身爲監察官吏，在晚唐政治中卻一籌莫展，長期不得意的生存處境，使其理想幻滅，心灰意懶，心理結構呈現出一種悲哀、消沉的態勢。在《秋日早朝》詩中，詩人更流露出隨時準備棄官歸隱的念頭：

> 宵衣應待絕更籌，環佩鏘鏘月下樓。
>
> 井轉轆轤千樹曉，鎖開閶闔萬山秋。
>
> 龍旗盡列趨金殿，雉扇才分見玉旒。
>
> 虛戴鐵冠無一事，滄江歸去老漁舟。〔註 125〕

鐵冠，既是唐代御史彈劾的專用服飾，更是御史剛直不阿、鐵面無私精神的象徵。「星使三江上，天波萬里通。權分金節重，恩借鐵冠雄。」〔註 126〕初盛唐時期御史對仗彈劾奸佞，曾經是那樣正氣凜然、大義激昂！如今卻「虛戴鐵冠無一事」，這「虛戴」二字，寫盡了許渾監察官生涯中的落寞與無奈，也道出了其欲有所作爲卻無力自振的矛盾心態。

　　三是御史剛直人格的失落，表現出豔冶風流的荒縱心態。當政局黑暗、動盪離亂之際，御史既在現實政治中無所作爲，對社會、人生普遍地趨於絕望，大廈將傾，獨木難支，國運將盡，實在非個人之力所能挽救。唐代御史群體力圖干預現實的責任感被殘酷的現實自身粉碎，而長安城平康里的妓女卻頗爲風光。此種形勢下，冶豔風流、酒色荒縱成爲他們逃避現實人生的有效手段，避世、混世思想活躍起來。孫棨，昭宗時任侍御史，在其《北里志序》曾描繪過亂前長安城平康里文士與妓女的風流逸事：

> 自太中皇帝好儒術，特重科第。故其愛婿鄭詹事再掌春闈，上往往微服長安中，逢舉子則狎而與之語。時以所聞，質於內庭，學士及都尉皆聳然莫知所自。故進士自此尤盛，曠古無儔。……由是僕馬豪華，宴遊崇侈，以同年俊少者爲兩街探花使，鼓扇輕浮，仍

〔註 124〕清‧彭定求等：《全唐詩》卷五二八小傳，第 6036 頁。

〔註 125〕唐‧許渾：《秋日早朝》，《全唐詩》卷五三三，第 6088 頁。

〔註 126〕唐‧劉長卿：《奉餞郎中四兄罷餘杭太守承恩加侍御史充行軍司馬赴汝南行營》，《全唐詩》卷一四九，第 1530 頁。

歲滋甚。……諸妓皆居平康里，舉子、新及第進士，三司幕府但未
通朝籍、未直館殿者，咸可就詣。如不吝所費，則下車水陸備矣。
其中諸妓，多能談吐，頗有知書言語者。自公卿已降，皆以表德呼
之。其分別品流，衡尺人物，應對非次，良不可及。……予頻隨計
吏，久寓京華，時亦偷遊其中，固非興致。每思物極則反，疑不能
久，常欲紀述其事，以爲他時談藪。〔註127〕

這些豔情、遊樂場面的鋪陳，反映了晚唐社會歷史的眞實風貌，很容易使人
聯想起那個時代普遍的的輕薄浮靡和墮落荒縱，其中顯然包含著孫棨等御史
或有過御史經歷的人親歷所見的生活，那是晚唐御史剛直人格嚴重缺失的明
證。

　　總之，唐代政治環境、監察制度的變化，對御史群體的人格心態產生了
重要影響。在武后朝御史臺畸形運作的情況下，御史群體的剛直人格向暴力
人格發展。開元後期至天寶時期，隨政治環境的惡化，御史的剛直人格有淡
化傾向。中晚唐時期隨政治衰敗，唐王朝日暮途窮，御史人格心態存在多元
狀態。唐代御史群體人格心態的發展變化必然導致其詩歌創作的變化。

第三節　唐代御史的思維方式

　　思維模式是人們思考、認知、把握、評價事物的程序和方法。人們從事
某種活動，在不斷地取得一個個成就之後，便給人們「留下了一種習慣」，即
不管從事什麼工作，總是不知不覺、自然而然地按照一種模式去進行。這種
認識問題的習慣內化、積澱到思維中，便形成思維活動的一種慣性、一種傾
向、一種姿態，成爲認識活動的一種思維形式。思維方式對人們實踐活動具
有規範作用，唐代御史群體文學創作的面貌，一定程度上是受其思維方式制
約的，因此，探討唐代御史的政治思維模式就爲理解唐代御史與文學的關係
所必須。

　　任何一種職業都有與其行爲特徵相一致的職業思維模式，監察工作是一
個收集、分析信息，經過判斷、推理發現問題，並提出糾劾措施的過程。顯
然，監察行爲既不同於一般的行政行爲，也不同於司法行爲，它的本質是監

〔註127〕唐・孫棨：《北里志序》，見《唐五代筆記小說大觀》，上海古籍出版社 2000
年版，第 1403 頁。

督。監察工作的上述行爲特徵，決定了唐代御史本身應具有自身的職業判斷和思維模式，而不只是一種行政性思維和仲裁性思維。與其社會角色相適應，唐代御史的思維方式具有如下特點：

一、實質性法律思維

所謂法律思維模式，就是按照法律的邏輯來觀察、分析、解決問題的思考模式。與西方式思維希望通過嚴密的邏輯推理去獲得和傳遞精確、可靠、穩定知識的思維方式不同，中國式思維方式「偏好運用直覺體驗的形式去獲取和傳達涵蓋力極強、極靈活、爲認識主體留下極大領悟空間的認識成果。……直覺思維是一種很獨特的思維方式，它以個體經驗與智慧直接切入事物本質。」〔註128〕直覺思維方式是中華民族獨特的思維特質之一，因爲強烈的主觀色彩而帶有模糊性，讓人難以把握，但其特徵確是顯而易見的。這種思維特質也鮮明地體現在傳統法官的法律實踐中，傳統法官在司法實踐中重內容、重目的、重視法律的情感投入，輕形式、輕過程、輕法律的內在邏輯，明顯具有實質性、直覺性法律思維傾向，可以概括爲實質性法律思維。〔註129〕唐代御史群體的實質性法律思維主要表現爲以下幾方面的特點：

（一）實體優於程序

現代法律理念一個具有核心意義的觀點，是程序公正優於實體公正。認爲，如果某一流程，其程序是公正的，則這一流程所產生的結果即使是未知的，也是公正的。反之，若某一流程，其程序是不公正的，則這一流程所產生的結果即使是已知的，也是不公正的。也就是說，程序公正必然會影響實體公正。

和現代法學理念不同，中國古代斷案的依據，一般是皇帝的詔令及朝廷頒佈的律、令、格、式，此外，儒家倫理道德也是斷案的基本依據之一。西漢董仲舒的「春秋決獄」在古代有很大影響，是一種常見的斷案方式。「春秋

〔註128〕徐行言：《中西文化比較》，北京大學出版社 2004 年版，第 121 頁。
〔註129〕實質性法律思維是法學界常用的法律術語，不少法學家對此有專文探討。如孫笑俠先生在《浙江大學學報》（人文社會科學版）2005 年第 4 期撰文認爲，中國歷史上的傳統法官是非職業化的法官，其思維是一種平民式的追求實質目標而輕視形式過程的思維，這種思維方式可稱爲「實質性思維」。中國傳統法官的實質性思維屬於非理性的法律思維，與形式性思維相對。

決獄」主要是根據案件的事實，追究犯罪人的動機來斷案。如果其動機是好的，一般從輕處理，甚至可以免罪。反之，如果動機是邪惡的，即使產生了好的結果，也要受到嚴肅的懲罰。作為傳統法官的御史，其思維方式是典型的實體優於程序，即只要案件內容判斷準確，無正當程序也無關緊要。《大唐新語》記載的朱履霜事蹟便頗為典型：

> 朱履霜好學，明法理。則天朝，長安市屢非時殺人，履霜因入市，聞其稱冤聲，乘醉入兵圍中，大為刑官所責。履霜曰：「刑人於市，與眾共之。履霜亦明法者，不知其所犯，請詳其按，此據令式也，何見責之甚？」刑官唯諾，以按示之。時履霜詳其案，遂拔其二。斯須，監刑（御史）至，訶責履霜，履霜容止自若，剖析分明，御史意少解。履霜曰：「準令，當刑能申理者，加階而編入史，乃侍御史之美也。」御史以聞，兩囚竟免。由是名動京師。〔註130〕

監刑御史因為朱履霜剖析分明而赦免了兩名囚犯，對朱履霜介入案件執行的程序正當性、合法性卻絲毫不予考慮，正是傳統法官注重實體內容、輕視程序的體現。

儒家法思想是一種倫理法思想，這是中國古代法文化的基本特質。在唐代，儒家倫理被確定為《唐律疏議》的指導思想，作為《唐律疏議》基本原則部分的首篇《名例》，開宗明義地說：「德禮為政教之本，刑罰為政教之用，猶昏曉陽秋相須而成者也。」〔註131〕而「德禮」的核心內容是儒家倫理道德。俞榮根先生曾將《唐律疏議》所列的犯罪類型分為完全倫理性犯罪、政治性犯罪和普通刑事性犯罪三大類，《唐律疏議》關於倫理性犯罪的規定，「直接體現了倫理法思想」；關於政治性犯罪的規定，「明顯表現出了倫理率法的性質」；關於普通刑事性犯罪的規定，「也間接地受到倫理觀念的左右。」〔註132〕唐代這種異常重視儒家倫理的法律思想，決定了包括御史在內的法官在法律實踐中注重案件的結果，實體優於程序，從實體內容的倫理取向出發來斷案的思維方法。

（二）以情斷獄、捨法取義，「法理」與「人情」相融合

和傳統法官一樣，唐代御史在法律和情感的關係上注重情感，其斷案的基本原則是「以情斷獄」。御史在具體案件的審判中經常將法律與實施合糅考

〔註130〕唐・劉肅：《大唐新語》卷四「持法第七」，第247頁。
〔註131〕唐・長孫無忌等撰，劉俊文點校：《唐律疏議》，法律出版社1999年版。
〔註132〕俞榮根：《儒家法思想通論》，廣西人民出版社1998年版，第612～613頁。

慮，多顧及具體案件事實的特殊性和個別性，而不是從普遍的法律角度考慮問題。認為只要不虧聖人之理、國家大道，在斷案中應盡量察以情理，不違人情。如白居易《甲乙判》，作為唐代士子學習判文寫作的範本，顯示出的傳統法律思維方式便具有典型性，判文云：

> 得乙請襲爵，所司以乙除喪十年後申請，引格不許。乙云：有故，不伏。

> 爵命未墜，嗣襲有期；在紀律而或愆，當職司而宜舉。乙舊德將繼，新命未加。所宜纂彼前修，相承以一子；何乃廢其後嗣，自棄於十年？歲月既已滋深，公侯固難必復。然以法通議事，理貴察情，如致身於宴安，則宜奪爵，若居家而有故，尚可策名。須待畢辭，方期析理。〔註133〕

判文是說乙某請襲爵之事，要請乙某將緣故訴畢，再定可否，不能簡單地依照法律來判決。顯然，這裡斷案依靠的是靈便的直覺思維，而不是縝密的邏輯推理。判文強調「法通議事，理貴察情」，正是以情斷獄思維方式在法律實踐中的具體運用。

「法，非從天下，非從地生，發於人間，合乎人情而已。」〔註134〕中華法文化特別強調法律「合人情」，將「人情與天理、國法相互貫通，突出地表現爲親情的法律化和法律的人性化。」〔註135〕受這種傳統法文化的影響，唐代御史在斷案中常常將人倫親情放在第一位，甚至會捨法而取義。史載：

> 陸南金，仕爲太常奉禮郎。開元初，少卿盧崇道抵罪徙嶺南，逃還東都。南金居母喪，崇道偽稱弔客，入而道其情，南金匿之。俄爲讎人跡告，詔侍御史王旭捕按。南金當重法，弟趙璧詣旭自言：「匿崇道者我也，請死。」南金固言弟自誣，不情，旭怪之，趙璧曰：「母未葬，妹未歸，兄能辦之，我生無益，不如死。」旭驚，上狀。玄宗皆宥之。〔註136〕

按照《唐律》，知情藏匿罪人，當從重量刑。但無論侍御史王旭，還是玄宗皇帝，都從人倫親情出發，認爲陸南金兄弟重義輕死，因而赦免其罪過，「人情」

〔註133〕清・徐松等：《全唐文》卷六七三，第 4060 頁。
〔註134〕《慎子・佚文》。
〔註135〕陳廣秀：《淺談中國古代立法中的直覺思維》，《河北法學》2009 年第 4 期。
〔註136〕宋・歐陽修：《新唐書》卷一九五《孝友傳》，第 5584 頁。

在這裡大過了「法理」。類似的此類判決在古代法官的司法實踐中屢見不鮮。這種思維方式，昭示出執法者對人倫親情的推崇和維護，在一定程度上將國家的利益讓位於血緣親情，並通過此種方式來維繫社會秩序，不能不說是我國古代傳統法律思維的特點之一。

（三）法為仁術、恤民為本，「法理」與「民意」相貫通

作為中華傳統文化精神內核的儒家「仁學」思想深刻影響了中華民族最基本的思維方式，中國法學之精魂正孕育在這種思維方式之中。儒家倫理法思想一直是中華古代法學文化的主幹，也是「仁學」文化精神的生動體現及其在司法領域的延伸。古代法文化一直強調「法為仁術」思想、強調「先知儒理、方知法理」。「法為仁術」可謂儒家仁學與傳統法學的完美結合，也是傳統法官的最高境界。

在這種文化傳統的影響下，唐王朝在定罪量刑的制度設計上主張慎獄恤刑、防止冤濫。《唐律》規定，「八十以上及篤疾，凡反、逆、殺人應死，上請；盜及傷人，收贖。餘皆勿論。……八十以上及篤疾有犯十惡死罪，造偽、劫盜、妖訛等罪至死者，請矜其老疾，移隸偏僻遠小郡，仍給遞驢發遣。其犯反、逆及殺人，奏聽處分。其九十以上，十歲以下，請依常律。」〔註137〕這就注意到犯罪者的個體差異，對老弱婦殘等弱勢群體予以照顧、矜憫，在刑罰的一定範圍內給予減免，是刑罰得中，恤民為本思維方法生動而具體的體現。

《大唐御史臺精舍題名碑銘並序》反映的是唐代御史臺工作的典則之一，從中我們可以清晰地看到唐代御史的法律思維方式：「左臺精舍者，諸御史導群愚之所作也。蓋先王用刑，所以彰善癉惡；聖人明罰，是以小懲大誡。故崇崇清憲，以糾以繩。」〔註138〕設立臺獄的目的，是「欲令見者勇發道惠，勤探妙根，悟有漏之緣，證波羅之果。纓珞為施，菩薩之導引眾生；塔廟有成，天人之護持正瀍。」〔註139〕法為仁術的思維方法，以「仁」作為思維的起點和根本，它承認個體的天賦善根，認為人是可以被教化的。刑為盛世所不能廢，然亦為盛世所不尚，設置刑獄的目的在於最終達到無刑。《大唐御史臺精舍題名碑銘並序》貫穿著一個中心思想，即「勸導關押在臺獄歲以千計

〔註137〕唐・長孫無忌等撰，劉俊文點校：《唐律疏議》，法律出版社 1999 年版。
〔註138〕清・趙越、勞格撰：《唐御史臺精舍提名考》，中華書局 1997 年版，第 1 頁。
〔註139〕清・趙越、勞格撰：《唐御史臺精舍提名考》，中華書局 1997 年版，第 1 頁。

的罪犯，篤信佛教教義，歸命自保，謀求解脫。」〔註140〕佛教經典成爲感化教育犯人的重要內容。以佛教教義作爲具體司法實踐的內容之一，是唐代御史恤民、愼刑思維的一種體現形式。

唐代法官在具體的司法實踐中，也具有平民化傾向，在「法理」與「民意」關係上，重視「民意」。唐崔仁師，定州人。貞觀元年，爲殿中侍御史。青州有謀反者，逮繫滿獄，詔仁師覆按之。仁師至，悉脫去扭械，與飲食湯沐，寬慰之，止坐其魁首十餘人，餘皆釋之。還報，大理少卿孫伏伽謂曰：「足下雪免者多，人情貪生，恐見徒侶得免，未肯甘心耳。」仁師曰：「治獄，當以平恕爲本，豈可自規免罪。知其冤而不爲伸邪？萬一誤有所，縱以一身易十囚之死，亦所願也。」及敕使至，更訊諸囚，皆曰：「崔公平恕，事無枉濫，無一人異辭者。」〔註141〕謀反罪在唐律中屬「十惡」第一，處罰極重。但崔仁師卻從恤民立場出發，從輕處理，收到了很好的效果。「治獄，當以平恕爲本，豈可自規免罪。知其冤而不爲伸邪？」唐代御史在政治實踐中常表現出對下層平民的惻隱之心，反映出唐代御史「法理」與「民意」相貫通、恤民爲本的思維方式。

（四）斷案具有調和性

現代法學的判斷結論具有單一性、總是非此即彼，是、非有著明確的界限並要求據此作出判斷，不同於政治思維的權衡特點。傳統法官的直覺思維方式，其斷案結論不是界限分明的「非此即彼」式，而是著眼於案件的具體情況，從案情的整體特徵與主要方面出發，從法律、人情、民意的整體全面把握中分析案情，做出相對靈活性的斷案結論。這樣的例子在唐代判詞中屢見不鮮。如《甲乙判》中「『得丁乘車，有醉吐車茵者，丁不科，而吏請罪之，丁不許。』判曰：『克寬克仁，所謂易事；不知不愠，是曰難能。……宥過所宜無大，知非庶使有慚。……且恕當及物，察貴用情，絕纓繼沼，醉而猶捨；吐茵及亂，誤豈不容？無從下吏之規，庶叶前賢之美。』」〔註142〕對因小過失而犯小罪者，不予追究。唐代御史對待貧民與富人的訴訟，出於對貧民的傾斜，常採取寧事息訟的策略，也體現了斷案具有調和性的特點。

〔註140〕清・趙越、勞格撰：《唐御史臺精舍提名考校點說明》，中華書局 1997 年版，第 1 頁。
〔註141〕後晉・劉昫：《舊唐書》卷七四《崔仁師傳》，第 2620 頁。
〔註142〕清・徐松等：《全唐文》卷六七三，第 4056 頁。

考察唐代御史群體精察思維的形成和發展過程，可以發現，御史的法律思維是在長期的司法實踐過程中逐步形成的。中國古代一直沒有現代意義上的職業法官，「歷代所謂廷尉、大理、推官、判官等並不是專門的司法官員，而是行政官員——司法者只不過是作爲權力者的手段而附屬於當政者。」〔註143〕唐代御史臺既是監察機構，還兼有受理訴訟案件、拘捕犯人、審訊罪犯的司法職能，御史臺甚至擁有自己的監獄，可以獨自關押犯人。現代心理學認爲，思維方式的形成是以實踐活動爲基礎的，「實踐的邏輯內化爲思維的邏輯、思維的形式結構，是通過實踐活動的『億萬次的重複』達到的或實現的。」〔註144〕包括御史群體在內的傳統法官具體的、長期的法律實踐，導致其獨特的法律思維方式的形成。

二、思維的批判性

御史的根本職能是監察，職責是「肅政彈非」，這是御史臺與其它行政機關的主要區別，也可以說是御史臺之所以存在的根本意義。監察，就是要發現吏治運行中存在的問題並切除之，就是對被監察對象提供信息的眞實性、正確性等進行的否定性判斷，監察本身便包含發現錯誤、查找問題等否定性含義，這是監察行爲區別於其它行政行爲的重要標誌。御史通過肅政彈非、激濁揚清來維護紀綱，批判性思維是御史監察職責的根本要求。御史的職業職責決定了其思維方式必須是批判性的。唐代有關「伏豹」的記載能很好地揭示御史切入社會的特殊姿態：

> 御史舊例：初入臺，陪直二十五日，節假五日，謂之「伏豹」，亦曰「豹直」。百司州縣初授官陪直者，皆有此名。杜易簡解「伏豹」之義云：「宿直者，離家獨宿，人情所貴。其人初蒙策拜，故以此相處。伏豹者，言眾官皆出，此人獨留，如伏藏之豹，伺候待搏，故云『伏豹』耳。」〔註145〕

宿值，本來是古代官吏尋常的值班制度，但御史之宿值卻以「伏豹」名之，猶如獵豹潛伏於叢林，被賦予不尋常的意義。與其他行政機構相比，要求御

〔註143〕孫笑俠：《中國傳統法官的實質性思維》，見《浙江大學學報》（人文社會科學版）2005年第4期。

〔註144〕陳中立等：《思維方式與社會發展》，社會科學文獻出版社2001年版，第111頁。

〔註145〕宋·王讜撰、周勳初校證：《唐語林校證》卷八「補遺」，第693頁。

史只有以批判性思維切入社會，才能取得應有的監察效果。「個體邏輯推理能力的獲得，來源於個體動作的不斷重複，動作或行爲的一般形式便會隨著個體動作具體內容的變化、流逝而積澱下來，一方面轉化爲個體的活動技能，另一方面則積澱、內化爲個體思維的邏輯結構。」〔註146〕因此，重複性實踐對於思維方式的形成具有十分重要的意義。因爲，隨著實踐的多次重複，就使具體動作喪失它藉以產生的具體誘因，而使蘊涵於具體動作之中的「一般動作」呈現出來。這個「一般動作」，就爲思維方式的形成提供了條件。

從具體的監察實踐來看，御史實施監察，首先要發現具體政治運行中的問題和癥結，這就決定了監察官審視現實政治的角度、視角。所謂「朝廷得失無不察，天下利害無不言。」欲洞悉朝政的「得失」、「利害」，就需要以批判性的審視眼光去尋找問題。隨著御史監察實踐的充分展開，每一次具體的監察實踐便淡化，而監察中共同的「一般動作」如否定性判斷、發現錯誤、查找問題等則逐漸清晰，固化爲御史群體觀察、處理問題的方式，久而久之，養成了御史群體總是以批判性思維切入現實政治運行的思維習慣和思維定勢。

批判性思維是一種觀察世界、思考問題的方法，它賦予唐代御史以特定的思想、行爲導向。對此，只需比較一下御史與其他社會角色之間言行上的差異，就不難領會到御史批判性思維方式對其言行起了何種導向作用。史載，御史大夫「韋挺責著位不肅，明日，挺越次與江夏王道宗語，臨進曰：『王亂班。』道宗曰：『與大夫語，何至爾。』臨曰：『大夫亦亂班。』」〔註147〕在唐臨的堅持下，韋挺不僅「失色，眾皆悚伏。」「與大夫語」，在其他官僚看來是可能是正常之舉，但唐臨卻說「大夫亦亂班」，顯然在唐臨這個御史眼裏，沒有職務的高低，只有朝廷的綱紀。又如大和六年（832年），天下大旱，「時王守澄方寵鄭注，及誣構宋申錫後，人側目畏之。上以久旱，詔求致雨之方，中敏上言曰：『仍歲大旱，非聖德不至，直以宋申錫之冤濫，鄭注之奸弊。』令致雨之方，莫若斬鄭注而雪申錫。」〔註148〕引起大旱的原因是眾多的，可以想見朝臣上進的「致雨之方」亦各不相同，然御史李中敏卻提出斬奸佞，爲含冤者平反昭雪。從中可見御史關注的更多是正邪得失、吏治狀況，他們

〔註146〕陳中立主編：《思維方式與社會發展》，社會科學文獻出版社 2001 年版，第110 頁。

〔註147〕後晉・劉昫：《舊唐書》卷一一三《唐臨傳》，第 4184 頁。

〔註148〕後晉・劉昫：《舊唐書》卷一七一《李中敏傳》，第 4450 頁。

在思考問題時具有一種批判性、否定性的視角。

特別是貞元、元和之際的一些御史，如韓愈、柳宗元、劉禹錫、元稹等，兼具政治家和文學家身份，他們以監察官的批判性思維切入、審視現實社會，以憫世的姿態同情民生疾苦，正視人間苦難，具有強烈的革除弊政的願望，普遍以針砭時弊、拯時救世爲己任。如韓愈，「德宗晚年，政出多門，宰相不專機務，宮市之弊，諫官論之不聽，愈嘗上章數千言極論之。」〔註149〕貞元十九年，關中先旱後霜，災民流離失所，時在監察御史任上的韓愈，又上疏彈劾炙手可熱的京兆尹李實：「今年以來，京畿諸縣，夏逢亢旱，秋又早霜，田種所收，十不存一。……至聞有棄子逐妻以求口食，拆屋伐樹以納稅錢。寒餒道途，斃踣溝壑，有者皆以輸納，無者徒被追徵。」〔註150〕大膽地將「群臣之所未言，陛下之所未知」的慘痛現實，訴諸於朝廷。又如元稹，奉使東蜀時剛正不阿；在東都御史任上堅決與不法分子作鬥爭，如白居易在《贈樊著作》中所稱賞的：「元稹爲御史，以直立其身。其心如肺石，動必達窮民。東川八十家，冤憤一言伸。」〔註151〕劉禹錫則成爲「永貞革新」的主將，雖遭貶謫，仍心念蒼生。中唐這些有過御史經歷的著名文學家以批判性思維審視社會，將此種思維方式滲透於他們的文學創作中，使得中唐文學創作呈現出一些新的特點。

批判性思維是一種切入實際問題的視角，並非一味地否定，還包含著肯定的因素。如《舊唐書》記載：「徐晦，進士擢第，登直言極諫制科，授櫟陽尉，皆自楊憑所薦。及憑得罪，貶臨賀尉，交親無敢祖送者，獨晦送至藍田，與憑言別。時故相權德輿與憑交分最深，知晦之行，因謂晦曰：『今日送監賀，誠爲厚矣，無乃爲累乎。』晦曰：『晦自布衣受楊公之眷，方茲流播，爭忍無言而別？如他日相公爲奸邪所譖，失意於外，晦安得與相公輕別？』德輿嘉其眞懇，大稱之於朝。不數日，御史中丞李夷簡請爲監察，晦白夷簡曰：『生平不踐公門，公何取信而見獎拔？』夷簡曰：『聞君送楊臨賀，不顧犯難，肯負國乎？』」〔註152〕這裡，御史中丞李夷簡拔擢徐晦爲監察御史，就是對其行爲的肯定與稱賞。

〔註149〕後晉・劉昫：《舊唐書》卷一六〇《韓愈傳》，第4195頁。
〔註150〕唐・韓愈：《御史臺論天旱人饑疏》，韓愈著、閻琦校注：《韓昌黎文集》卷八，三秦出版社2004年版，第360頁。（以下版本號略）
〔註151〕唐・白居易：《贈樊著作》，《全唐詩》卷四二四，第4660頁。
〔註152〕後晉・劉昫：《舊唐書》卷一六五《徐晦傳》，第4324頁。

三、思維的求實性

「彰善嫉惡，激濁揚清，御史之職也。」〔註153〕御史作爲專事監察的官吏，首先要能迅速、準確地發現實際政治運行中的問題，分清善、惡、清、濁。其監察對象千差萬別，既有地方官吏，也有三省、六部、九卿等中央長官，所從事的具體工作又各不相同。欲在短時期內發現並解決問題，就必須求眞務實。而且，被監察對象及其環境在不斷髮展變化，都對御史監察工作提出了更高要求。唐代御史還有糾視刑獄、監決囚徒等職責，所謂人命關天，稍不留心，便會被假象所迷惑，不能完成職業使命。因此，求實性思維是唐代御史從事監察工作的內在要求，也是御史「彰善嫉惡，激濁揚清」職責的體現。

求實性思維貫穿於唐代御史監察實踐的始終。在監察實踐中，唐代大多數御史都始終堅持求實態度，秉持公心、不屈不許，奸佞違法亂紀，必起而彈奏、抗章論列。如魏傳弓，神龍二年（706年）爲監察御史，史載：「監察御史魏傳弓嘗以內常侍輔信義尤縱暴，將奏劾之，懷貞曰：『輔常侍深爲安樂公主所信任，權勢甚高，……何得輒有彈糾？』傳弓曰：『今王綱漸壞，君子道消，正由此輩擅權耳。若得今日殺之，明日受誅，無所恨！』懷貞無以答。」〔註154〕輔信義頗有背景，在一般人眼裏也許能逍遙法外，但在御史看來，無論任何人，不管他有多深的背景，只要有違法亂紀行爲，就必須受到法律的制裁。中晚唐政治衰敗、政局動盪的亂世中，仍有不少御史以激濁揚清爲己任，大膽彈劾，力挽頹綱。如《唐會要》載：「（大和）七年九月，侍御史李款閣內彈奏前邠州行軍司馬鄭注，曰：『內通敕使，外連朝官，兩地往來，卜射財貨。晝伏夜動，干竊化權，人不敢言，道路以目。請付法司。』奏未報，款連上十餘疏，由是授注通王府司馬。」〔註155〕在士大夫秉公觀念淡薄，「率以拱默保位者爲明智，以柔順安身者爲賢能，以直言危行者爲狂愚，以中立守道者爲凝滯」〔註156〕的中晚唐官場，朝臣多容身保衛，不復直言。這些御史卻置個人身家性命於不顧，起而彈劾奸佞，竟一連上十餘疏。他們如此去

〔註153〕《唐大詔令集》卷一○○《令御史錄奏內外官職事詔》，影印文淵閣四庫全書本，臺灣商務印書館1983年版。

〔註154〕後晉・劉昫：《舊唐書》卷一八三《外戚傳・竇懷貞附傳》，第4724頁。

〔註155〕宋・王溥撰：《唐會要》卷六一「御史臺中」，第1264頁。

〔註156〕唐・白居易：《策林二》，唐・白居易著、朱金城箋校：《白居易集箋校》卷五一，第2991頁。

行動，並非不知道其中的險惡，然明知其中危險，仍赴湯蹈火，在所不惜，正是唐代御史求眞務實思維方式的生動寫照。

　　唐代御史臺兼具監察、司法審判功能，不少御史有著推鞫獄訟、糾視刑獄等方面的實踐歷練，這種司法實踐對其求實性思維方式的形成影響甚巨。元和五年監察御史楊寧覆按令狐運事可謂御史求眞務實性思維方式的典型範例。《唐會要》卷六二「御史臺下」曰：

　　　　元和五年四月，命監察御史楊寧往東都按大將令狐運事。時杜亞爲東都留守，素惡運。會盜發洛城之北，運適於其部下畋於北邙，亞意爲盜，遂執訊之，逮繫者四十餘人。寧既按其事，亞以爲不直，密表陳之，寧遂得罪。亞將逞其宿怒，且以得賊爲功，上表指明運爲盜之狀，上信而不疑。

　　　　宰臣以獄大宜審，奏請覆之。命侍御史李元素就覆焉。亞迎路，以獄告成。元素驗之，五日，盡釋其囚以還。亞大驚且怒，親追送，馬上責之，元素不答。亞遂上疏，又論元素。元素還奏，言未畢，上怒曰：「出，俟命。」元素曰：「臣未盡詞」。……上意稍緩。元素盡言運冤狀明白，上乃悟曰：「非卿，孰能辨之？」後數月，竟得眞賊。

　　　　元素由是爲時器重，累遷給事中，每美官缺，必指元素焉。〔註157〕

李元素正是從求眞務實出發，始終堅持求實態度，不摻雜任何個人的感情因素，也不以現有的表象爲依據，而是從實際情況作出判斷，才避免了冤濫。唐代御史監察實踐中這種求實思維至今仍給人以深刻的印象，令人肅然起敬。

　　在古代封建社會中，皇帝是最高統治者，也是最高立法者，王者「法聖則天」，其權威性是不容懷疑的。然而在唐代，御史卻可對皇帝的詔命提出糾正，對皇帝的錯誤言行甚至可「拒不奉召」。這也是唐代御史的求實思維之表現。史載，李素立「武德初爲監察御史，時有犯法不至死者，高祖特命殺之，素立諫曰：『三尺之法，與天下共之，法一動搖，則天下無措手足。陛下甫創鴻業，遐荒尚阻，奈何輦轂之下，便棄刑書？臣忝法司，不敢奉旨。』太祖

〔註157〕　宋・王溥撰：《唐會要》卷六二「御史臺」，第1274頁。按：《舊唐書》卷一四六《杜亞傳》：「杜亞字次公，貞元五年，……改檢校吏部尚書，判東都尚書省事，充東都留守、都防禦使。」又李元素於元和初任御史大夫，《唐會要》云「元和五年」李元素任侍御史，顯係錯誤。「元和五年」當爲「貞元五年」。見霍志軍補證：《唐御史臺精舍題名考補證》。

從之。」〔註 158〕不獨李素立，唐代狄仁傑、宋璟、薛存誠等均是以「拒不奉詔」而知名者。這種臣下「不奉詔」現象，不但體現出唐代御史執法如山的剛正之氣，也充分體現了御史群體求眞務實的思維方式特點。唐代還有御史自我彈劾的現象，如《新唐書》卷一六二《獨孤朗傳》記載：「敬宗初，……會殿中王源植貶官，（獨孤）朗直其枉，書五上不報，卽自劾執法不稱，願罷去。」〔註 159〕彈劾文「五上不報」，源自內臣的作梗，皇帝的昏庸，獨孤朗卻認爲是自己未能盡到監察官的責任，便主動自劾執法不稱，這種嚴於律己的態度無疑也是唐代御史求實性思維的表現。

四、醫療型智慧

　　唐代在整個中國古代都是一個非凡的朝代，「就法律而言，其『一準乎禮』的唐律標誌著從漢代中期開始的法律儒家化進程的基本完成並且承上啓下，而且唐律還流佈四方並被各『番夷之國』學習、吸收，從而形成了雄立世界法系之林的中華法系。就醫學而言，唐代的醫學恰處在中國傳統醫學由低迷向繁盛發展的轉折點。」〔註 160〕有唐一代，不僅出現了諸如孫思邈、王燾、陳藏器、甄權、許雍宗、孟詵等一大批著名的醫學家，而且唐王朝對醫學十分重視，在全國建立了較爲完備的醫學校，〔註 161〕第一次編修了一部國家藥典《唐本草》。〔註 162〕在唐代，醫學和醫士擺脫了傳統以來的卑賤地位，無論是法律還是醫學都有著較大的轉機和長足的進步。在這麼一種背景下，考察作爲「醫國者」的唐代御史與作爲「醫人者」的醫學之間的關係，或許更能

〔註 158〕後晉・劉昫：《舊唐書》卷一八五《良吏傳・李素立傳》，第 4786 頁。
〔註 159〕宋・歐陽修：《新唐書》卷一六二《獨孤朗傳》，第 4993～4994 頁。
〔註 160〕方瀟：《醫人醫國：醫學對唐代司法的影響》，見《中外法學》2009 年第 2 期。
〔註 161〕唐代的醫學校有中央和州二級：中央是在太醫署下設置，其中博士 4 人任教，醫科學生 40 人，針科 20 人，再加上藥、按摩、?禁等科，學生共 100 人左右。其使用的教材有《黃帝內經》、《神農本草經》、《脈經》、《明堂脈訣》、《神針》等。地方州級政府設立經學和醫學學校，經學和醫學學生的比例約爲 4：1，其規模小於中央學校，但總人數卻大大超過了中央。參見王鴻生《中國歷史中的技術與科學》，中國人民大學出版社 1997 年版，第 116～117 頁。
〔註 162〕《唐本草》記載了 844 種藥物，一些從波斯、印度和南海傳來的藥物也在記載之內。《唐本草》還糾正了陶弘景《神農本草經集注》中錯記的藥多達 400 餘種。《唐本草》編成後成爲唐代醫藥學校的主要藥典，也成爲統一全國藥物名稱和用藥的大典，同時也是世界上第一部由國家頒行的藥典。參見王鴻生《中國歷史中的技術與科學》，中國人民大學出版社 1997 年版，第 124 頁。

揭示出唐代御史思維模式的特點。

　　唐代御史的思維模式與一種治療型智慧密不可分。所謂治療型智慧，就是以一種社會「治療者」的身份切入現實政治，通過對社會問題的「治療」來維護紀綱。

　　在傳統儒家「仁學」觀念影響下，中國古代政治思想家往往將治國與醫人相提並論，以「醫人」來喻指「治國」。如《國語‧晉語八》載：

　　　　平公有疾，秦景公使醫和視之。……文子曰：「醫及國家乎？」
　　對曰：「上醫醫國，其次疾人，固醫官也。」〔註163〕

　　《呂氏春秋》中記載了商湯王與伊尹之間一段耐人尋味的對話：

　　　　湯問於伊尹曰：「欲取天下若何？」伊尹對曰：「欲取天下，天
　　下不可取；可取，身將先取。凡事之本，必先治身，嗇其大寶。用
　　其新，棄其陳，腠理遂通。精氣日新，邪氣盡去，及其天年。此之
　　謂真人。」〔註164〕

這種以「醫人」喻指「治國」的傳統思維模式，某種意義上是祖國醫學思維方式在治理國家層面的運用。中醫認為，天、地、人是一個大宇宙系統；人的身體雖小，但精妙玄微，堪稱一個宇宙系統；國家也是一個介於天、地與人之間的有機系統。古代先哲為具體、形象地表達治國理念，遂以「醫人」喻「治國」，認為醫國就如同醫人。正是在這一意義上，古人常將「逆耳忠言」比作「苦口良藥」，將犯顏直諫比作政教之藥石，〔註165〕直至今天，「良藥苦口利於病，忠言逆耳利於行。」或許是當代中國人引用最多、使用最頻的諺語之一，其中蘊含的豐富的人生哲理，頗引人深思。

　　整頓吏治是求治之道、廉政之源。歷代先賢關於監察制度的思考和探索，歷代監察官的監察實踐，都不斷豐富、完善著中國古代監察思想。如秦代屬行督責之術，推崇以法制臣，強調「法修術明而天下亂者，未之聞也。」〔註

〔註163〕《國語》卷一四《晉語八》，中華書局2007年版，第275頁。

〔註164〕陳奇猷校釋：《呂氏春秋校釋‧季春紀第三‧先己》，學林出版社1984年版，第144頁。

〔註165〕《春秋左氏傳》「襄公二十三年」載：「臧孫入，哭甚哀，多涕。出，其御曰：『孟孫之惡子也，而哀如是。季孫若死，其若之何？』臧孫曰：『季孫之愛我，疾疢也。孟孫之惡我，藥石也。美疢不如惡石。夫石猶生我，疢之美，其毒滋多。孟孫死，吾亡無日矣。』」見楊伯峻注：《春秋左傳注》，中華書局1990年版，第1081頁。

〔註166〕漢‧司馬遷：《史記》卷八七《李斯列傳》，第2557頁。

166〕漢代則注重監察與諫議並重，「明王垂寬容之聽，崇諫諍之官，廣開忠直之路，不罪狂狷之言，然後百僚在位，竭忠盡謀。不懼後患。」〔註167〕秦漢時期御史大夫「典正法度」、「總領百官」。治書侍御史，「掌選明法律者爲之，凡天下諸讞疑事，掌以法律當其是非。」〔註168〕晉代御史中丞「掌威儀禁令。」〔註169〕隋代御史制度更加完善、成熟，御史「每巡四方，理雪冤枉，褒揚孝悌」，被譽爲「激濁揚清」之職。自秦迄隋，監察制度雖屢有更替，但御史以監察百僚、整飭吏治爲核心——救治社會弊病的指導思想卻並無改變。監察官就是要理國之頑弊，愈民之患難。這種長期凝聚、內化在歷代監察官頭腦中的思維傳統，就是唐代御史群體建立新的思維方式的基礎和起點，這種唐前監察制度中孕育的以「醫人」喻指「治國」的傳統思維模式會作爲一個因素被納入唐代御史的思維方式之中，成爲他們思維方式的一個組成部分。

眾所周知，強大的隋王朝頃刻間土崩瓦解，給唐代統治者深刻的經驗教訓，同時法律儒家化的過程在唐代已經有了高度的積累，故高舉「仁政」是有唐一代的統治者的主要風格，其主旨就是推行寬仁政治，重典治吏，保證吏治的清明。唐代在此方面可謂作了不少工作，不但大力提高御史臺的權威、地位，而且從官員的任免、考覈、獎懲等多方面制約著官員。唐代統治者較爲濃厚的儒家仁政思想，使得以「醫人」喻指「治國」的思維方式在唐代更進一步發展成熟。貞觀時期，唐太宗即有「以藥石相報」朝臣的佳話：

> 高季輔「貞觀初，拜監察御史，彈治不避權要。……數上書言得失，辭誠切至。帝賜鍾乳一劑，曰：『爾進藥石之言，朕以藥石相報。』」〔註170〕

如果說孫思邈「古之善爲醫者，上醫醫國，中醫醫人，下醫醫病」〔註171〕之論，上承祖國醫學優秀傳統，充分體現出古代醫家的崇高的理想追求。那麼，唐太宗的言行已經在很大程度上將御史的監察職能與「醫國」聯繫起來了。

唐代還將賞罰比作「政教之藥石」，如監察御史魏元忠向武則天諫諍云：

> 臣聞賞者禮之基，罰者刑之本。故禮崇謀夫竭其能，賞厚義士

〔註167〕漢·班固：《漢書》卷七七《劉輔傳》，第 3253 頁。
〔註168〕南朝·宋·范曄：《後漢書·百官志三》，第 3599 頁。
〔註169〕張鵬一：《晉令輯存》卷四，三秦出版社 1989 年版。
〔註170〕宋·歐陽修：《新唐書》卷一〇四《高季輔傳》，第 4011 頁。
〔註171〕唐·孫思邈：《千金要方·診候》，影印文淵閣四庫全書本，臺灣商務印書館 1983 年版。

輕其死，刑正君子勖其心，罰重小人懲其過。然則賞罰者，軍國之
綱紀，政教之藥石。綱紀舉而眾務自理，藥石行而文武用命。〔註172〕
可以說，唐王朝無論在統治理念還是監察制度建設上，以「醫人」喻指「治
國」的治國理念都得到加強。唐代統治者在制定政策、法律時會「自然而然」
地將醫學的觀念灌注其中。唐代御史制度所倡導、所鼓勵的諸如「肅政彈非」、
「彰善癉惡」、「激濁揚清」等價值觀念，規定、制約著唐代御史思維活動的
內容，思維的方法。監察官為社會「治病」，醫者為病人治病，這種職業特點
上的相似性也使唐代御史在監察實踐中體現一種醫學思維模式，有助於形成
其醫療型思維方式。

　　唐代士大夫階層普遍有著較為豐富的醫學知識，已經開始更多地關注醫
學，一個「儒醫」階層已經初露端倪，〔註173〕這對其醫療型思維方式的形成
不無影響。不少監察官如柳宗元、劉禹錫、白居易等對醫學都有著相當深入
的研究。〔註174〕一旦他們有條件從事監察實踐時，醫學體驗、醫學知識無疑
給予他們深刻的思想啟迪。柳宗元《宋清傳》中治病救人的高尚醫德，以救
死扶傷為己任，和統治者的仁政結合起來，並非一種單純的生命救助。君子
用之以衛生、輔之以濟世，故曰仁術。在《愈膏肓疾賦》中，柳宗元借醫者
之口道出了自己的救世思想：

　　　　「膏肓之疾不救，衰亡之國不理。巨川將潰，非捧土之能塞。

　　大廈將崩，非一木之能止。斯言足以喻大，子今察乎孰是？」爰有

　　忠臣，聞之憤怨，亡廢寢食，擗摽感歎：「生死浩浩，天地漫漫。綏

〔註172〕後晉・劉昫：《舊唐書》卷九二《魏元忠傳》，第 2949 頁。

〔註173〕于賡哲：《唐代的醫學教育與醫人地位》，見《魏晉南北朝隋唐史資料》2000
　　　　年版。

〔註174〕今存柳宗元詩中不少是寫他自己的醫學實踐，如《種仙靈毗》、《新植海石榴》、
　　　　《戲題階前芍藥》、《始見白髮題所植海石榴》、《自衡陽移桂十餘本植零陵所
　　　　住精舍》、《湘岸移木芙蓉植龍興精舍》等醫藥詩，是與其豐富的醫學實踐、
　　　　醫學知識分不開的。唐代官方對醫學的重視亦有較大改善，唐代在中央設立
　　　　了較為完善的太醫署，「太醫令掌諸醫療之法，丞為之貳。其屬有四：曰醫師、
　　　　針師、按摩師、禁師，皆有博士以教之。」還在地方廣置醫學機構，從事醫
　　　　學知識的講授。如《舊唐書》載：貞觀三年，「九月癸丑，諸州置醫學。」(《舊
　　　　唐書・太宗紀上》) 開元年間，遍及各個州縣的醫療體系初步建立。唐代不僅
　　　　醫學被立為官學，而且通過科舉考試選拔醫學人才。道術醫藥科即是制舉中
　　　　一科，「道術醫藥舉，取藝業優長、試練有效者，宜令所縣，依節限處分。」
　　　　(見《全唐文》卷三〇《考試博學多才道術醫藥科舉人詔》)

之則壽，撓之則散。善養命者，鮐背鶴髮成童兒。善輔弼者，殷辛
夏桀爲周漢。非藥曷以愈疾？非兵胡以定亂？喪亡之國，在賢哲之
所扶匡；而忠義之心，豈膏肓之所羈絆？予能理亡國之刓弊，愈膏
肓之患難，君謂之何以？」〔註175〕

清人何焯評曰：「《愈膏肓疾賦》，其詞似柳少作。」〔註176〕大約是柳宗元任職
監察御史時的作品。「余能理亡國之刓弊，愈膏肓之患難」，既是柳宗元終其
一生一以貫之的政治思想，也是其切入唐代社會的獨特姿態、探求治民之術
的獨特思維方式。推而廣之，就整個唐代御史群體而言，在他們身上，我們
同樣能看到這種異常濃烈的「理國之刓弊，愈民之患難」之意識：在監察實
踐中，他們彈劾詞極直、鬥爭膽甚壯、誓心除國蠹、許國不謀身，無一不是
這種「理國之刓弊，愈民之患難」思維方式的外在表現；在文學創作中，他
們或「病時」，或「救濟人病，俾補時闕」，充分發揮詩歌的干預現實的作用，
無疑也是這種思維方式的詩化表現。

　　無獨有偶，憲宗皇帝「喜武功，且數出遊畋」，時任吏部郎中的柳公綽奏
《太醫箴》以諷曰：

「飲食所以資身也，過則生患；衣服所以稱德也，侈則生慢。
唯過與侈，心必隨之。氣與心流，疾亦伺之。……畋遊恣樂，流情
蕩志。馳騁勞形，叱咤傷氣。」……憲宗深嘉之，翌日，降中使獎
勞之曰：「卿所獻之文云：『氣行無間，隙不在大。』何儆朕之深也？」
踰月，拜御史中丞。〔註177〕

柳公綽能勝任御史中丞，其醫人醫國的思想引起憲宗的深深共鳴恐怕是一個
重要原因。任何個體或群體思維方式的形成都不可能脫離具體的、特定的文
化環境。御史臺獨特的文化氛圍對唐代御史群體的思想行爲、思維方式的形
成有一定影響。由於經學的薰陶，唐代御史有一種積極入世、憂念民生的情
懷，如柳宗元「以興堯舜孔子之道，利安元元爲務」，劉禹錫善政理民的思想，
與啖助《春秋》學派「以生人爲重，社稷次之之義，發吾君聰明，躋盛唐於
雍熙」〔註178〕的精神志向是一脈相承的。御史臺的法學氛圍，不但形成唐代

〔註175〕唐·柳宗元：《愈膏肓疾賦》，《全唐文》卷五六九，第3400頁。
〔註176〕吳文治編：《柳宗元資料彙編》（下冊），中華書局1964年版，第341頁。
〔註177〕後晉·劉昫：《舊唐書》卷一六五《柳公綽傳》，第4301頁。
〔註178〕唐·呂溫：《祭陸給事文》，《全唐文》卷六三一，第3762頁。

御史濃烈的崇法意識，還爲其人格注入了剛性基因，有利於御史剛正不阿、嫉惡如仇個性的發展。史學氛圍，培育了御史群體尚質實的文化性格，鍛鑄了其求實、理性精神。這種種複雜的因素，加之以御史群體剛直的心性，相互交融、相互影響，就形成一個巨大的「思維場」，對唐代御史群體的思維活動產生「隱形」的引導，長期生活在這一文化氛圍中的唐代御史群體，受御史臺特定文化氛圍潛移默化的影響，漸漸地會產生一種「文化遺傳」，使自身的思維活動「自發地」地按照該文化氛圍所規範的方式，如積極入世、憂念民生，崇法意識，求實理性等方式來進行，久而久之，遂形成唐代御史群體獨特的思維方式。

綜上所述，唐代御史群體思維方式的形成，既受唐代監察制度的決定和制約，又與御史的監察實踐、職業職責、職業使命、知識結構等密不可分。同時，它還是中國古代政治思維傳統以及唐代御史臺特定文化氛圍薰陶、孕育的產物。

美籍華裔學者葉維廉先生認爲，人類的認識有其認知結構，「存在一個思維模子或語言模子」，「所有的心智活動，不論其在創作上或是學理的推演上以及其最終的決定和判斷，都有意無意地必以某一種『模子』爲起點。」〔註179〕御史的政治思維模式之所以能夠對其文學活動產生影響，關鍵在於它內化爲唐代御史群體的主體思維便可以產生功能效應。御史的政治思維模式既是他們政治活動中的思維「模子」，也是其文學活動中的審美「模子」，當御史群體從事文學創作的時候，其思維方式相應地會對文學活動發生影響，進而形成其文學創作的獨特風格。

〔註179〕溫儒敏、李西堯編：《尋求跨中西文化的共同文學規律》，北京大學出版社 1987 年版，第 11 頁。

第三章　御史活動對唐代文學的影響

　　20 世紀以來的唐代文學研究，已臻精耕細作之境，各方面的選題都得到不同程度的發掘，各種方法也得到了嘗試，各種新的觀念層出不窮地湧現出來，大有「山重水複疑無路」之勢。然學界至今未出現有關唐代御史制度與文學關係的選題，也未見此方面的研究論文。究其原因，蓋學界普遍認為御史制度很難與文學聯繫在一起，這一課題似乎有人為生造選題之嫌。那麼，唐代御史制度與文學究竟有無關係呢？御史制度與文學發生關係的邏輯起點又是什麼？這是本章擬解決的問題。

第一節　唐代御史任職資格中的文學因素

　　唐代政治意義上的文學，概括地講是一種綜合了儒學、吏能、品德、文辭等諸多因素的文學實體，它既肯定、要求文學的獨特性，又強調、鼓勵文學的政治性。所以唐代的「文學」既沒有返回到漢代文章與學術合一的文學概念上，也未片面地走向「綺谷紛披，宮徵靡曼」。唐代政治意義上的文學，其實既兼顧了文人的政治性和社會性，又注重文學的政治性與社會性，從而達到文學與政治相互交融、相互完善的狀態。

　　具體到唐代御史制度，作為一個注重文學的監察制度體系，唐代御史的選任中強調士人應具有剛果勁正之品格，同時又十分注重文學才能。那麼，唐代御史任職資格中的文學因素占多大比重？唐王朝又是如何兼顧政治與文學諸因素的呢？從唐代有關御史的任職制誥中，我們能清晰地看到唐代御史任職資格中政治與文學的關係。

一、唐代御史的文學素質

　　唐代御史與文學的關係，最終要落實在具體的御史個體之上。如果我們清楚了有唐一代御史的文學素質，那麼，唐代御史制度與文學的關係也就大致可知了。有鑒於此，筆者對唐代文士中有過御史經歷者進行全面統計，製成「唐代文士進入御史臺情況統計表」如本書附表五所示。

　　由統計可知，唐代文士中有御史經歷者至少達 370 餘人。儘管上述統計可能存在頗多疏漏，因爲唐人詩文散佚嚴重，流傳至今者「十不存一」，許多御史的詩作已佚，但從《全唐詩》、《全唐文》中其他人與御史的唱和、寄贈、贈序等情況來看，他們無疑是能文能詩的。遺憾的是因相關文獻的缺乏，僅有極少數文士列入本書「統計表」中。可以斷言，唐代文士中有御史臺經歷者的眞實情況遠比統計要多，但本文的統計畢竟提供了一個反映總體情況的概數，一些原先被遮蔽的情況也就浮現出來。

　　一是唐代不少御史同時也是著名文學家。由附表五統計可知，唐代御史群體中不乏文學之士，如貞觀時期的御史馬周，作有《上太宗疏》，《陳時政疏》、《請勸賞疏》、《請簡擇縣令疏》等。馬周曾爲中郎將常何「陳便宜二十餘事，令奏之，事皆合旨，太宗怪其能，問何，何答曰：『此非臣所能，家客馬周具草也。』」〔註1〕武后時期，張鷟既爲監察御史，又才華橫溢，八次參加制舉，皆中甲科，被譽爲「青錢學士」，撰有《遊仙窟》、《朝野僉載》二十卷、《龍筋鳳髓判》十卷等。今《全唐文》卷一六九存狄仁傑文九篇，卷一六三存徐有功文《駁郭奉一論蘇踐言等處絞奏》等文十篇，二人不僅是武后時期的著名御史，同時也長於文學。又如《大唐新語》云：

　　　　神龍之際，京城正月望日，盛飾燈影之會。金吾弛禁，特許夜行。貴遊戚屬及下隸工賈，無不夜遊。車馬駢闐，人不得顧。王主之家，馬上作樂，以相誇競。文士皆賦詩一章，以紀其事。作者數百人，惟中書侍郎蘇味道、吏部員外郭利貞、殿中侍御史崔液三人爲絕唱。味道詩曰：「火樹銀花合，星橋鐵鎖開。暗塵隨馬去，明月逐人來。遊妓皆穠李，行歌盡《落梅》。金吾不禁夜，玉漏莫相催。」……液曰：「今年春色勝常年，此夜風光正可憐。鳷鵲樓前新月滿，鳳凰臺上寶燈燃。……」〔註2〕

〔註1〕後晉・劉昫：《舊唐書》卷七四《馬周傳》，第2612頁。
〔註2〕唐・劉肅：《大唐新語》卷八「文章」，第290頁。

這首詩精緻典雅，用意精巧，即使與號稱「文章四友」之一的初唐著名詩人蘇味道相比，也毫不遜色。

盛唐時期王維、岑參、高適、李華等堪稱中國文學史上的著名文學家，均有御史臺經歷。開元二十八年（740 年），王維以殿中侍御史知南選，途中作《漢江臨泛》、《哭孟浩然》等。天寶十三載（754 年），岑參爲大理評事、攝監察御史，充安西北庭節度判官，不甘雌伏的岑參二次赴邊，這次以監察御史身份赴邊的戎馬生涯爲岑參文學活動注入了空前的活力。《歷代詩話》云：「岑參詩亦自成一家，蓋嘗從封常清軍，其記西域異事甚多。如《優缽羅花歌》、《熱海行》，古今傳記所不載者也。」〔註 3〕可謂的評。李華，天寶十一載（752 年）以監察御史身份出使朔方，寫有《奉使朔方贈郭都護詩》，李華還作有《御史大夫廳壁記》、《御史中丞廳壁記》等。

韓愈、柳宗元、劉禹錫、元稹等既以著名文學家身份活躍於中唐詩壇，又是敢作敢爲的監察官，爲中國監察史增添了濃墨重彩的一筆。貞元十九年（803 年），韓愈爲監察御史，上《御史臺論天旱人饑狀》、《論今年權停舉選狀》；柳宗元爲監察御史，作《種樹郭橐駝傳》、《梓人傳》、《讓監察御史狀》、《監祭使壁記》、《諸使兼御史中丞廳壁記》等。永貞元年（805 年），劉禹錫由監察御史轉屯田員外郎，有《百舌吟》、《聚蚊謠》等詩。元和四年（809 年），元稹先後爲監察御史、東都留臺御史，有《彈奏劍南東川節度使狀》、《彈奏山南西道兩稅外草狀》、《論浙西觀察使封杖決殺縣令事》等著名彈劾文和《和李校書新題樂府十二首》等。〔註 4〕在御史職位上，他們均創作出了足以奠定其文學地位的名篇。假如將這些做過御史的文學家排除在外，我們將無法想像澎湃激越的唐代文學將縮水到何種程度。

即使是唐代御史制度全面弱化，文士進入御史臺數量較少的晚唐時期，御史群體文化素質仍然整體較高，其中不乏卓有成就的文學家。如陸扆，不僅是晚唐御史中之佼佼者，且「工屬辭，敏速若注射然，一時書命，同僚自以爲不及，昭宗優遇之。帝嘗作賦，詔學士皆和，獨扆最先就，帝覽之，歎曰：『貞元時，陸贄、吳通玄兄弟善內廷文書，後無繼者，今朕得之。』」〔註 5〕可謂文

〔註 3〕　清・丁福保輯：《歷代詩話》上冊，中華書局 1981 年版。

〔註 4〕　以上均據傅璇琮主編《唐五代文學編年史》，遼海出版社 1998 年版。（以下版本號略）

〔註 5〕　宋・歐陽修：《新唐書》卷一八三《陸扆傳》，第 5383 頁。

才與吏才兼擅。高蟾，乾寧中任御史中丞，《唐才子傳》稱其「詩體則氣勢雄偉，態度諧遠，如狂風猛雨之來，物物餗動，深造理窟。」〔註6〕《全唐詩》卷六八八存其詩一卷。王渙，是晚唐政治舞臺上較爲活躍的監察官，同時文章擅名一時，著述頗豐，「有《燕南筆稿》一十卷，奉王公也。有《西府筆稿》三卷，遵鄭公也。有《從知筆稿》五卷，乃褒梁與南海途路之次及大明東館、申職業也。自私試與呈試，共著詞賦約三十首，凡寓懷觸興，月榭春臺，兼名友追隨，詞人唱和，所賦歌什約三百篇。又慶賀之詞，弔祭之作，曰牋、曰啓、曰誄、曰銘，復約二百首。應其下筆，靡不稱工，但屬世故多艱，斯文幾墜，有藏於家而未播於人者，有其題而亡其詞者，有人之諷誦者，有士人之傳寫者，苟能詮次，亦類一家，所惜編輯未分，而首尾亡序，不成具集，以遺後生，乃籲可恨也。」〔註7〕再如晚唐李商隱、杜牧、白敏中、鄭處誨、狄兼謨、令狐綯等都有御史臺經歷，這些耳熟能詳的文學家名字和御史聯繫在一起，是一個重要的文學現象，其中蘊含著深刻的歷史文化問題。

二是進士及第者在唐代御史中占相當多的比例。在上述統計的 372 名進入御史臺的文士中，由進士入仕者 144 人，占 35%。說明唐代御史的選任是一個注重士人文學才能的職官體系，文學是唐代擔任御史職務的一個非常重要的因素。當然，這種「文學」是指重德、尚文、吏能、好儒諸方面相融合的，文德並舉、文儒相合、文與吏才相稱的綜合素質。如褚璆，「擢進士第，累拜監察御史裏行。先天中，突厥圍北庭，詔璆持節監總督諸將，破之。遷侍御史，拜禮部員外郎。而氣象凝挺，不減在臺時。」〔註8〕王丘，「十一擢童子科，他童皆專經，而（丘）獨屬文，由是知名。及冠，舉制科中第，授奉禮郎。氣象清古，行修絜，於詞賦尤高。族人方慶及魏元忠更薦之，自偃師主簿擢監察御史。」〔註9〕這裡所謂「凝挺」、「清古」，應該是褚、王兩位御史政治、文化素質的綜合反映。文人若有文而無術，或有文而無能，或有文而無德，均不是承擔監察重任的合適人選。

唐代科舉制度改變了漢魏以來傳統的仕進道路，使得唐代社會觀念發生

〔註6〕傅璇琮主編：《唐才子傳校箋》卷四《高蟾傳》，中華書局 1990 年版，第 66 頁。

〔註7〕唐・盧光濟：《唐故青海軍節度掌書記太原王府君墓誌銘》，吳鋼主編：《全唐文補遺》第 1 輯，三秦出版社 1994 年版，第 430 頁。

〔註8〕後晉・劉昫：《新唐書》卷一〇五《褚璆傳》，第 4029～4030 頁。

〔註9〕後晉・劉昫：《新唐書》卷一二九《王丘傳》，第 4480 頁。

重大變化。唐代社會具有濃鬱的重文傳統，當時「公卿百辟，無不以文章達。因循日久，浸以成風。……是以進士爲士林華選，四方觀聽，希其風采。每歲得第之人，不浹辰而周聞天下。」〔註10〕這些進士及第者經過基層行政實踐的歷練，熟悉了政治運行的各個環節，其中佼佼者自然會陞遷到御史職位。

這些長於詩賦創作的文士活躍在監察崗位上，是唐代監察制度區別於唐前監察制度的重要特點。監察主體與文學創作主體兩種社會角色相互依存、相輔相成，和諧地統一於一身，勢必對唐代御史的職事活動、文學活動都產生直接影響。一方面，監察活動開闊了唐代御史的眼界、豐富了其創作的素材、經驗，而且培養了他們獨特的思維方式。他們親歷「負戈外出，殺氣雄辯；解佩出朝，一去往返」的人生歷練，凡斯種種，感蕩心靈，非陳詩何以展其義？非長歌何以動其情？另一方面，御史的文學活動也促進、施惠其監察活動。比如卓著的公文創作才能肯定有助於監察活動的開展。御史臺內活躍著一批又一批能文善詩的監察官，既是唐代御史臺的幸運，也是唐代文學的幸運。

三是進入御史臺的文士中，由「賢良方正能直言極諫科」制舉科入仕者有 30 餘人，說明「賢良方正能直言極諫科」也是唐代御史的主要來源之一。如果說先秦兩漢時期直言極諫還「僅僅屬於政治責任感與道德品質範圍的事而已，是君主專制制度的一種補充，」〔註11〕那麼，唐代的直言極諫則是一項完備、成熟的國家制度，一種治理國家的形式。貞觀君臣親歷了隋王朝覆滅的全過程，從數千年的朝代興亡更替特別是自己的親身經歷中深刻認識到「水能載舟，亦能覆舟」的道理。良藥苦口、忠言逆耳，臣下進諫需要膽識、勇氣，君主納諫更需寬廣的胸懷。不像後世許多皇帝「葉公好龍」式的裝模作樣，李淵頒佈《令陳直言詔》的同時，還有意提拔能直言極諫之臣，《大唐新語》載：

> 武德初，萬年縣法曹孫伏伽上表，以三事諫。其一曰：「陛下貴爲天子，富有天下，凡曰蒐狩，須順四時。陛下二十日龍飛，二十一日獻鷂雛者，此乃前朝之弊風，少年之事務，何忽今日行之？又聞相國參軍盧牟子獻琵琶，長安縣丞張安道獻弓箭，頻蒙賞賚。但『普天之下，莫非王土；率土之濱，莫非王臣』。陛下有所欲，何

〔註10〕唐·杜佑：《通典》卷一五《選舉三·歷代制下》，第84頁。
〔註11〕劉澤華：《洗耳齋文稿》，中華書局 2003 年版，第 29 頁。

求不得？陛下所少，豈此物乎？」其二曰：「百戲、散樂，本非正聲，此謂淫風，不可不改。」其三曰：「太子諸王左右群僚，不可不擇。願陛下納選賢才以爲僚友，則克崇磐石，永固維城矣。」高祖覽之，悅，賜帛百匹，遂拜爲侍書御史。〔註12〕

這就造成了能直言極諫的良好社會風氣。唐太宗等「親見煬帝之剛愎猜忌，予智自雄，以致人情瓦解而不知，盜賊蜂起而莫告，國亡身弒，爲世大僇。故深知一人之耳目有限，思慮難周，非集思廣益，難以求治，而飾非拒諫，徒自召禍也。」〔註13〕鼓勵臣下進諫，魏徵、房玄齡、杜如晦等均以直諫而著稱。

唐代爲了更好地發揮臣下批評朝政的功能，專門設置了「賢良方正能直言極諫科」制舉科目。根據相關史料，天冊萬歲二年（696 年），武則天封中嶽時，就有「詔牧伯舉賢良」之舉，崔沔與「兄故監察御史諱渾雙名居右。」〔註14〕崔沔後來任殿中侍御史，開元二年任御史中丞。崔渾歷任監察御史等。這時詔舉賢良並未成爲制舉科目。唐開元初年始置「賢良方正能直言極諫科」，及第者爲梁昇卿、袁楚克二人。〔註15〕其後，唐王朝屢有「賢良方正能直言極諫科」科考的記錄：

德宗建中元年（780 年），「賢良方正能直言極諫」科及第者姜公輔、元友直、樊澤、呂元膺等。〔註16〕其中樊澤，〔註17〕呂元膺後來都進入御史臺，呂元膺歷殿中侍御史、侍御史、侍御史知雜、御史中丞，一直做到御史大夫。〔註18〕

貞元元年（785 年）九月，「賢良方正能直言極諫科」及第者韋執宜、鄭利用、穆質、楊邵、裴復、柳公綽、歸登、李直方、崔邠、鄭敬、魏宏簡、沈回、田元祐、徐袞等。其中裴復「入朝歷殿中侍御史。」〔註19〕柳公綽歷

〔註12〕唐·劉肅：《大唐新語》卷二「極諫」，第 219 頁。
〔註13〕清·趙翼：《廿二史雜記》。
〔註14〕《有唐通義大夫守太子賓客贈尚書左僕射崔公墓誌》（穎陽縣丞徐珹書），周紹良等編《唐代墓誌彙編》，第 1800 頁。
〔註15〕《冊府元龜》卷六四五《貢舉部》「科目」條記在「開元二年」，《唐會要》卷七六《制舉科》：「開元元年，直言極諫科袁楚客及第。」
〔註16〕宋·王溥撰：《唐會要》卷七六「貢舉中」，第 1644 頁。
〔註17〕後晉·劉昫：《舊唐書》卷一二二《樊澤傳》，第 3505 頁。
〔註18〕後晉·劉昫：《舊唐書》卷一五四《呂元膺傳》，第 4103 頁。
〔註19〕唐·韓愈：《河南少尹裴君墓誌銘》，《全唐文》卷五六五，第 3378 頁。

任殿中侍御史、侍御史、御史中丞、御史大夫。〔註20〕

貞元四年（788年）四月，「賢良方正能直言極諫」科及第者崔元翰、裴次元、李彝、崔農、史牟、陸震、柳公綽、趙參、徐弘毅、韋彭壽、鄒儒立、王及、杜倫、元易、王眞及等。其中，裴次元爲德宗朝監察御史。〔註21〕柳公綽爲中唐著名御史，鄒儒立爲德宗朝殿中侍御史。〔註22〕杜倫貞元六年爲殿中侍御史。〔註23〕

貞元十年（794年）十二月，「賢良方正能直言極諫」科制舉及第者裴珦、王播、朱諫、裴度、熊執易、許堯佐、徐弘毅、杜戩、崔群、皇甫鎛、王仲舒、許季同、仲子陵、鄭士林、邱穎。其中，王播擢進士第，登賢良方正制科，授集賢校理，再遷監察御史，轉殿中，歷侍御史，元和五年，代李夷簡爲御史中丞。〔註24〕崔群歷任監察御史裏行、御史中丞、御史大夫。〔註25〕王仲舒爲穆宗朝御史中丞。〔註26〕

憲宗元和三年（808年），憲宗元和二年（807年），「賢良方正能直言極諫」科及第者牛僧孺、皇甫湜、李宗閔、李正封、吉弘宗、徐晦、賈餗、王起、郭球、姚袞、庾威等。〔註27〕其中牛僧孺〔註28〕、皇甫湜〔註29〕、李宗閔〔註30〕、李正封〔註31〕、徐晦〔註32〕、賈餗〔註33〕後來均有過御史臺經歷。

穆宗長慶元年（821年）十二月，「賢良方正能直言極諫」科制舉及第者龐嚴、任畹、呂述、姚中立、韋曙、李回、崔嘏、崔龜從、韋正貫、崔知白、陳元錫等。其中，龐嚴曾任殿中侍御史。〔註34〕姚中立曾爲文宗朝監察御史。

〔註20〕後晉・劉昫：《舊唐書》卷一六五《柳公綽傳》，第4301頁。
〔註21〕清・勞格、趙鉞：《唐御史臺精舍題名考》卷三「碑陰題名」，第141頁。
〔註22〕後晉・劉昫：《舊唐書》卷一八九《儒學傳下・蘇弁傳》，第4976頁。
〔註23〕後晉・劉昫：《舊唐書》卷一六七《趙宗儒傳》，第4361頁。
〔註24〕後晉・劉昫：《舊唐書》卷一六四《王播傳》，第4275頁。
〔註25〕後晉・劉昫：《舊唐書》卷一五九《崔群傳》，第4188頁。
〔註26〕後晉・劉昫：《舊唐書》卷一九〇《文苑傳下・王仲舒傳》，第5059頁。
〔註27〕宋・王溥撰：《唐會要》卷七六「貢舉中」，第1645頁。
〔註28〕後晉・劉昫：《舊唐書》卷一七二《牛僧孺傳》，第4469頁。
〔註29〕清・彭定求等：《全唐詩》卷三九三孟郊《高軒過》詩注曰：「韓員外愈、皇甫侍御湜見過，因而命作。」知皇甫湜曾任職御史臺。
〔註30〕後晉・劉昫：《舊唐書》卷一七六《李宗閔傳》，第4552頁。
〔註31〕後晉・劉昫：《舊唐書》卷一五《憲宗紀下》，第460頁。
〔註32〕後晉・劉昫：《舊唐書》卷一六五《徐晦傳》，第4325頁。
〔註33〕後晉・劉昫：《舊唐書》卷一六九《賈餗傳》，第4408頁。
〔註34〕後晉・劉昫：《舊唐書》卷一六六《元稹傳・龐嚴附傳》，第4339頁。

〔註35〕崔龜從曾爲宣宗朝御史大夫。〔註36〕

敬宗寶曆元年（825年），「賢良方正能直言極諫」科制舉及第者唐紳、楊儉、韋瑞符、舒元褒、蕭敏、楊魯士、來擇、趙祝、裴暉、韋縅、李昌寶、嚴楚封、李涯、蕭夷中、馮球、元晦等。其中楊儉爲敬宗朝御史。〔註37〕

文宗大和二年（828年），閏三月，「賢良方正能直言極諫」科制舉及第者李合、裴休、裴素、南卓、李甘、杜牧、馬植、鄭亞、崔博、崔興、王式、羅邵京、崔渠、韓賓、崔愼由、苗愔、韋昶、崔煥、崔讜等。其中，裴休曾任文宗朝監察御史、御史大夫。〔註38〕李甘曾任侍御史之職。〔註39〕杜牧歷任文宗朝監察御史裏行，監察御史，殿中侍御史，殿中侍御史內供奉。〔註40〕馬植開成初（836年）曾任御史中丞。〔註41〕鄭亞會昌年間曾先後任監察御史，御史中丞。〔註42〕崔愼由大中十二年（858年）曾任御史大夫。〔註43〕

「賢良方正能直言極諫」科考試中，士子策文多能有感而發，指切時政之失，言甚耿直、無所迴避，有些策文言辭激烈，在當時即震動朝野，影響極大，如劉蕡於文宗大和二年（828年）的對策，一石激起千層浪，不少士人「睹蕡條對，歎服嗟悒，以爲漢之晁董無以過之。言論激切，士林感動。……守道正人，傳讀其文，至有相對垂泣者。諫官、御史，扼腕憤發，而執政之臣，從而彌之，以避黃門之怨。」〔註44〕「賢良方正能直言極諫科」制舉主要是對士子監察素質的考察，一些士子表現出來的剛直人格、求實精神、無畏勇氣，頗爲符合唐代對御史任職的要求。他們經過一段時間的基層歷練後擔任御史臺（職務），有些甚至成長爲唐代監察史上的傑出人才。

「賢良方正能直言極諫科」制舉反映了唐代監察制度、科舉制度與文學相結合的特殊形式。「唐代文人的社會角色是多樣的，從人生價值觀來說，政治參與、建功立業則是其共同的生命取向，這種生命取向反映到他們的政治

〔註35〕後晉・劉昫：《舊唐書》卷一六八《高釴傳・弟鍇附傳》，第4387頁。

〔註36〕後晉・劉昫：《舊唐書》卷一八下《宣宗紀下》，第621頁。

〔註37〕宋・歐陽修：《新書》卷一七九《賈餗傳》，第5320頁。

〔註38〕後晉・劉昫：《舊唐書》卷一七七《裴休傳》，第4593～4594頁。

〔註39〕後晉・劉昫：《舊唐書》卷一七一《李甘傳》，第4451頁。

〔註40〕後晉・劉昫：《舊唐書》卷一四七《杜佑傳・從郁子牧附傳》，第3986頁。

〔註41〕後晉・劉昫：《舊唐書》卷一七六《馬植傳》，第4565頁。

〔註42〕後晉・劉昫：《舊唐書》卷一七八《鄭畋傳》，第4631頁。

〔註43〕後晉・劉昫：《舊唐書》卷一七七《崔愼由傳》，第4580頁。

〔註44〕後晉・劉昫：《舊唐書》卷一九○下《文苑下・劉蕡傳》，第5077頁。

生活和文學事業中，對他們的生活形態和文學創作都產生了直接影響。特別是他們將文學作爲自己的第二生命時，積極的政治參與行爲所伴隨的諫臣意識便深深地影響了他們的文學觀念和創作，從唐代文學的發展歷程來看，從初唐到中唐幾次大的文學思想都與文人的諫臣意識和諫政行爲有密切的聯繫。」〔註45〕這些精闢的論述針對諫官而發，同樣也適用於御史群體。「直言極諫」培育了唐代文人的諫諍精神，生活在這樣一個時代的文學之士，往往較少受到種種禁忌的干擾，可以充分運用文學的形式批評時政，從而將中國文學有關教化、批判現實的優良傳統發揚光大。比如元稹的新樂府詩，頗有諫政之用，或書寫民生疾苦，或反映社會不公，或揭露朝廷政治的黑暗，內容充實，主題深刻。聞一多先生曾說：「兩漢時期的文人有良心而沒有文學，魏晉時期則有文學而沒有良心，盛唐時期則文學與良心二者兼備。杜甫便是代表，他的偉大就在這裡。」〔註46〕此也正指出諫諍精神對於唐詩的寫實精神有直接影響。

　　總之，唐代的御史制度是一個注重文學的官職體系，當時的許多文學之士有不少人有著御史臺經歷。唐代御史群體整體較高的文學素質，這既促進了其監察活動，也惠及其文學活動。唐代御史以監察官的思維來考量文學，就爲其文學活動注入了新的活力。

二、從唐代制誥看御史任職的基本要求

　　關於唐代御史任職資格中的文學因素，筆者曾多方留意。經查，《唐大詔令集》的不少詔敕都對御史的文學才能有明確規定。兩《唐書》傳記中亦有多處述及，《文苑英華》、《全唐文》中保存大量的任命御史的制誥，可以清楚地看到有關此方面的規定和要求。限於篇幅，筆者擬以《全唐文》中的御史授職制誥爲例，對唐代御史任職資格中的文學因素加以探討。《全唐文》收御史大夫的授職制誥 15 篇，存御史中丞的授職制誥 22 篇，侍御史的授職制誥 33 篇，殿中侍御史的授職制誥存 20 篇，監察御史的授職制誥授職制誥 34 篇，合計達 124 篇。換句話說，唐王朝對御史職務的任命是極其重視的，這 100 餘篇製誥，清晰地展現了唐代對御史任職中文學才能的基本要求。

〔註45〕傅紹良：《唐代諫議制度與文人》，中國社會科學出版社 2003 年版，第 265 頁。
〔註46〕鄭臨川記錄、徐希平整理：《笳吹弦誦傳薪錄》，上海古籍出版社 2002 年版，第 108 頁。

御史大夫類收有尹思貞、宋璟、李傑、敬括、韋之晉、陳少游、劉棲楚、李訥、劉元鼎、李昌元、李進賢等十五人的任職制誥。尹思貞的制誥中有：「賢良方正，碩儒耆德，剛不護缺，清而畏知。」〔註47〕宋璟的制誥中有：「含純粹之德，秉清剛之氣，學研精以辨政，文體要以經遠。」〔註48〕李傑的有：「直清浩素，剛斷精密，學究文儒，才優經濟。」〔註49〕敬括的有：「河汾大儒，博通今古。清心素行，高簡自居。粲然文章，如振金石。職更要重，處以公亮。不恃祿以私身，每依經以制事。」〔註50〕韋之晉的有：「言合精理，文多雅興。學以潤政，當孔氏之徒；忠而好謀，得兵家之要。百城強猾，服其威懷，薄刑名以宣慈，均賦役而恤隱。」〔註51〕劉元鼎的有：「臨之以莊，示之以信，形儀辭氣，皆有可觀。」〔註52〕劉棲楚的有：「長才挺生，利用能斷，徇公忘己，奉上絕私，居多急病之心，動著必聞之美，黃旄之奸不發，赭裾之盜靡聞。」〔註53〕李訥的有：「溫良恭儉，齊莊中正，實以君子之德，華以才人之辭。揚歷清顯，昭彰令聞。智莫能欺，剛亦不吐，表率教化，皆有法度。」〔註54〕

御史中丞類收有崔沔、李懷讓、蕭諒、王敬從、蕭隱之、崔器、李勉、李棲筠、柏貞節、杜濟、獨孤問俗、李昌、論惟清、張諷、張屺、薛存誠、柳公綽、王元輔、韋有翼、徐彥若、薛昭緯、獨孤損等二十二人的授職制誥。崔沔的授職制誥中有：「精微之用，博學多文。故能清以激貪，靜而鎮躁。頃攝官持憲，履繩錯墨。臨事不詘，在公則聞。」〔註55〕李懷讓的授職制誥中有：「直方孤聳，清迥特立。持疏綱而不漏。常嫉惡以辟邪。」〔註56〕蕭隱之的有：「敏行深識，貞標雅器。性與公清，寧欺於暗室；才優決斷，豈避於盤根。」〔註57〕崔器的有：「閑邪存誠，公而不黨。……歷踐清列，名

〔註47〕 唐・蘇頲：《授尹思貞御史大夫制》，《全唐文》卷二五一，第1508頁。

〔註48〕 唐・蘇頲：《授宋璟御史大夫制》，《全唐文》卷二五一，第1508頁。

〔註49〕 唐・蘇頲：《授李傑御史大夫制》，《全唐文》卷二五一，第1508頁。

〔註50〕 唐・常袞：《授敬括御史大夫制》，《全唐文》卷四一一，第2500頁。

〔註51〕 唐・常袞：《加韋之晉御史大夫制》，《全唐文》卷四一三，第2510頁。

〔註52〕 唐・白居易：《太子瞻事劉元鼎可大理卿兼御史大夫制》，《全唐文》卷六六二，第3974頁。

〔註53〕 唐・李虞仲：《加劉棲楚御史大夫制》，《全唐文》卷六九三，第4198頁。

〔註54〕 唐・杜牧：《李訥除浙東觀察使兼御史大夫制》，《全唐文》卷七四八，第4568頁。

〔註55〕 唐・蘇頲：《授崔沔御史中丞制》，《全唐文》卷二五一，第1508頁。

〔註56〕 唐・蘇頲：《授李懷讓御史中丞制》，《全唐文》卷二五一，第1508頁。

〔註57〕 唐・孫逖：《授蕭隱之御史中丞充東京畿採訪等使制》，《全唐文》卷三〇八，

與實偕。」〔註58〕張獻恭的有:「精辨文法,以檢群吏。瞻助孤老,懷和遠夷。」
〔註59〕薛存誠的有:「居必靜專,言皆讜正,章疏駁議,多所忠益。可以執憲,
立於朝端。」〔註60〕柳公綽的有:「忠實有常,文以詞學,介然端直,有古之
遺風。」〔註61〕韋有翼的有:「介特守君子之強,文學盡儒者之業。」〔註62〕
徐彥若的有:「端莊自立,踐歷華貫,聲聞藹然。」〔註63〕薛昭緯的有:「歷
落開懷,精明照物。好讓不惑,寡過自強。出典誥而理勝辭豐,第甲乙而以
文兼行。」〔註64〕

　　侍御史類收有崔昇、褚璆、慕容珣、張遊、游子騫、楊瑒、馮宗、何彥則、
杜暹、呂周、王璵、崔寬、李玨、元巽、蔣將明、崔益、孫會、裴注、高允恭、
張諷、王申伯、崔珀、溫璋、盧就、鄭處晦、鄭眾、李蔚、崔義進等三十三人
的授職制誥。崔昇的授職制誥有:「學可從政,文能按章,幹局並優,清勤咸
著。」〔註65〕褚璆的授職制誥有:「清識雅致,遒文贍學。比鷟輕輢,且持嚴
簡。」〔註66〕慕容珣的授職制誥有:「直繩必踐,廷奏奸人。凜然生風,不避
當道。」〔註67〕張遊的有:「清方自居,專直不撓,秋風始擊,每勵鷹鸇,歲
寒後凋,斯見松柏。」〔註68〕游子騫的授職制誥有:「砥操礪行,慎言檢跡,
清公迺持法之端,詞學皆養能之要。臨事必果,已畏神羊,執心不回,先聞擊
隼。」〔註69〕楊瑒的授職制誥有:「體文質以會理,適剛柔以為用。」〔註70〕
馮宗的有:「文儒之業,堅正在心。咸以清公,副茲望實。」〔註71〕何彥則的

　　　　第 1863 頁。

〔註58〕唐・賈至:《授崔器御史中丞制》,《全唐文》卷三六七,第 2210 頁。
〔註59〕唐・常袞:《授張獻恭御史中丞制》,《全唐文》卷四一一,第 2500 頁。
〔註60〕唐・白居易:《薛存誠除御史中丞制》,《全唐文》卷六六○,第 3964 頁。
〔註61〕唐・白居易:《除柳公綽御史中丞制》,《全唐文》卷六六一,第 3966 頁。
〔註62〕唐・杜牧:《韋有翼除御史中丞制》,《全唐文》卷七四八,第 4566 頁。
〔註63〕唐・李磎:《授吏部侍郎徐彥若御史中丞制》,《全唐文》卷八○三,第 4967
　　　　頁。
〔註64〕唐・錢珝:《授前兵部侍郎薛昭緯御史中丞制》,《全唐文》卷八三一,第 5159
　　　　頁。
〔註65〕唐・李嶠:《授崔昇侍御史制》,《全唐文》卷二四二,第 1454 頁。
〔註66〕唐・蘇頲:《授褚璆侍御史制》,《全唐文》卷二五一,第 1508 頁。
〔註67〕唐・蘇頲:《授慕容珣侍御史制》,《全唐文》卷二五一,第 1508～1509 頁。
〔註68〕唐・蘇頲:《授張游侍御史制》,《全唐文》卷二五一,第 1509 頁。
〔註69〕唐・蘇頲:《授游子騫侍御史制》《全唐文》卷二五一,第 1509 頁。
〔註70〕唐・蘇頲:《授楊瑒侍御史制》《全唐文》卷二五一,第 1509 頁。
〔註71〕唐・韓休:《授杜暹等侍御史制》,《全唐文》卷二九五,第 1777 頁。

有：「風標峻遠，志懷毅烈，學妙群言，行歸直道。」〔註72〕杜暹的授職制誥有：「禮樂之器，直方效節。」〔註73〕呂周的有：「體資忠厚，器蘊通明，能兼飭吏之文，更有過人之實。」〔註74〕崔琯的授職制誥有：「守文無害，涖事惟精，在郎署中，推其才理。」〔註75〕溫璋的有：「於群疑之中，獨出明見，比令左驗，事則果然，此真憲府之任也。」〔註76〕盧就的授職制誥有：「立身有文，能用嘉猷。」〔註77〕鄭處晦的有：「人倫義理，無不講求，朝廷典章，飽於聞見。」〔註78〕鄭眾的有：「生於清族，克肖素風，凡守郡邑，皆著理行。」〔註79〕李蔚的有：「以文行進用，已著勞效。」〔註80〕

殿中侍御史類收有鄭溥、王翼、李常、敬昭道、第五琦、高岑、盧虛舟、董晉、蓋又玄、王延休、韓伱、裴廙、李稹、韋澳、裴達、鄭韜、蔡京、趙滂、裴德融、盧潘、王搏、牛希逸等二十人的授職制誥。鄭溥的授職制誥有：「志蘊公忠，才兼學行，守文法以明練，循憲章以清直。」〔註81〕王翼的授職制誥有：「驟聞舉直，亦既懲奸。」〔註82〕李常的授職制誥有：「彰吏跡於神州，著公方於近縣。」〔註83〕敬昭道的有：「見素為質，懷清守道，學以潤身，文能比事。」〔註84〕第五琦的有：「吏才貞固，公心諒直。」〔註85〕高岑的有：「策名早從於吏道，當劇甌聞其政聲。」〔註86〕盧虛舟的授職制誥有：「持操有清廉之譽，在公推干蠱之才。」〔註87〕蓋又玄的有：「直清勵行，宏

〔註72〕唐・王志愔：《授何彥則侍御史制》，《全唐文》卷二八二，第1707頁。

〔註73〕唐・韓休：《授杜暹等侍御史制》，《全唐文》卷二九五，第1777頁。

〔註74〕唐・孫逖：《授呂周等侍御史制》，《全唐文》卷三○八，第1863頁。

〔註75〕唐・白居易：《崔琯可職方郎中侍御史知雜等制》，《全唐文》卷六六三，第3978頁。

〔註76〕唐・崔嘏：《授溫璋侍御史制》，《全唐文》卷七二六，第4411頁。

〔註77〕唐・崔嘏：《授盧就等侍御史制》，《全唐文》卷七二六，第4411頁。

〔註78〕唐・杜牧：《鄭處晦守職方員外郎兼侍御史知雜事制》，《全唐文》卷七四八，第4567頁。

〔註79〕唐・杜牧：《鄭眾除侍御史內供奉制》，《全唐文》卷七四八，第4567頁。

〔註80〕唐・杜牧：《李蔚除侍御史盧潘除殿中侍御史制》，《全唐文》卷七四八，第4567頁。

〔註81〕唐・蘇頲：《授鄭溥侍御史制》《全唐文》卷二五一，第1509頁。

〔註82〕唐・徐安貞：《授王翼殿中侍御史制》，《全唐文》卷三○五，第1841頁。

〔註83〕唐・孫逖：《授李常殿中侍御史制》，《全唐文》卷三○八，第1864頁。

〔註84〕唐・賈至：《授敬昭道殿中侍御史等制》，《全唐文》卷三六七，第2210頁。

〔註85〕唐・賈至：《授第五琦殿中侍御史等制》，《全唐文》卷三六七，第2210頁。

〔註86〕唐・賈至：《授高岑殿中侍御史等制》，《全唐文》卷三六七，第2210頁。

〔註87〕唐・賈至：《授高岑殿中侍御史等制》，《全唐文》卷三六七，第2210頁。

濟知名。」〔註88〕王延休的有：「雅有文行，精於吏術。」〔註89〕韓伾的有：「以文學發身，謀畫效用。」〔註90〕裴德融的有：「典校延閣，服膺群書，美價廣譽，旁溢遠暢。」〔註91〕盧潘的有：「以儒雅流聞，今膺拔擢。有司列狀，詞旨頗公。」〔註92〕王溥的有：「鐵鉞開幕，臺鉉奉藩。」〔註93〕

　　監察御史收有馮嘉賓、鄭繇、皇甫翼、鄭虛心、蔣洌、姚閎、邢巨、崔炎、源咸悌、梁衰、楊護、王陟、盧崿、李珝、庾敬休、牛僧孺、張徹、宋申錫、高諧、崔植、蕭鄴、李元、李皎、李珽等三十四人的授職制誥。其中，馮嘉賓的授職制誥有：「砥礪名節，恭勤職務，干能兼備，清直有聞。」〔註94〕鄭繇的授職制誥有：「心堅而靜，體密而和，文章淡發，學思該敏。」〔註95〕鄭虛心的授職制誥有：「識通於政理，行著於公直。清可勵物，正以繩違。」〔註96〕高諧的有：「溫莊潔白，不交勢利。」〔註97〕崔植「外和內直，通知政典。」〔註98〕蕭鄴的授職制誥有：「宜持此霜簡，峻其風標。使避馬之謠，不獨美於桓典；埋輪之志，無所愧於張綱。」〔註99〕

三、文德並舉、文儒相合、文與吏才相稱

　　唐代御史的任職制誥，體現了朝廷對選官的要求。在這些制誥中，可以看到皇帝任命御史主要有重德，尚文，吏能，好儒四個方面的標準。儒求經濟，文尚詞藻，幹重吏能，行崇正直，乃是出任御史的必備條件。值得重視

〔註88〕唐・常袞：《授蓋又玄殿中侍御史制》，《全唐文》卷四一一，第 2501 頁。
〔註89〕唐・常袞：《授王延休殿中侍御史制》，《全唐文》卷四一一，第 2501 頁。
〔註90〕唐・白居易：《大理評事韓伾可殿中侍御史制》，《全唐文》卷六五九，第 3955 頁。
〔註91〕唐・杜牧：《裴德融除殿中侍御史制》，《全唐文》卷七四八，第 4567 頁。
〔註92〕唐・杜牧：《吏蔚除侍御史盧潘除殿中侍御史制》，《全唐文》卷七四八，第 4567 頁。
〔註93〕唐・劉崇望：《授王溥檢校殿中侍御史充義成軍節度推官制》，《全唐文》卷八一二，第 5029 頁。
〔註94〕唐・李嶠：《授馮嘉賓左臺監察御史制》，《全唐文》卷二四二，第 1454 頁。
〔註95〕唐・蘇頲：《授鄭繇監察御史制》《全唐文》卷二五一，第 1509 頁。
〔註96〕唐・韓休：《授鄭虛心監察御史制》，《全唐文》卷二九五，第 1777 頁。
〔註97〕唐・白居易：《太常博士王申伯可侍御史，鹽鐵推官監察御史裏行高諧河東節度參謀兼監察御史崔植並可監察御史三人同制》，《全唐文》卷六六三，第 3977 頁。
〔註98〕同上。
〔註99〕唐・崔嘏：《授蕭鄴李元監察御史制》，《全唐文》卷七二六，第 4411 頁。

的是，德、文、吏才、儒四者又組合成學與文、文與吏、文與行三組關係，這三組關係則統一於「文」。這種選官標準正好兼顧或者說調和了唐代選士制度中的某種矛盾。

汪籛先生認爲開元時期存在著「吏治與文學之爭」。〔註100〕其實，唐代的選士制度中，文學與儒術、吏能哪項更爲重要一直爭論不斷。貞觀元年（627年），時任吏部尚書的杜如晦即上疏李世民：「比者吏部擇人，唯取言辭刀筆，不悉才行。數年之後惡跡始彰。」〔註101〕主張依據「行著州閭，然後入用」的兩漢取士制度。貞觀二十二年（648年），進士張昌齡、王公瑾等士子雖然「並有駿才，聲振京邑」，但當時知貢舉的考功員外郎王師旦並未錄用他們，試畢，「太宗怪無昌齡等名，因召師旦問之。對曰：『此輩誠有文章，然其體性輕薄，文章浮豔，必不成令器，臣若擢之，恐後生相效，有變陛下風雅。』帝以爲名言。」〔註102〕唐玄宗時，朝廷還就選士中過於注重文學的現象提出過糾正措施，史載天寶九載（750年）敕：「吏部取人，必限書判，且文學政事，本自異科，求備一人，百無中一。況古來良宰，豈必文人！」〔註103〕代宗時，禮部員外郎楊綰更是頗爲偏激地主張應停明經、進士兩科考試，「請令縣令察孝廉，取行著鄉閭，學知經術者，薦之於州。刺史考試，升之於省。任各占一經，朝廷擇儒學之士，問經義二十條，對策三道，上第即注官，中第得出身，下第罷歸。」〔註104〕直到大和七年（833年），這一觀點還被李德裕重新提出來，「上患近世文士不通經術，李德裕請依楊綰議，進士試議論，不試詩賦。」〔註105〕文宗接受此提議，下制「進士停試詩賦」。總之，有唐一代，朝廷在選士問題上一直爭論不斷，爭論的焦點是文人或有文而無術，或有文而無能，或有文而無德，均非治國之良才，難堪社稷重任。

然而，從上引唐代授予御史的任職制誥中，我們似乎並未感覺到道德、文學、儒術、吏能之間的矛盾。如《全唐文》卷七四八《李訥除浙東觀察使兼御史大夫制》云：

〔註100〕唐長孺等編：《汪籛隋唐史論稿》，中國社會科學出版社1981年版，第196～208頁。

〔註101〕宋・王溥撰：《唐會要》卷七四「選部上」，第1580頁。

〔註102〕宋・王溥撰：《唐會要》卷七六「貢舉中」，第1633頁。

〔註103〕宋・王溥撰：《唐會要》卷七五「選部下」條，第1612頁。

〔註104〕宋・司馬光：《資治通鑒》卷二二二「唐紀三八」，第2745頁。

〔註105〕宋・司馬光：《資治通鑒》卷二四四「唐紀六〇」，第3028頁。

> 仲尼以舉賢才則理，大禹以能官人則安。況西界浙河，東奄左海，機杼耕稼，提封七州，其間繭稅魚鹽，衣食半天下，不有可仗，豈宜委之。……李訥，溫良恭儉，齊莊中正，實以君子之德，華以才人之辭。揚歷清顯，昭彰令聞，輟自掌言，式是近輔。子貢為清廟之器，仲弓有南面之才，智莫能欺，剛亦不吐，表率教化，皆有法度。今者兵為農器，革作軒車，言於共理，在擇循吏。是故用已傚之績，託分寄之任。……可使持節都督越州諸軍事、守越州刺史、兼御史大夫、充浙江東道都團練觀察處置等使。〔註106〕

從這則制誥中可以看到，皇帝任命李訥出任御史大夫的理由主要有三：一是李訥「溫良恭儉，齊莊中正，實以君子之德，華以才人之辭。」這是指文與德備；二是「揚歷清顯，昭彰令聞，輟自掌言，式是近輔」這是指文與儒合；三是「智莫能欺，剛亦不吐，表率教化，皆有法度。」這是指文與吏稱。文與德、文與儒、文與吏三者又統一於「文」，正因為李訥文、德、儒、吏才皆備，是御史大夫的理想人選，他才能出任此職。

　　從上引御史的任職制誥中還表明一點，即朝廷授於御史任職資格中有一個明確的傾向，文、德、儒術、吏才，這四種條件，以一種特殊的形態相互整合、相互兼容，共同奠定了一個優秀監察官的職業素養。

　　其一，在品德方面，制誥強調華實相副，將表徵文學的「才人之辭」與「溫良恭儉，齊莊中正」的君子之德並舉。它表明，那些堪任御史者必須兼備文學與厚重的道德力量。如：「清方自居，專直不撓，秋風始擊，每勵鷹鸇，歲寒後凋，斯見松柏。」、「積德垂裕，清才致遠」、「服於古訓，文以彰之，專靜向方，恒久其道」、「文學周敏，操行端方」、「操履端潔」等等。可見，「松柏之性」、「操行端方」這些優良品德是屢被稱道的。儒學傳統是中國古代思想文化之精義所在，自三代以來無論在國家制度還是士人心理層面，均具有相當的影響力。獄為凶事，卻是仁術，古代儒家法文化的重德慎刑、決獄仁恕等，無不體現了法律濃濃的人文關懷。唐代將這些儒家倫理、道德法律化，作為選任御史的法律標準，正是堅持了法律的教化、濟世功用。沒有厚重的道德力量，是不能勝任監察工作的。貞觀中，時青州有逆謀事發，州縣追捕支黨，俘囚滿獄，詔殿中侍御史崔仁師按覆其事。「仁師至州，悉去杻械，仍

〔註106〕唐・杜牧：《李訥除浙東觀察使兼御史大夫制》，《全唐文》卷七四八，第4569頁。

與飲食湯沐以寬慰之，唯坐其魁首十餘人，餘皆原免。……大理少卿孫伏伽謂仁師曰：『此獄徒侶極眾，而足下雪免者多，人皆好生，誰肯讓死？今既臨命，恐未甘心，深爲足下憂也。』仁師曰：『嘗聞理獄之體，必務仁恕，故稱殺人刖足，亦皆有禮。豈有求身之安，知枉不爲申理。若以一介暗短，但易得十囚之命，亦所願也。』……及敕使至青州更訊，諸囚咸曰：『崔公仁恕，事無枉濫，請伏罪。』皆無異辭。」〔註107〕崔仁師有「必務仁恕」的品德，才能實現法律的經世濟時效果。

其二，在行爲取向方面，制誥多將文學與儒術相合。它清楚地表明，那些稱職務的御史在文學和儒術方面都是突出的。如所謂「介特守君子之強，文學盡儒者之業」、「研究儒術，修明政經，勉慎所從，以承其長」、「慎學潤身，工文飭吏」、「砥礪名節，恭勤職務，」、「祗服文儒，精祥禮體，持素範以行己，秉清心而在公。」、「以儒家子，能文入官。撓而不煩，簡而不傲，靜專動直，志行修明」、「禮樂之器，直方效節」等等。每個民族都有自己的道德生活，儒家思想爲古代傳統監察制度提供了一整套規範體系，唐代官吏的選拔、任用無不在儒家思想框架的規範之下。儒學使剛性的法律有了濃鬱、厚重的人文關懷，也使御史監察活動本身具有強烈的道德傾向。在御史的任職資格中，正好兼顧了「慎學」與「潤身」之別，找到了文學與儒術的相通之處，文學、儒術之爭在這裡得到了調和。

其三，在吏能方面，制誥中多將文學與「堅明勁峭、臨事不撓」的吏才相稱。它表明，那些堪任御史的人在文學與行政能力上都是突出的。如「持操有清廉之譽，在公推幹蠱之才」、「幹能兼備，清直有聞」、「執法不違，峻風自遠。」、「懿以文行，精於吏術」、「正以居業，直以輔仁，行三復而無玷，剛百鍊而不缺。精辨文法，以檢群吏。交修文武，儔諸古人，而貞方侃然，清峻自處，端本靜性，未嘗及私。」、「持疏綱而不漏。常嫉惡以辟邪」、「方直強毅」等等。御史在行使監察權的過程中，總會受到親情、親近、同僚、上級等諸多因素的干擾。如果礙於情面，勢必徇私枉法、瀆職擾民。唐代統治者對此有清醒認識，如唐文宗曾曰：「凡執法者，大抵以畏忌顧望爲心，職業由茲不舉。」〔註108〕可以說，御史的工作性質，要求任此職者必須具有粗獷悍厲、勁悍質木、果敢勇猛的氣質，忠君報國的價值追求，嫉惡如仇的品

〔註107〕後晉・劉昫：《舊唐書》卷七四《崔仁師傳》，第 2620 頁。
〔註108〕宋・歐陽修：《新唐書》卷一一五《狄兼謨傳》，第 4215 頁。

格和維護正義的職業信仰。否則便很難勝任御史的監察工作。誠如制誥所云：「御史吾耳目官也，非清明勁正不泥不撓者，安可使辨淑慝，振紀律，廣吾之聰明焉？」〔註109〕御史任職資格中強調文學因素與其職事要求息息相關。具體的監察、諫諍活動中，御史處理文書、起草彈劾文、奏章等，要求其得心應手的文字駕馭能力方能勝任工作。凡此種種，御史授職制誥中將文學與吏才並舉，應是稱職的監察官的必然要求。

總之，唐代在對御史的選任中，強調華、實相副；「才人之辭」與「君子之德」並舉；文學與儒術相合；文學與「堅明勁峭、臨事不撓」的吏才相稱。文人若有文而無術，或有文而無能，或有文而無德，均難承擔監察重任。異常突出了「尚文」的傾向，「文學」是唐代御史任職資格中一個非常重要的因素。

需要說明的是，重視道德、倫理是中國文學的優良傳統，甚至在某種意義上，中國文學的核心問題之一便是道德問題。唐代選任御史中的「文」絕非單一的文辭，古人所謂「文」，本身就包含了深廣的道德內涵、文學內容，不能拘泥於字面意義的理解。比如，唐代制舉中的「博學宏辭科」、「賢良方正能直言極諫科」、「文以經國科」、「才堪經邦科」等，出現頻率頗高，而純文學的「藝文優長科」則出現甚少，這也說明唐人觀念中的文學和文學家不應只是辭藻和文才，更重要的是賢良方正的品德和經邦治國之才。人們在評價一個人的「文學」時，其實包含了他的文學、道德兩方面的標準。「高情千古《閑居賦》，爭信安仁拜路塵？」〔註110〕有文才而乏德行，是要受到世人恥笑的。朝官對不堪任御史者所提出的主要反對理由有時雖然是「無文學」，其實也是說其無德行。

四、「重文」傳統對御史的深刻影響

唐代御史任職制誥中的重文現象與唐代詩賦取士中的重文是基本相同的。尚文是唐代御史任選制度的主要特色，然而此「文」決不是單純的文辭、文學，而是一種融文、儒、吏、行甚至「史」、「法」等諸多因素於一體的綜

〔註109〕唐·白居易：《太常博士王申伯可侍御史，鹽鐵推官監察御史裏行高諧河東節度參謀兼監察御史崔植並可監察御史三人同制》，《全唐文》卷六六三，第3977頁。

〔註110〕郭紹虞：《中國歷代文論選》第二冊，上海古籍出版社2001年版，第449頁。

合形式。這既是唐代文學的一大特色，也是唐代監察制度的一大特色，是唐代社會對文人、文學提出的更高要求。唐代的御史制度，正是這種要求的政治實踐方式之一，是將文學與政治、文人與政治組合在一起的最佳機制，它使文、儒、吏、行、史、法諸因素組合成的政治組織形式實體化。

　　傳統禮樂文化幾乎涵蓋了古代中國社會生活的一切領域，構成了華夏文明的基本框架及後世思想文化發展的母體之一。在一個注重禮樂文化的國度裏，文學既是不可缺少的，同時，也是無可獨立、無法單獨存在的，即使是文學自覺意識的南北朝時期，文學的社會政治屬性仍然是理論家頗為關注的問題。唐代的科舉取士制度，從法律上將文學與政治的關係明確化，使孔子所設想的「學而優則仕，仕而優則學」的人生設計模式得以實現，更是強調了文學的政治屬性，將文學和政治緊密的挽結在一起，從而對中國古代士人的人生理想以極為深刻的影響。從文學與政治的結合來看，中國古代幾乎沒有純粹的文學之士，古代士子的人生理想執著而專一，他們總是首先指向社會功利，其次才指向文學藝術，絕大多數士人往往將政治功利的實現視為人生首要目標，甚至唯一目標。而且許多情況下正是這種意欲實現政治功利的衝動，成為古代文人從事文學創作的內在驅動力量。

　　唐代御史選任資格中的「文學」因素，由於綜合了儒、吏、行、史、法諸種內涵，遂超越了純文學範疇，賦予了唐代文學和文學家以重大的政治使命。文、儒、德、吏諸種因素，從文辭富贍、博學多能、吏能幹練等方面，是對唐代文人參政議政的綜合政治素質的要求。就正常情況來說，唐代御史的任職素質與古代文人的這種政治素質並不矛盾，而是完全相同的。出於御史「黜幽陟明，所以察風俗；求瘼恤隱，所以慰黎蒸」〔註111〕的特殊性，要求御史果敢勁正，堅明勁峭，具有基層行政經驗，「不獨取謹厚溫文、修整咨度而已。」〔註112〕只能說是在文人普遍的政治素質基礎上的更高要求。作為一種制度化的選官體系，唐代御史任職資格中的文學因素把監察工作由御史的角色意識轉變為一種政治實踐，從根本上肯定了文學的監察、諫諍傳統，鼓勵了文人的監察、諫諍活動。那些以吏幹見長的人任御史職務時，往往要強調其「文學才能」（當然，這裡的「文學才能」包括其道德文章）。如憲宗

〔註111〕《唐大詔令集‧令御史錄奏內外官職事詔》，影印文淵閣四庫全書本，臺灣商務印書館 1983 年版。
〔註112〕唐‧崔嘏：《授蕭鄴李元監察御史制》，《全唐文》卷七二六，第 4411 頁。

時，監察御史高允恭政績突出，「分務東臺，無所顧慮。爲刑部郎中，……撓而不煩，簡而無傲。靜專動直，志行修明。」〔註113〕而當其升任侍御史知雜時，元稹所起草的任職制誥中又稱其「始以儒家子能文入官。」〔註114〕可見唐代御史的任職中確乎有重文的標準。又如薛存誠，憲宗朝御史中丞，從其任職制誥、監察實踐及唐人對其評價不同側面可更好地認識唐代政治與文學的結合：

白居易《薛存誠除御史中丞制》稱：

> 薛存誠……居必靜專，言皆讜正，章疏駁議，多所忠益。可以執憲，立於朝端。況副相方缺，臺綱是領；糾正百官，爾得專之。夫直而不絞，威而不猛；不附上而急下，不犯弱以違強。率是而行，號爲稱職。〔註115〕

《舊唐書》卷一五三載其事蹟：

> 僧鑒虛者，自貞元中交結權倖，招懷賂遺，倚中人爲城社，吏不敢繩。會于頔、杜黃裳家私事發，連逮鑒虛下獄。存誠案鞫得奸贓數十萬，獄成，當大辟。中外權要，更於上前保救，上宣令釋放，存誠不奉詔。明日，又令中使詣臺宣旨曰：「朕要此僧面詰之，非赦之也。」存誠附中使奏曰：「鑒虛罪款已具，陛下若召而赦之，請先殺臣，然後可取。不然，臣期不奉詔。」上嘉其有守，從之，鑒虛竟笞死。〔註116〕

白居易《薛中丞》詩云：

> 百人無一直，百直無一遇。借問遇者誰，正人行得路。
> 中丞薛存誠，守直心甚固。……奸豪與佞巧，非不憎且懼。
> 直道漸光明，邪謀難蓋覆。今我一涕零，豈爲中丞故？〔註117〕

可以看出，無論是薛存誠在御史中丞任上的所作所爲，還是人們對其才能和人品的評價，與授職制誥是基本相同的。所謂「章疏駁議，多所忠益。」這裡的「章疏」顯然超越了純文學範疇。由此看來，唐代御史制度所激發出來

〔註113〕唐・元稹：《授高允恭兼侍御史知雜事制》，《文苑英華》卷三九四，第2002頁。
〔註114〕唐・元稹：《授高允恭兼侍御史知雜事制》，《文苑英華》卷三九四，第2002頁。
〔註115〕唐・白居易：《薛存誠除御史中丞制》，《全唐文》卷六六〇，第3964頁。
〔註116〕後晉・劉昫：《舊唐書》卷一五三《薛存誠傳》，第4089～4090頁。
〔註117〕唐・白居易：《薛中丞》，唐・白居易著、朱金城箋校：《白居易集箋校》卷一，第60頁。

的政治、文化感召力，又超越了政治範疇，在更多層面具有深遠的社會影響。它不僅可以引導文人的爲學、做人的方向、確立文人的政治奮鬥目標，而且還使其文學創作、文學理論更契合於現實人生而大放光彩。總之，唐代御史任職資格中的文學，並不是單純意義上的文學，而是對傳統士人知識結構的綜合、全面要求，是文人人格修養的綜合素質和行政能力的政治實踐。

第二節　御史監考、監選、知貢舉對唐代文學的影響

唐代御史的職責之一，是對朝廷科舉、銓選進行監察，保證科舉、銓選制度的嚴肅性和公正性。知貢舉權主要是禮部的職責，但朝廷有時也派御史知貢舉，主持科舉考試。御史在監考、監選、知貢舉過程中，提拔了一定數量的人才，客觀上壯大了唐代文學的創作隊伍；在唐代文化政策方面往往起一定的導向作用，影響一定時期的文學生態。御史的監選、監考、知貢舉不僅僅是其職事活動，且具有文學史意義。

一、拔擢文學之士

御史通過知貢舉、監考、監選拔擢文學之士，可從兩方面來認識：

（一）御史在監選、監考、知貢舉過程中，直接拔擢優秀的文學之士

監選、監考是唐代御史重要職責之一。除了在京城的科考、銓選之外，唐代還設置東都選、南選等銓選形式。御史對上述科考、銓選均有監察權，如「元和二年八月，命職方員外郎王潔充嶺南補選使，監察御史崔元方監焉。」〔註118〕唐王朝歷代舉選中優秀人才的脫穎而出，御史起著一定的作用。

貞觀初，杜淹爲御史大夫，主持朝廷銓選事宜，一連提拔了七十多名優秀人才。直到貞觀二十年，褚遂良猶上表稱其拔擢人才之貢獻：

> 貞觀初，杜淹爲御史大夫，檢校選事，此人至誠在公，實稱所使。凡所採訪七十餘人，比並聞其嘉聲。積久研覆，一人之身，或經百問，知其器能，以此進舉。身既染疾，伏枕經年，將臨屬纊，猶進名不已。陛下悉擢用之，並有清廉幹用，爲眾所欽望。大唐得

〔註118〕宋・王溥撰：《唐會要》卷七五「選部下」，第1623頁。

人，於斯爲美。陛下任一杜淹，得七十餘人，天下稱之。此則偏委忠良，不必眾舉之明效也。〔註 119〕

《舊唐書》云杜淹任御史大夫，「前後表薦四十餘人，後多知名者。」〔註 120〕雖然兩書記載有出入，但杜淹拔擢了許多人才是無疑的。如刑部員外郎邸懷道，在隋「甚有清慎之名」，〔註 121〕杜淹曾薦於帝，官至左司郎中，爲隋唐之交飽學之士。

鮑防，貞元元年（785 年）以御史大夫兼禮部侍郎身份主持「賢良方正能直言極諫科」制舉，「得穆質、裴復、柳公綽、歸登、崔邠、韋純、魏弘簡、熊執易等，世美防知人。時比歲旱，策問陰陽祲沴，質對：『漢故事，免三公，卜式請烹弘羊。』指當時輔政者。右司郎中獨孤愐欲下質，防不許，曰：『使上聞所未聞，不亦善乎？』卒置質高第，帝見策嘉揖。」〔註 122〕貞元年間，政局黑暗，朝廷內有權臣，外有藩鎮。穆質的言論不可謂不大但，鮑防力挺之，是冒著一定政治風險的。穆質能在此次制舉中脫穎而出，可以說是鮑防鼎力拔擢的結果。穆質後來果然成爲中唐知名的政治家、文學家，今《全唐文》存其文五篇，其《對賢良方正能直言極諫策》爲唐人策論名篇。《新唐書》卷一六三云：「(穆寧) 四子：贊、質、員、賞。寧之老，贊爲御史中丞，質右補闕，員侍御史，賞監察御史，皆以守道行誼顯。」〔註 123〕崔邠，後來成爲中唐政治家、詩人，今《全唐詩》存詩二首。崔邠與李德裕、李益等有唱和，還編自己任渭南尉時與衛次公的唱和詩爲集，權德輿作序，已佚。可見是中唐詩壇很活躍的詩人。柳公綽，後來成爲中唐著名政治家、文學家，一生藏書甚豐，爲文典正，今《全唐文》存文四篇，《全唐詩》存詩三首、聯句一首。

鮑防所獎掖的文學後進，現在我們能考知的就有穆質、崔邠、柳公綽等多人。這批人又提攜了一批中唐文壇的重要作家，如崔邠元和元年（806 年）知貢舉，拔擢了皇甫湜、陸暢、李紳、韋處厚、李虞仲等。元和二年（807 年），崔邠再知貢舉，擢白行簡等。皇甫湜、李紳、韋處厚、白行簡後來都是中唐著名文學家，假如將這些人排除在外，中唐文壇的質量肯定要打折扣。可以說，鮑防在御史大夫任上的延攬後進，對中唐文學的發展，意義是重大的，

〔註 119〕宋・王溥撰：《唐會要》卷七四「選部上」，第 1580 頁。
〔註 120〕後晉・劉昫：《舊唐書》卷六六《杜淹傳》，第 2471 頁。
〔註 121〕後晉・劉昫：《舊唐書》卷六六《杜淹傳》，第 2471 頁。
〔註 122〕宋・歐陽修：《新唐書》卷一五九《鮑防傳》，第 4949～4950 頁。
〔註 123〕宋・歐陽修：《新唐書》卷一六三《穆寧傳》，第 5015 頁。

影響是深遠的。

　　直到晚唐時，唐人對御史知貢舉期望猶高。文宗朝陳商以御史中丞身份知貢舉，高元裕贈詩云：「中丞爲國拔賢才，寒俊欣逢藻鑒開。」〔註124〕道出了時人對御史的期待之情。據徐松《登科記考》卷二四記載，昭宗朝，裴贄以御史中丞身份前後三知貢舉，拔擢了諸多文學之士。

　　昭宗大順二年（891年），御史中丞裴贄知貢舉，本年陳鼎、黃璞、杜荀鶴、王渙、李德鄰、王拯、趙光胤、張曙、吳仁璧、蔣肱、羅袞、王翃等二十七人登進士第，狀元爲崔昭矩。〔註125〕其中，張曙工文能詩，辭才秀麗，知名於世。少時，時人呼爲「將來狀元」，今《全唐文》存賦一篇，《全唐詩》存詩、詞各一首，《補編》補二首。杜荀鶴是晚唐著名詩人，今尚存宋代蜀刻本《杜荀鶴文集》三卷，《全唐詩》及《補》存詩三卷又一首。其《山中寡婦》、《亂後逢村叟》、《蠶婦》等均是中國文學的名篇。吳仁璧，晚唐詩人，尤善詠物用典，《新唐書・藝文志》著錄《吳仁璧詩》一卷，惜乎已佚，今《全唐詩》存詩十一首。蔣肱，《全唐詩》存詩一首。羅袞，不獨能詩，且剛直有氣節，天復三年（903年）爲左拾遺，上疏爲前朝蒙屈遭貶而死的劉蕡伸冤。《新唐書・藝文志》著錄《羅袞集》二卷，已散佚。今《全唐文》存文十二篇，《唐文續拾》補一篇，《全唐詩》存詩三首，《補編》補一首。王翃是晚唐辭賦家，《新唐書・藝文志》著錄《王翃賦》一卷，《宋史・藝文志》作《王翃賦集》二卷，其後未見刊行著錄，作品已佚。王渙，少有詩名，天復元年（901年），以檢校考功郎中兼御史中丞充青海軍節度掌書記。《唐才子傳》云其「工詩，情極婉麗。嘗爲《惆悵詩》十三首，悉古佳人才子深懷感怨者：崔氏鶯鶯、漢武李夫人、陳樂昌主、綠珠、張麗華、王明君，及蘇武、劉、阮輩事成篇，哀傷媚嫵。……皆絕唱，喧炙士林。在晚唐諸人中，霄壤不侔矣。」〔註126〕王渙後來感於裴公拔擢之恩，曾獻詩云：「玉經磨琢多成器，劍拔沉埋便倚天。應念銜恩最深者，春來爲壽拜尊前。」〔註127〕從王渙的讚美中，不難體會到

〔註124〕唐・高元裕：《贈知貢舉陳商》，《全唐詩》卷七九五，第8946頁。

〔註125〕清・徐松撰，孟二冬補正：《登科記考補正》卷二四，北京燕山出版社 2003年版，第1005頁。（以下版本號略）

〔註126〕傅璇琮主編：《唐才子傳校箋》卷四《王渙傳》，中華書局1990年版，第286～287頁。

〔註127〕傅璇琮主編：《唐才子傳校箋》卷四《王渙傳》，中華書局1990年版，第282頁。

裴贄知貢舉、獎引後進對晚唐詩壇的貢獻。

　　昭宗乾寧五年（898 年），御史中丞裴贄三知貢舉，本年殷文圭、劉咸、王轂、褚載、孔邈、陳炯、何幼孫、賈詠、盧鼎、路德延等二十人登進士第，狀元爲羊紹素。〔註128〕其中，殷文圭工詩善文，尤長於七律，辛文房評曰：「唐季文體澆漓，才調荒穢，稍稍作者，強名曰詩，南郭之竽，苟存於從響，非復盛時之萬一也。如王周、劉兼、司馬箚、蘇拯、許琳、李咸用等數人，雖有集相傳，皆氣卑格下，負魚目唐突之慚，竊碔砆韞襲之濫，所謂家有弊帚，享之千金，不自見之患也。文圭稍入風度，間見奇崛。」〔註129〕《唐才子傳》載殷文圭有《登龍集》十五卷、《冥搜集》二十卷、《筆耕詞》二十卷、《鏤冰錄》二十卷、《從軍稿》二十卷等集傳世，今僅存《殷文圭詩集》一卷。《全唐文》存文一篇，《全唐詩》存詩一卷，《補編》補三首又兩句。王轂，以歌詩擅名一時，有《玉樹曲》遠播於時，「君臣猶在醉鄉中，一面已無陳日月」兩句尤爲膾炙人口。辛文房稱其「辭多寄寓比興之作，無不知名。」〔註130〕今《全唐詩》存詩十八首。褚載是晚唐詩人，《新唐書‧藝文志》著錄《褚載詩》三卷，《直齋書錄解題》卷一九作《褚載集》一卷，已佚。今《全唐詩》存詩十四首，斷句十聯。路德延，少兒時作《芭蕉》詩馳聲京都，光華（898年～901年）年間詩名更著，其《小兒詩》鋪寫兒童情態，形象生動，是唐詩中詠寫兒童詩的佳作之一，後人繼和者，皆莫能及。今《全唐詩》存詩三首，《補編》補斷句若干。

　　從上述可以看出，裴贄以御史中丞身份知貢舉，一大批文學之士得以拔擢，這事實上爲晚唐文壇培育了一大批文學家隊伍。

　　唐代御史還可直接向朝廷推薦優秀人才，如「景雲二年（711 年），御史中丞韋抗加京畿按察使，舉奏奉天縣尉梁日昇、新豐縣尉王俌、金城縣尉王冰、華原縣尉王燾爲判官，其後皆著名位。」〔註131〕御史巡按州縣過程中，搜訪「草野遺賢」、「鴻材異等」人才，是對科舉制的一個有益補充。如貞觀年間，「侍御史唐臨爲河北巡察使，敬彝父智周時爲內黃令，爲部人所訟，敬

〔註128〕清‧徐松撰，孟二冬補正：《登科記考補正》卷二四，第 1035 頁。
〔註129〕傅璇琮主編：《唐才子傳校箋》第四冊《殷文圭傳》，中華書局 1990 年版，第369 頁。
〔註130〕傅璇琮主編：《唐才子傳校箋》第四冊《殷文圭傳》，中華書局 1990 年版，第369 頁。
〔註131〕宋‧王溥撰：《唐會要》卷七五「選部下」，第 1608 頁。

彝詣臨論其冤。臨大奇之，因令作詞賦，智周事得釋，特表薦敬彝，補陳王府典籤。」〔註132〕裴敬彝後果然以孝友聞名天下。垂拱二年（686 年），「御史郭翰巡察隴右，所至多所按劾，及入寧州境內，耆老歌刺史（狄仁傑）德美者盈路。」〔註133〕於是，郭翰向朝廷推薦之。事實證明狄仁傑確是一個人才，他在則天朝所起的作用是舉足輕重的。

　　晚唐時期，侍御史吳融推薦盧延讓也是唐代御史拔擢人才的典型例子。《唐摭言》卷六《公薦》載：

　　　盧延讓，光華三年登第。先是，延讓師薛許下爲詩，詞意入癖，時人多笑之。吳翰林融爲侍御史，出官峽中。延讓時薄遊荊渚，貧無卷軸，未遑贄謁。會融表弟滕籍者，偶得延讓百篇，融覽，大奇之，曰：「此無他，貴不尋常耳。」於是稱之於府主成汭。時故相張公職大租於是邦，常以延讓爲笑端，及融言之，咸爲改觀。由是大獲舉糧，延讓深所感激，然猶因循，竟未相面。後值融赴急徵入內庭，孜孜於公卿間稱譽不已。光華戊午歲，來自襄南，融一見如舊相識，延讓嗚咽流涕，於是攘臂成之矣。〔註134〕

光華三年（900 年）盧延讓的登第，與侍御史吳融的推薦有密切關係，故延讓「嗚咽流涕」，感激之情，溢於言表。通過上條記載，我們還可探知晚唐時期儘管朝政衰敗，但御史還是積極爲朝廷薦舉人才。

　　唐代御史地位雄峻，特別是御史大夫、御史中丞等，在朝野有廣泛的影響力，又通過監考、監選等職事活動拔擢人才，故唐代眾多士子行卷、請託、干謁的對象中，相當一類是御史。如開元年間王泠然《與御史高昌宇書》，〔註135〕任華《與庾中丞書》、《與京尹杜中丞書》、《告辭京兆尹賈大夫書》、《上嚴大夫箋》等，任華在《送李侍御充汝州李中丞副使序》中云：「華州、汝州，兩京股肱郡也。朝廷以股肱之郡，非有股肱之才者，則不可造次任也。……且御史仲兄金吾將軍，嘗處中司之雄職，鎮於上洛之要地，招我於芸閣之上，假我以柏臺之榮。與華甚厚，同於骨肉。……至如公堂閒坐，對三十六峰，或青雲半收，或新月初掛，當有佳句，時時寄來。」

〔註132〕後晉・劉昫：《舊唐書》卷一八八《裴敬彝傳》，第 4923 頁。
〔註133〕後晉・劉昫：《舊唐書》卷八九《狄仁傑傳》，第 2887 頁。
〔註134〕五代・王定保：《唐摭言》卷六「公薦」，見《唐五代筆記小説大觀》，上海古籍出版社 2000 年版，第 1627 頁。
〔註135〕唐・王泠然：《與御史高昌宇書》，《全唐文》卷二九四，第 1775 頁。

〔註 136〕此篇贈序，對李侍御的殷殷期盼、渴望引薦之情，溢於言表。晚唐時期御史臺長官仍然是天下士子干謁的主要對象之一，如喻坦之，經十舉不第，有《陳情獻中丞》詩：

> 孤拙竟何營，徒希折桂名。始終誰肯薦，得失自難明。……
>
> 獎善猶憐貢，垂恩必不輕。從茲便提挈，雲路自生榮。〔註 137〕

咸通五年（864 年），年紀已約五十六歲的方干，作《上越州楊嚴中丞》詩，干謁時任御史中丞的楊嚴，尋求汲引：

> 連枝棣萼世無雙，未秉鴻鈞擁大邦。
>
> 折桂早聞推獨步，分憂暫輟過重江。
>
> 晴尋鳳沼雲中樹，思繞稽山枕上窗。
>
> 試把十年辛苦志，問津求拜碧油幢。〔註 138〕

此類詩中士子急於入仕、改變自身命運的動機自不必說，僅從他們屢屢干謁的對象來看，說明御史在拔擢人才方面仍是能夠有所作爲的。

（二）御史在監選、監考過程中，對各種違反制度的行為提出彈劾，保證舉選制度的公正性，有利於優秀人才的脫穎而出

古代舉選制度之所以一直受到朝廷、士子乃至全社會的重視，在眾多士子看來舉選制度具有相對的公平性、公正性。事實上，唐代舉選制度存在諸多積弊，特別是「安史之亂」後，科舉制的弊端日益暴露出來，下層寒士入仕更加困難。正如趙匡在《舉選議》中所道：「貧窶之士在遠方，欲力赴京師，而所冀無際，以此揆度，遂至沒身。使茲人有報屈之恨，國家有遺才之闕。」〔註 139〕如《舊唐書・王起傳》載：

> 長慶元年，……錢徽掌貢士，爲朝臣請託，人以爲濫。詔起與同職白居易覆試，覆落者多。徽貶官，起遂代徽爲禮部侍郎，掌貢二年，得士尤精。先是，貢舉猥濫，勢門子弟，交相酬酢，寒門俊造，十棄六七。〔註 140〕

史料記載道出了唐後期科舉請託、舞弊之弊。御史監選、監考，查處科舉、

〔註 136〕唐・任華：《送李侍御充汝州李中丞副使序》，《全唐文》卷三七六，第 2262 頁。

〔註 137〕唐・喻坦之：《陳情獻中丞》，《全唐詩》卷七一三，第 8198 頁。

〔註 138〕唐・方干：《上越州楊嚴中丞》，《全唐詩》卷六五二，第 7494 頁。

〔註 139〕唐・趙匡：《舉選議》，《全唐文》卷三五五，第 2136 頁。

〔註 140〕後晉・劉昫：《舊唐書》卷一六四《王起傳》，第 4278 頁。

銓選考試中的違紀行爲，有利於淨化考場風氣。貞元九年（794 年），御史中丞韋貞伯關於舉選過程中的舞弊行爲提出彈劾：

> 貞元七年冬，以京兆府踰濫解選，已授官總六十六人。或有不到京銓試，懸授官告。又按《選格》銓狀，選人自書，試日書跡不同，即駮放。殿選違格文者，不覆驗及。降資不盡，或與注官。伏以承前選曹乖謬，未有如此。遂使衣冠以貧乏待闕，奸濫以賄賂成名。非陛下求才審官之意。〔註141〕

此次銓選中操作嚴重舞弊，經韋貞伯的彈劾，主持選舉的刑部尙書劉滋，吏部侍郎杜黃裳皆坐削階，受到了相應的懲罰。白敏中，武宗會昌初（841 年）爲殿中侍御史兼翰林學士，他在武宗朝的科舉考試中，就起了積極的作用。史載：「會昌五年，諫議大夫、權知禮部貢舉陳商選士三十七人中第，物論以爲請託」，經過白敏中的認眞覆試，果然有濫竽充數者，「張瀆、李玗、薛忱、張覿、崔凜、王諶、劉伯芻等七人」皆落第。〔註142〕

在晚唐政局日漸渾濁的情況下，朝廷還是不遺餘力地維護科考的公平性，在此方面，唐代御史臺的監察職能發揮了重要作用。大中九年（855 年）博學鴻詞科考試，中書舍人沈詢知貢舉，本年考試漏泄題目，爲御史臺所彈劾，結果是：

> 侍郎裴諗改國子祭酒，郎中周敬復罰兩月俸料，考試官刑部郎中唐枝出爲處州刺史，監察御史馮顓罰一月俸料。其登科十人並落下。其吏部東銓委右丞盧懿權判。……御史臺據正月八日禮部貢院捉到明經黃續之、趙弘成、全質等三人僞造堂印、堂帖，兼黃續之僞著緋衫，將僞帖入貢院，令與舉人虞燕、胡簡、黨贊等三人及第，許得錢一千六百貫文。據勘黃續之等罪款，具招造僞，所許錢未曾入手，便事敗。奉敕並準法處死。主司以自獲奸人，並放。〔註143〕

本次考試的相關人員上至禮部侍郎，下至考試官、監考官都受到處分。當時有士子柳翰曾請溫庭筠假手作賦，儘管賦擅一時，還是未被錄取。〔註144〕本年黃續之、趙弘成、全質等三人僞造堂印、堂帖，賄賂考官，帶夾帶作弊，

〔註141〕唐·韋貞伯：《劾吏部銓選不實奏》，《全唐文》卷五二三，第 3144 頁。
〔註142〕後晉·劉昫：《舊唐書》卷一八《武宗紀》，第 604 頁。
〔註143〕後晉·劉昫：《舊唐書》卷一八《宣宗紀》，第 633 頁。
〔註144〕參見傅璇琮主編：《唐五代文學編年史·晚唐卷》，遼海出版社 1998 年版，第 383～384 頁。

都處以死罪，懲罰不可謂不嚴。

　　陸扆，昭宗大順（890）年間年任監察御史。〔註145〕昭宗乾寧二年（895年），刑部尚書崔凝知貢舉，進士二十五人及第，一時「物議以爲濫」，也許正因其剛正持憲，有古大臣風，昭宗遂詔已升任翰林學士的陸扆和秘書監王涯復試舉子，結果不合格者竟至十餘人，其中蘇楷、李樞等人竟「目不知書，手僅能執言」，「詩句最卑，蕪累頗甚」，令其「不得再赴舉場」。綜上所述，唐代御史監選、監考有助於舉選制度的公平性，他們在淘汰蕪累的同時，亦即意味著獎引了後進，提拔了優秀人才。

　　一個時代文學創作的繁榮，最直觀地表現爲該時代文學作品數量的眾多和質量的勝出，這就必然要求該時代湧現出數量可觀的文學創作群體，然後才能異彩紛呈。上述監考、監選、知貢舉過程中，御史一方面直接拔擢人才，同時對科考、銓選中各種違法行爲進行監察，有利於保證舉選制度的公正性，對於優秀人才的脫穎而出是有一定幫助的。被拔擢的優秀人才中不乏文學之士，客觀上壯大了唐代文學的創作隊伍，促進了唐代文學的發展。

二、文化政策方面的導向作用

　　御史以監察官身份監察銓選、科考，不但有利於保證唐代舉選制度的公正性，而且往往代表一個時期國家文化政策的走向，對當時文化政策具有重要導向作用。如唐文宗勤於政道，每苦選曹訛弊，欲釐革之。大和三年（829年）甲午，南郊禮畢，御丹鳳樓大赦天下，敕曰：

> 量能受用，允屬於群才；據善推賢，是先乎公族。經學可以弘教本，高尚可以觀時風。宗子中有才行著名、文學優異者，委宗正寺具名聞薦，比類嘉獎。諸色人中，有精究經術、洞該今古，求志不求聞達，委所在長吏具以名聞。〔註146〕

詔書中標舉「才行著名、文學優異」、「精究經術」、「洞該今古」等，歸結起來就是文化政策方面注重經術、政能，去浮華。文宗朝一些御史利用監考、知貢舉機會，不遺餘力地抑豪華，擢孤進，充分發揮了文化政策方面的引導作用。

　　大和三年（829年）「準敕試別頭進士、明經鄭齊之等十八人，牓出之後，

〔註145〕後晉・劉昫：《舊唐書》卷一七九《陸扆傳》，第4668頁。
〔註146〕清・徐松等：《全唐文》卷七五，第482頁。

語辭紛兢，監察御史姚中立以聞，詔鍇審定，乃升李璟、王淑等，人以爲公。」
〔註147〕監察御史姚中立爲此還奏停考功別頭試。〔註148〕

大和八年（834年），御史中丞兼禮部侍郎李漢知貢舉，〔註149〕對科舉考試的內容作出新的規定：

> 準大和七年八月敕，貢舉人不要試詩賦策，且先帖大經、小經
> 共二十帖，次對正義十道，次試、議、論各一首訖，考覆，放及第。
> 〔註150〕

本年考試內容不考傳統的詩賦，而重在考察士子的經學知識及對國家事務的綜合認知能力。考試內容的變化，其實反映出朝廷文化政策的轉向。由於科舉直接關係著士子的前途命運，加之參加科考者人數眾多，參加本年科考的士子達五百五十餘人，這種文化政策上的導向作用是明顯的。本年及第者有裴坦、趙璘、雍陶、鄭處誨等二十五人。其中不乏以經術、吏能見長者。如裴坦，及第後，「自以舉業未精，遽此叨忝，未嘗曲謝座主，辭歸樗縣別墅。三年肄業不入城，歲時，恩地惟啓狀而已。至於同年，鄰於謝絕。掩關勤苦，文格乃變。然始到京，重謝恩門文章，詞采曲麗，舉朝稱之。後至大拜，爲時名相也。」〔註151〕從其及第後的經歷來看，絕非浮華之士。正因高鍇選士以公正聞名於朝，故於大和九年（835年）知貢舉：

> （大和）九年十月，以本官權知禮部貢舉。開成元年春，試畢，
> 進呈及第人名，文宗謂侍臣曰：「從前文格非佳，昨出進士題目，是
> 朕出之，所試似勝去年。」鄭覃曰：「陛下改詩賦格調，以正頹俗，

〔註147〕 後晉‧劉昫：《舊唐書》卷一六八《高鍇傳》，第4388頁。此起事件，《新唐書》卷四四《選舉志上》云：「大和三年，功員外郎高鍇取士有不當，監察御史姚中立又奏停考功別頭試。」按《新唐書》記載有誤，從文宗贊許之辭來看，高鍇實爲奉詔審定，並非知貢舉者。孟二冬《登科記考補正》載大和三年知貢舉者爲鄭澣。

〔註148〕 宋‧歐陽修：《新唐書》卷四四《選舉志》，第1166頁。

〔註149〕 唐‧趙璘：《因話錄》云：「餘座主隴西公爲臺丞，奏今孔尚書溫業、丞相徐公商爲監察。及孔爲中丞，隴西公淹滯在外多年。除宗正少卿歸朝，孔、徐二公並時爲丞相。每宴集，人以爲盛事，亦可歎息於宦途也。」孟二冬考趙璘大和八年進士及第。《舊書》卷一七一《李漢傳》：「（大和）八年，代宇文鼎爲御史中丞。」

〔註150〕 宋‧王溥撰：《唐會要》卷七六「貢舉中」，第1640頁。

〔註151〕 宋‧孫光憲：《北夢瑣言》卷八「裴相國及第後進業」，上海古籍出版社1981年版，第64頁。

然高鍇亦能勵精選士，仰副聖旨。」帝又曰：「近日諸侯章奏，語太
浮華，有乖典實。宜罰掌書記，以誠其流。」李石曰：「古人因事爲
文，今人以文害事，懲弊抑末，實在盛時。」乃以鍇爲禮部侍郎。
凡掌貢部三年，每歲登第者四十人。三年，榜出後，敕曰：「進士每
歲四十人，其數過多，則乖精選。官途填委，要窒其源，宜改每年
限放三十人，如不登其數，亦聽。」然鍇選擢雖多，頗得實才，抑
豪華，擢孤進，至今稱之。〔註152〕

高鍇因知貢舉選人得當，「頗得實才」，受到朝野稱讚，於開成元年（836年）
升即任御史大夫。唐文宗意欲自振，不滿當時「語太浮華，有乖典實」之文
風，當時文風的改變當然是由各種綜合因素促成的，而文宗朝數次科舉考試
中，這些有過御史經歷的人通過主持貢舉也有一定的導向作用。從「所試似
勝去年」的考試結果來看，他們的努力對扭轉當時文風是有一定效果的。

三、御史監考、監選職能的缺失與天寶時期的文學生態

　　並不像人們想像的那樣，唐代御史都是在積極、認眞地履行其監選、監
考職能。當御史監選、監考職能不能正常發揮時，勢必導致舉選過程舞弊不
斷，一些優秀人才失去機會，淹蹇潦倒，這不但深深影響廣大士子的前途命
運，對一定時期的文學生態也產生特殊影響。御史監考、監選職能的缺失及
其影響，在研究御史制度與唐代文學的聯繫時，也是值得我們認眞思考的問
題之一。

　　以李林甫、楊國忠專權期間御史的監選、監考活動爲例。李林甫於開元
二十二年（734年）爲相，天寶十二載（753年）卒，執掌朝政近二十年。在
此期間，除哥舒翰、楊國忠、王維等極少數官員以外，御史、諫官幾乎全部
被殺、被貶，詳見本書第二章第二節「天寶時期監察制度的弱化與御史剛正
人格的淡化」之論述。天寶六載後，御史臺幾乎清一色被李林甫的爪牙佔據。
經李林甫的清洗，御史臺的監察職能喪失殆盡。李林甫不但閉塞人主視聽，
自專大權，而且公然威脅御史、諫官：「『今明主在上，群臣將順之不暇，烏
用多言！諸君不見立杖馬乎？食三品料，一鳴輒馳去，悔之何及！』補闕杜
進嘗上書言事，明日，黜爲下邽令。自是諫諍路絕矣。」〔註153〕

〔註152〕後晉・劉昫：《舊唐書》卷一六八《高鍇傳》，第4388頁。
〔註153〕宋・司馬光：《資治通鑒》卷二一四「唐紀三〇」，第2635頁。

在此種政治背景下，正直之士皆容身保衛、無復直言，呈現出集體「怔忡症」。御史的監選、監考職能嚴重削弱，不能對科考、舉選實施有效監察。《資治通鑑》卷二一五載：

> 上欲廣求天下之士，命通一藝已上皆詣京師。李林甫恐草野之士對策斥言其奸惡，建言：「舉人多卑殘愚聵，恐有俚言污濁聖聽！」乃令郡縣長官精加試練，灼然超絕者具名送省，委尚書覆試，御史中丞監之，取名實相副者聞奏。既而至者試以詩、賦、論，遂無一人及第者，林甫乃上表賀野無遺賢。〔註154〕

詩人杜甫和元結就是此次沒有結果考試的犧牲品。在此黑暗政局中，不少下層寒士仕途蹭蹬、潦倒淹蹇，《明皇雜錄》云：「天寶末，劉希夷、王泠然、王昌齡、祖詠、張若虛、張子容、孟浩然、常建、李白、劉睿虛、崔曙、杜甫，雖有文章盛名，皆流落不偶。」〔註155〕這種狀況，與御史監選、監考職能的缺失，權貴在科舉考試中營私舞弊不無關係。

在御史不能有效行使監察權的情況下，一些投機鑽營、人格卑劣之徒主持銓選，自然弊端叢生。史載，苗晉卿，「性謙柔，……前後典選五年，政既寬馳，胥吏多因緣為奸，賄賂大行。」〔註156〕《資治通鑑》卷二一五載：

> 李林甫領吏部尚書，日在政府，選事悉委侍郎宋遙、苗晉卿。御史中丞張倚新得幸於上，遙、晉卿欲附之。時選人集者以萬計，入等者六十四人。倚子奭為之首，群議沸騰。前薊令蘇孝韞以告安祿山，祿山入言於上，上悉召入等人面試之，奭手持試紙，終日不成一字，時人謂之「曳白」。〔註157〕

如此昏庸之人長期主持吏部銓選，而御史臺不能對其進行監察，又怎能不慫恿貪官污吏狼狽為奸、賄賂大行呢？多數文士仕途坎壈，李華的遭遇就頗有代表性，獨孤及《檢校尚書吏部員外郎趙郡李公中集序》云：「（李華）開元二十三年舉進士，天寶二年舉博學宏詞，皆為科首。由南和尉擢秘書省校書郎，八年歷伊闕尉。……公才與時並，故不近名而名彰，時輩歸望，如鱗羽

〔註154〕宋・司馬光：《資治通鑑》卷二一五「唐紀三一」，第2652頁。
〔註155〕明・胡應麟：《詩藪・外編》卷三「唐上」，上海古籍出版社1958年版，第177頁。
〔註156〕宋・歐陽修：《新唐書》卷一四〇《苗晉卿傳》，第4642頁。
〔註157〕宋・司馬光：《資治通鑑》卷二一五「唐紀三一」，第2645頁。

之於虯龍也。十一年拜監察御史，會權臣竊柄，貪猾當路，公……爲奸黨所嫉，不容於御史府。」〔註 158〕這種污濁的政局，與張說、張九齡執政時大批文學之士得到提拔不可同日而語。

天寶十一載（752 年），楊國忠爲右相兼吏部尚書，把持銓選，銓選制度嚴重破壞，銓選過程極不正常：

> （國忠）於宅中引注，虢國垂簾觀之，或有老病醜陋者，皆指名以笑，雖士大夫亦遭詬恥。故事，兵部注官訖，於門下過，侍中、給事中省不過者，謂之退量。國忠注官，呼左相陳希烈於坐隅，給事中列於前，曰：「既對注擬，即是過門了。」希烈等腹非而已。侍郎韋見素、張倚皆見衣紫，與本曹郎官，藩屏外排比案牘，趨走咨事。乃謂簾中楊氏曰：「兩個紫袍主事何如？」楊乃大噱。選人鄭昂等，附會其旨焉。……人率銓於勤政樓設齋簾，爲國忠立碑於尚書省南。所注吏部三銓選人，務專執掌，不能躬親，皆委與令史及孔目官爲之。國忠但押一字，猶不可徧（變）。〔註 159〕

面對此種違法亂紀情況，身爲左相的陳希烈也無可奈何，御史就更無能爲力了，根本談不上對銓選過程的監察，致使舉選制度的公平性根本無法保障，朝政日非。

天寶時期御史監考、監選職能的嚴重缺失，對天寶時期的文學生態也有著重大而深刻的影響。

當眾多下層寒士失去仕進機會、窮愁潦倒之際，詩人日漸擺脫了對盛世的幻想，重新把眼光移向苦難的人間，詩歌正視現實的趨勢迅速擴大，逐漸成爲天寶詩壇的主導風格。李白的一些重要作品如《古風》其八「咸陽二三月」、其十五「燕昭延郭隗」、其二十四「大車揚飛塵」、其三十九「登高望四海」，以及《月下獨酌》四首，《行路難》三首，《梁甫吟》、《遠別離》、《將進酒》、《夢遊天姥吟留別》、《答王十二寒夜獨酌有懷》等名篇，均作於此期。杜甫困頓長安十年之久，其「翻手爲雲覆手雨，紛紛輕薄何須數。君不見管鮑貧時交，此道今人棄如土。」（《貧交行》）〔註 160〕是對世態炎凉的感慨。

〔註 158〕唐・獨孤及：《檢校尚書吏部員外郎趙郡李公中集序》，《全唐文》卷三八八，第 2338 頁。
〔註 159〕宋・王溥撰：《唐會要》卷七四「選部上」，第 1595 頁。
〔註 160〕清・仇兆鰲：《杜詩詳注》卷二，中華書局 1979 年版，第 133 頁。

「盛朝豈知賤士醜，一物自荷皇天慈。此身飲罷無歸處，獨立蒼茫自詠詩。」
（《樂遊園歌》）〔註161〕更是其飄泊生涯中深沉難言的苦悶和憤慨。雖然此
期杜甫創作的高潮還未到來，但《兵車行》、《麗人行》、《自京赴奉先縣詠懷
五百字》等作品的出現，已經標誌著詩人創作取向的重大轉變。政局的黑暗，
使天寶時期的詩人由對盛世的期待變為對黑暗現實的批判，他們均寫下了充
盈著自己真情實感的關注現實作品，他們均寫下了充盈著自己真情實感的關
注現實作品，使盛唐詩歌正視現實的趨勢迅速擴大，成為天寶詩壇的主導風
格。

　　文人飛黃騰達時，所作無非是歌功頌德的應制文字。而當窮愁潦倒之際，
便有著深廣的憂憤和宣洩的渴望，行之歌詠，往往能一澆心中塊壘，形成佳
篇巨製。李林甫專權期間御史監選、監考職能的缺失，不能對舉選實施有效
監察，使得科舉考試中賄賂公行、舞弊嚴重，大批文人失去仕進機會、窮愁
潦倒，這是文人的不幸。但另一方面，「國家不幸詩家幸，賦到滄桑句自工」，
黑暗腐敗的朝政，激起文人內心的強烈憤懣，形之於詩，反而成就了他們的
文學成就。天寶時期的文學生態與此期的御史活動有著直接關係。李林甫、
楊國忠對御史臺的控制及天寶時期御史監選、監考職能的缺失，不僅僅是政
治事件，足以構成一次文學史事件。

第三節　中唐御史思維方式對中唐文學寫實傾向的影響

　　韓愈、柳宗元、劉禹錫、元稹等，既是活躍在中唐政治舞臺上的著名御
史，也是中唐時期著名的文學家，長期的監察實踐，不僅鍛鑄了中唐御史群
體思維的邏輯結構，也培育了他們基本的文學思維方式，養成了基本的文學
表達形式。本節即擬從中唐御史群體文學創作的精神指向、表現手法、詩學
觀念等諸方面分別考察中唐御史的思維方式對其文學活動的潛在制約關係。

一、直面人間瘡痍、革除吏治之弊的精神取向

　　批判性思維是一種眼光、一種觀察世界、認識世界的眼光，它賦予中唐
御史文學家的詩歌創作以特定的思想導向。貞元、元和之際，藩鎮相繼而起，

〔註161〕清‧仇兆鰲：《杜詩詳注》卷二，中華書局1979年版，第101頁。

「喜則連橫叛上，怒則以力而相併」；宦官專權，「舉手伸縮，便有輕重」，所
謂的「元和中興」並不能拯救唐王朝日暮途窮的社會危機。歷史的疼痛，最
能打動詩神對它的回眸關注。以批判性思維審視社會，促使中唐御史的詩歌
消減了盛唐時期昂揚奮發的青春氣息，在關注現實中產生了新的精神指向：
直面人間瘡痍、革除吏治之弊。

對此，通過比較中唐御史與盛唐御史之間的創作便可窺知。如本書第二
章「唐代御史的人格特徵、思維方式」第二節「唐代不同歷史階段御史的品
格」所述，天寶御史群體則身處表面繁榮的「盛世」，參政意識浮躁空疏。雖
然此期御史諫政、監察傳統猶存，但重文的政治傳統更濃，御史群體置身於
此種相對寬鬆的政治環境中，其參政熱情及任性行爲，構成了這個時代文人
們的精神風貌。生活在這種環境下的天寶御史群體難免空泛浮躁、浪漫不羈，
其參政素質、參政能力離現實政治的需要還是有相當差距的。反映在盛唐御
史群體的詩歌創作中，則充滿昂揚奮發的青春氣息，王維《出塞作》詩題下
自注：「時爲御史，監察塞上作。」是其出塞時的作品：

居延城外獵天驕，白草連山野火燒。

暮雲空磧時驅馬，秋日平原好射雕。

護羌校尉朝乘障，破虜將軍夜渡遼。

玉靶角弓珠勒馬，漢家將賜霍嫖姚。〔註162〕

全詩激情四溢、氣勢雄偉、感情豪邁，極富盛唐時期激情澎湃、蓬勃向上的
青春氣息，卻也不免有空疏之象。

面對萎靡不振的國運和日益動盪的社會現實，中唐御史濃烈的救弊意識
決定了其詩歌創作的民生主題，監察官的職責又賦予御史以療救社會的責
任，於是，對民生苦難的描寫和揭露病態的社會變成了中唐御史詩歌創作的
主題。批閱中唐御史的創作，可以突出地感覺到，他們筆下呈現的大多是苦
難的社會疾病。早在代宗寶應（762～763年），戎昱以御史身份作《苦哉行》、
《苦辛行》。德宗建中四年（783年），戴叔倫以御史身份在李皋幕，作《過申
州》：「萬人曾戰死，幾處見休兵。牢落千里山，山空水復清。」〔註163〕李紳
一首《憫農》，道盡了多少百姓的心酸：「春種一粒粟，秋成萬顆籽。四海無

〔註162〕清・趙殿成箋注：《王右丞集箋注》一〇，上海古籍出版社1998年版，第192
頁。

〔註163〕唐・戴叔倫：《過申州》，《全唐詩》卷二七三，第3086頁。

閒田，農夫猶餓死。」〔註164〕在《野老歌》中，張籍正面揭露病態的鄉村社會：「老農家貧在山住，歲種薄田三四畝。苗疏稅多不得食，輸入官倉化為土。歲暮鋤犁傍空室，呼兒登山收橡實。」〔註165〕都直面慘淡的中唐社會現實，深入到最噬心的悲劇主題，讓我們看到社會下層民眾所受的摧殘。

這裡，「疾病」如此之多，聯繫建中、貞元時天下大旱，「蟓蝗蔽野、草木無遺」；宦官專權，「舉手伸縮，便有輕重」的社會現實，固然是中唐社會實際情況的反映。同時，它又深寓著中唐御史的主觀意圖，也就是說，他們是有意識地專門選取這些疾病加以表現的，在疾病和社會之間有一種深層的關聯：一看到病態的社會，中唐御史便自然聯想到疾病的苦難；而社會問題的層出不窮，無疑愈發強化了御史的救弊意識：「余能理亡國之刜弊，愈膏盲之患難。」可以看出，中唐御史詩歌創作的救弊意識是由其思維方式所決定的。

若再將中唐御史的詩歌創作與中唐其他社會角色的創作作比較，我們更能看到兩者之間精神指向的差異，更能領會到中唐御史的批判性思維方式對其創作起了何種「牽引」作用。同樣是友人間的贈寄之作，中唐一般詩人是疲倦的、傷感的：「世事茫茫難自料，春愁黯黯獨成眠。身多疾病思田裏，邑有流亡愧俸錢。聞道欲來相問訊，西樓望月幾回圓。」〔註166〕這是韋應物晚年在滁州刺史任上的作品，表現出一個正直封建官員的思想矛盾，其精神指向是無奈、冷落和苦悶。中唐御史的詩歌則立足社會現實、直面人間瘡痍。貞元十九年，關中大旱，而「京兆尹嗣道王實務徵求以給進奉，言於上曰：『今歲雖旱而禾甚美。』由是租稅皆不免，人窮至壞屋賣瓦木、麥苗以輸官。優人成輔端為謠嘲之，實奏輔端誹謗朝廷，杖殺之。」〔註167〕《韓文公神道碑》載：是年「關中旱饑，人死相枕藉，吏刻取息，先生列言天下根本，民急如是，請寬民徭而免田租之弊，專政者惡之，行為連州陽山令。」〔註168〕韓愈被貶途中，有《赴江陵途中寄贈王二十補闕李十一拾遺李二十六員外翰林三學士》詩：

> 是年京師旱，田畝少所收。上憐民無食，徵賦半已休。
> 有司恤經費，未免煩徵求。富者既云急，貧者固已流。
> 傳聞閭里間，赤子棄渠溝。持男易斗粟，掉臂莫肯酬。

〔註164〕唐‧李紳：《憫農》，《全唐詩》卷四八三，第5494頁。
〔註165〕唐‧張籍《野老歌》，《全唐詩》卷三八二，第4280頁。
〔註166〕唐‧韋應物：《寄李儋元錫》，《全唐詩》卷一八八，第1920頁。
〔註167〕宋‧司馬光：《資治通鑑》卷二三六「唐紀五二」，第2919頁。
〔註168〕唐‧皇甫湜：《皇甫持正文集》卷六。

我時出衢路，餓者何其稠。親逢道邊死，佇立久咿嚘。

歸舍不能食，有如魚中鉤。適會除御史，誠當得言秋。

拜疏移閤門，爲忠寧自謀。上陳人疾苦，無令絕其喉。〔註169〕

這裡沒有疲倦的氣息、傷感的情調，詩人體味著民生之艱，正視著生民的創傷和呻吟，注目著千瘡百孔的大地，感受著土地的躁動和悲涼，心中湧動著御史濃鬱的憂患意識和崇高的職業使命，其精神指向於現實的血肉人生、指向人間瘡痍。當韓愈去審視中唐社會的時候，是批判性思維方式的「引導」作用，賦予他的詩歌以深沉的悲哀和厚重。在中唐御史文學家的詩歌中，這種敢於直言的政治品格與對現實政治的批判勇氣，無處不在、異常濃烈。

即使是在同樣反映底層民眾生活慘狀的詩歌中，中唐御史文學家與其他詩人也有著顯著不同。試看元稹的《樂府古題‧田家詞》：

牛吒吒，田確確。旱塊敲牛蹄趵趵，種得官倉珠顆穀。

六十年來兵簇簇，月月食糧車轆轆。一日官軍收海服，

驅牛駕車食牛肉。歸來攸得牛兩角，重鑄鋤犁作斤劚。

姑舂婦擔去輸官，輸官不足歸賣屋，願官早勝讎早覆。

農死有兒牛有犢，誓不遺官軍糧不足。〔註170〕

中唐時期，政局黑暗、狼煙四起、動盪不寧，底層民眾飢寒交迫、流離失所，掙扎在死亡的生存線上。在那樣一個充滿苦難和不幸的時代，只要是正直、有良心的詩人都不能不正視苦難，將觸目驚心的悲慘現實行諸於歌詠，御史文學家是如此，其他詩人也是如此。但精神指向卻各異。孟郊《寒地百姓吟》詩曰：「無火炙地眠，半夜皆立號。冷箭何處來，棘針風騷勞。霜吹破四壁，苦痛不可逃。」〔註171〕其《訪疾》又寫道：「冷氣入瘡痛，夜來痛如何。瘡從公怒生，豈以私恨多。公怒亦非道，怒消乃天和。」〔註172〕作爲沉淪下僚的「愁苦詩人」，孟郊的詩作浸透著自己半生流浪、寒徹頭骨的貧困體驗，真可謂「詩從肺腑出，出輒愁肺腑。」從孟郊的詩中，我們感受到的更多是生活的極端慘痛，卻體會不到其欲革除弊政的決

〔註169〕唐‧韓愈：《赴江陵途中寄贈王二十補闕李十一拾遺李二十六員外翰林三學士》，《韓昌黎詩繫年集釋》卷三，第288頁。

〔註170〕唐‧元稹：《樂府古題‧田家詞》，《全唐詩》卷四一八，第4607頁。

〔註171〕唐‧孟郊：《寒地百姓吟》，《全唐詩》卷三七四，第4200頁。

〔註172〕唐‧孟郊：《訪疾》《全唐詩》卷三七四，第4200頁。

心，這是由孟郊的生活經歷及思維方式所決定的。元稹在對中唐社會悲慘現實的揭露中顯然包含著以詩諫政，革除弊政的願望。此外，許多御史或有過御史經歷的詩人，如王建、戴叔倫、劉禹錫等人的詩歌中，我們都能窺見這種批判精神。除詩歌創作之外，在柳宗元的《捕蛇者說》、《種樹郭橐駝傳》、《宋清傳》、《梓人傳》等傳記文以及爲數眾多的唐代彈劾文中，我們同樣能感受到這種異常濃烈的批判精神。

　　無論是針對時局、還是民生，中唐御史的詩歌創作無不指向普天下苦難辛酸的歷史人生。之所以會產生這種精神指向的差異，正是不同的思維方式「有意識」選擇的結果。從藝術發生學的角度來講，這實際隱含了不同的思維方式對人類精神的潛在規約，隱含了不同社會角色的作家之間，因各自不同的「信念」或價值取向而呈現出的各不相同的審美選擇。

二、詩的時事化和時事的詩化

　　「安史之亂」後，唐王朝進入多事之秋，政治腐敗、官場混亂、生民流離失所、亂兵肆虐橫行，社會秩序嚴重失控。「理亡國之頑弊，愈膏肓之患難」的救弊意識，使中唐御史長期處於感時傷事、憂國憂民的精神焦慮之中，也使他們在詩歌創作中，自覺或不自覺地將揭露弊政作爲創作動機和宗旨。時局的動盪、政治的混亂，成了詩歌急劇時事化的根源，中唐御史思維的批判性則磨礪了他們對時事的敏銳，如此年積月累，那些揭露弊政、憂念民生的詩篇不斷湧現，詩歌成了中唐社會動亂年代的詩化編年史，而時事也在御史文學家筆下被詩化了。這種詩的時事化和時事的詩化過程，在元稹《樂府古題序》中，有清晰地描述：

> 況自《風》、《雅》，至於樂流，莫非諷興當時之事，以貽後代之人。沿襲古題，唱和重複，於文或有短長，於義咸爲贅賸。尚不如寓意古題，刺美見事，猶有詩人引古以諷之義焉。曹、劉、沈、鮑之徒，時得如此，亦復稀少。近代惟詩人杜甫《悲陳陶》、《哀江頭》、《兵車》、《麗人》等，凡所歌行，率皆即事名篇，無復倚傍。余少時，與友人白樂天、李公垂輩，謂是爲當，遂不復擬賦古題。昨梁州見進士劉猛、李餘，各賦古樂府詩數十首，其中一二十章，咸有新意，余因選而和之。其有雖用古題，全無古義者，若《出門行》不言離別，《將進酒》特書列女之類是也。其或頗同古義，全創

新詞者，則《田家》止述軍輸，《捉鋪》詞先螻蟻之類是也。〔註173〕
無論是「雖用古題」還是「全創新詞」，其思維方式是一致的，即都是「病時」。
可見，詩的時事化和時事的詩化過程中，中唐御史批判性、療救型的思維方
式起了重要的「牽引」作用，它將御史文學家的關注視角引向苦難的人間，
詩歌在「即事名篇」、「自創新詞」之時，其題旨直接地時事化和現實化了。
元稹的《樂府古題》、《和和李校書新題樂府十二首》中諸篇章，可謂詩歌與
時事密切挽結的典型範例，如其《上陽白髮人》：

> 天寶年中花鳥使，撩花狎鳥含春思。
>
> 滿懷墨詔求嬪御，走上高樓半酣醉。
>
> 醉酣直入卿士家，閨闈不得偷迴避，
>
> 良人顧妾心死別，小女呼爺血垂淚。
>
> 十中有一得更衣，永配深宮作宮婢。
>
> 御馬南奔胡馬蹙，宮女三千合宮棄。
>
> 宮門一閉不復開，上陽花草青苔地。
>
> 月夜閒聞洛水聲，秋池暗度風荷氣。
>
> 日日長看提眾門，終身不見門前事。
>
> 近年又送數人來，自言興慶南宮至。
>
> 我悲此曲將徹骨，更想深冤復酸鼻。
>
> 此輩賤嬪何足言，帝子天孫古稱貴。
>
> 諸王在閤四十年，七宅六宮門戶閟。
>
> 隋煬枝條襲封邑，蕭宗血胤無官位。
>
> 王無妃媵主無婿，陽亢陰淫結災累。
>
> 何如決雍順眾流，女遣從夫男作吏。〔註174〕

腐朽的宮廷積弊是中唐眾多社會問題的一個重要方面，《上陽白髮人》反映的
是中唐宮廷眞實存在的客觀事實。出於對朝政的不滿，元稹對廣大下層民眾
所承擔的痛苦給予深深的關注和同情，把更眞切、更廣泛的關懷投向那些無
助的平民，「我悲此曲將徹骨，更想深冤復酸鼻。」眞實地寫出了她們的辛酸
悲苦。這是《樂府古題》、《新題樂府》在創作題材和主題上的一個重大突破。
這兩組詩的主角都是默默無聞的小人物，作者以十分細膩的筆觸展現了一幅

〔註173〕唐・元稹：《元稹集》卷二三《樂府古題序》，第255頁。
〔註174〕唐・元稹：《元稹集》卷二四《上陽白髮人》，第278～279頁。

幅悲苦的生活場面，再現了他們的不幸遭遇，表現了他們默默承受的犧牲和痛苦，並通過這些場面中小人物們的斑斑血淚，揭示了一個明顯的事實：這些無助的弱勢群體，或風燭殘年、或孤苦伶仃、或身殘無依、或家破人亡，生活已經嗇得沒有零星丁點的幸福賜予他們，然正是這些孤苦無助、在死亡線上掙扎的小人物支撐著統治者的窮奢極欲，天下不亡，其誰之功歟？其餘如《西涼伎》、《立部伎》、《胡旋女》等等，都對應著中唐社會的一系列時事，反映出的社會問題同樣地觸目驚心。

　　詩歌與時事結緣，並不是非要一味地依附，而應在反映時事中不忘詩歌的藝術性。出於對朝廷用人方面的種種弊端，元稹對朝廷用人制度亦提出了批評，其《田野狐兔行》云：

　　　　種豆耘鋤，種禾溝甽。禾苗豆甲，狐榾兔翦。割鵠喂鷹，

　　　　烹麟啖犬。鷹怕兔毫，犬被狐引。狐兔相須，鷹犬相盡。

　　　　日暗天寒，禾稀豆損。鷹犬就烹，狐兔俱哂。〔註175〕

這首詩以曹植「種豆燃豆萁」、「兔死狐悲」等典故來喻指當時用人政策，亦合傳統詩歌以古喻今的隱喻手法。據《資治通鑒》卷二三四記載，德宗性猜忌，不信任大臣，「官無大小，必自選而用之，宰相進擬，少所稱可，及群臣一有譴責，往往終身不復受用。好以辯給取人，不得敦實之士，艱於進用，群才淹滯。」元稹所謂「日暗天寒，禾稀豆損」，即對應此種現象。賢能之士淹滯潦倒、不得進用，而中唐宦官勢力卻大為發展，所謂「鷹犬就烹，狐兔俱哂」亦對應貞元、元和之際的系列時事，諷刺朝廷用人制度之意圖是非常明顯的。由此可見，所謂詩的時事化，並非刻板地要求將詩寫成時事的流水賬式的記錄，而是把時事的印記投射於詩中，借助詩歌傳達詩人對時局的看法和感受。

　　換言之，詩的時事化乃是經過詩人心靈對時事的過濾和轉化，於斯過程中，時事已被程度深淺不同地詩化了。詩人對時事的過濾、轉化效應，在中唐御史的詩歌中表現得相當明顯。元和十二年，韓愈以御史中丞充彰義行軍司馬，從裴度東征，期間所作詩篇甚多，便從一個側面記錄了平定淮西的過程：

　　《過鴻溝》：

　　　　龍疲虎困割川原，億萬蒼生性命存。

〔註175〕唐・元稹：《元稹集》卷二三《田野狐兔行》，第262頁。

誰勸君王回馬首，眞成一擲賭乾坤。

《送張侍郎》（張賈，時自兵侍爲華州）：

司徒東鎭馳書謁，丞相西來走馬迎。

兩府元臣今轉密，一方逋寇不難平。

《贈刑部馬侍郎》（馬總，時副晉公東征）：

紅旗照海壓南荒，徵入中臺作侍郎。

暫從相公平小寇，便歸天闕致時康。

《奉和裴相公東征途經女幾山下作》：

旗穿曉日雲霞雜，山倚秋空劍戟明。

敢請相公平賊後，暫攜諸吏上崢嶸。

《郾城晚飲奉贈副使馬侍郎及馮、李二員外》：

城上赤雲呈勝氣，眉間黃色見歸期。

幕中無事惟須飲，即是連鑣向闕時。

《酬別留後侍郎》（蔡平，命馬總爲留後）：

爲文無出相如右，謀帥難居郤縠先。

歸去雪銷湊洧動，西來旌斾拂晴天。

《同李二十八夜次襄城》（李正封也）：

周楚仍連接，川原乍屈盤。雲垂天不暖，塵漲雪猶乾。

印綬歸臺室，旌旗別將壇。欲知迎候盛，騎火萬星攢。

《同李二十八員外從裴相公野宿西界》：

四面星辰著地明，散燒煙火宿天兵。

不關破賊須歸奏，自趁新年賀太平。

《過襄城》：

郾城辭罷過襄城，潁水嵩山刮眼明。

已去蔡州三百里，家人不用遠來迎。

《宿神龜招李二十八馮十七》：

荒山野水照斜暉，啄雪寒鴉趁始飛。

夜宿驛亭愁不睡，幸來相就蓋征衣。

《次硤石》：

數日方離雪，今朝又出山。試憑高處望，隱約見潼關。

《和李司勳過連昌宮》：

　　夾道疏槐出老根，高薨巨桷壓山原。

　　宮前遺老來相問，今是開元幾葉孫。

《次潼關先寄張十二閣老使君》（張賈也）：

　　荊山已去華山來，日出潼關四扇開。

　　刺史莫辭迎候遠，相公親破蔡州回。

《次潼關上都統相公》（韓弘也）：

　　暫辭堂印執兵權，儘管諸軍破賊年。

　　冠蓋相望催入相，待將功德格皇天。

《桃林夜賀晉公》：

　　西來騎火照山紅，夜宿桃林臘月中。

　　手把命珪兼相印，一時重疊賞元功。

《晉公破賊回重拜臺司，以詩示幕中賓客，愈奉和》：

　　南伐旋師太華東，天書夜到冊元功。

　　將軍舊壓三司貴，相國新兼五等崇。

　　鵷鷺欲歸仙仗裏，熊羆還入禁營中。

　　長慚典午非材職，得就閒官即至公。〔註176〕

平定淮西，是「元和中興」的一大高潮，元和十二年，憲宗任命裴度爲門下侍郎同平章事、蔡州刺史充彰義軍節度申、光、蔡觀察等使，出師前，裴度對憲宗曰：「臣誓不與此賊偕全。」，表明自己誓除叛賊之決心。唐鄧隨節度使李愬，乘諸賊不備，於大風雪之夜，攻取蔡州，生擒吳元濟等。自建中三年（782年）李希烈割據起，至元和十二年（817年），凡三十五年，申、光、蔡三州，復歸於朝廷節制之下。寫此組詩時，韓愈正身處平淮前線，他在維護國家統一，復興大唐王朝的歷史高度來看待這次軍事行動，「龍疲虎困割川原，億萬蒼生性命存。誰勸君王回馬首，真成一擲賭乾坤。」〔註177〕這裡以人心向背、以戰爭承載的時代重任，過濾了戰爭的慘烈和悲劇，過濾出戰爭的正義感、悲壯感來。「汝南晨雞喔喔鳴，城頭鼓角音和平。路傍老人憶舊事，相與感激皆涕零。老人收泣前致辭，官軍入城人不知。忽驚元和十二載，重見天寶承平時。」〔註178〕這種戰爭的民心向背，正是平定淮西之

〔註176〕以上諸詩均引自《韓昌黎詩繫年集釋》卷一○，第1033～1077頁。

〔註177〕唐・韓愈：《過鴻溝》，《韓昌黎詩繫年集釋》卷一○，第1033頁。

〔註178〕唐・劉禹錫：《平蔡州三首》其二，《劉禹錫集》卷二五，第326頁。

亂能夠成功的原因所在。在這裡，時事在詩化的同時，也更加深化了其歷史文化內涵。

事實上，詩的時事化、時事的詩化傾向貫穿於整個中唐御史的詩歌創作中，因爲尊皇權、反割據，重民本、反聚斂是中唐時期貫穿始終的核心政治問題，中唐御史文學家很少有人能脫離這一時代背景。細心的讀者也許會注意到，中唐文學史上如戎昱、戴叔倫、王建、高元裕、薛存成、李孝本、韓愈、柳宗元、劉禹錫、元稹、李紳等御史或有御史經歷的文學家，或「仗氣直抒，不避強禦」，或「肆情放筆，無所阿容」，或「救濟人病，俾補時闕」，都直接揭露了病態的中唐社會。建中四年（783 年），戴叔倫以侍御史身份隨李皋討李希烈，有《建中癸亥歲奉天除夜宿武當山北茅平村》：「歲除日又暮，山險路仍新。驅傳迷深谷，瞻星記北辰。古亭聊假寐，中夜忽逢人。相問皆嗚咽，傷心不待春。」〔註179〕李端「山店門前一婦人，哀哀夜哭向秋雲。自說夫因征戰死，朝來逢著舊將軍。」〔註180〕等等，都以詩歌憂念民生、揭露時弊，眞實地反映了當時種種社會問題，具有「詩史」的認識價值。

三、補察時政的詩學觀念

中唐御史思維方式對中唐詩學思想形成也有著潛在而深度的制約，這主要表現在元稹、白居易的詩學思想中。因爲元稹、白居易的詩學思想具有整體性，白居易又有著諫官經歷，二人同爲監察官，思想也具有頗多共性，這裡試將元、白合起來考察，以不失去其詩學思想的整體性、鮮活性。

不同的思維主體，由於有著不同的利益和需要，形成了不同的評價尺度，這樣，在認識活動中，主體總是關注客體的與自己價值觀念相一致的屬性，而與之關係不甚緊密、或有牴觸的東西就被貶斥，或被排除在主題的思維視野之外。就像「憂心忡忡的窮人甚至對最美麗的景色都無動於衷；販賣礦物的商人只看到礦物的商業價值，而看不到礦物的美和特性，他沒有礦物學的感覺。」〔註181〕「理國之刌弊」的思維方式，決定了中唐御史在政治活動中是以干預現實爲出發點，以療救現實政治之弊爲目標的，這是經御史職業生

〔註179〕唐・戴叔倫：《建中癸亥歲奉天除夜宿武當山北茅平村》，《全唐詩》卷二七三，第 3088 頁。

〔註180〕唐・李端：《宿石澗店聞婦人哭》，《全唐詩》卷二八六，第 3281 頁。

〔註181〕〔德〕馬克思、恩格斯：《馬克思恩格斯全集》第四二卷，人民出版社 1979 年版，第 126 頁。

涯的長期歷練與傳統監察文化的滋養薰陶所形成的思維定勢。當他們思考文學時，自然會格外重視、著力發掘文學中「與自己價值觀念相一致的屬性」——文學干預現實、療救現實政治之弊的屬性。這種思維定勢促使元稹、白居易對文學的價值評判發生轉移，特別強調文學干預現實的功能，從而有助於他們詩學理論的形成。元稹在回顧自己早年創作情形時，便格外強調其「補察時政」的創作動機：

> 時貞元十年已後，德宗皇帝春秋高，理務因人，……豪家大帥，乘聲相扇；延及老佛，土木妖熾，習俗不怪。上不欲令有司備宮闈中，小碎須求，往往持幣帛以易餅餌，吏緣其端，剝奪百貨，勢不可禁。僕時孩騃，不慣聞見，獨於《書》、《傳》中初習，理亂萌漸，心體悸震，若不可活，思欲發之久矣。適有人以陳子昂《感遇》詩相示，吟玩激烈，即日爲《寄思元子》詩二十首。……又久之，得杜甫詩數百首，愛其浩蕩津涯，處處臻到，始病沈、宋之不存寄興，而訝子昂之未暇旁備矣。〔註182〕

這裡顯然在肯定杜甫杜詩「浩蕩津涯，處處臻到」的社會功用，指出了沈、宋之不足，同時也異常明確地道出了自己的創作動機。與此相似，白居易亦云：

> 自登朝來，年齒漸長，閱事漸多，每與人言，多詢時務；每讀書史，多求理道，始知文章合爲時而著，歌詩合爲事而作。是時皇帝初即位，宰府有正人，屢降璽書，訪人急病。僕當此日，擢在翰林，身是諫官，月請諫紙。啓奏之間，有可以救濟人病，裨補時闕，而難於指言者，輒詠歌之，欲稍稍進聞於上。上以廣宸聽，副憂勤；次以酬恩獎，塞言責；下以復吾平生之志。〔註183〕

「救濟人病，裨補時闕」，正說明元、白詩歌理論干預現實的動機。元、白之所以對詩歌補察時政的功能如此看重，主要原因是他們將政治思維方式延伸到文學領域，以「療救型」思維考量文學，要求文學經世致用，承擔起補察時政的政治使命的結果。若將元、白二人言論作爲一個整體來看，正好可以看出貞元、元和之際新的詩學思想萌動、形成的過程。在這一過程中，時事

〔註182〕唐・元稹：《敍詩寄樂天》，冀勤點校：《元稹集》卷三〇，第351頁。
〔註183〕唐・白居易：《與元九書》，唐・白居易著、朱金城箋校：《白居易集箋校》卷四五，第2789頁。

的動盪是基本因素，文學進程的傳承因素不可忽視，御史「理國之頑弊」的
思維方式更起了舉足輕重的「牽引」作用。從「補察時政」的詩學觀念出發，
元稹、白居易自覺建構了一種諫政詩體式，從形式、內容、風格諸方面對詩
歌創作提出了具體要求。這些均體現在元稹《和李校書新題樂府十二首序》、
白居易《新樂府序》中，早已為人們所熟知：

元稹《和李校書新題樂府十二首序》云：

> 余友李公垂貺余樂府新題二十首，雅有所謂不虛為文，余取其
> 病時之尤急者，列而和之，蓋十二而已。昔三代之盛也，士議而庶
> 人謗。又曰：「世理則詞直，世忌則詞隱。」余遭理世，而君盛聖，
> 故直其詞以示後。〔註184〕

白居易《新樂府序》云：

> 凡九千二百五十二言，斷為五十篇。篇無定句，句無定字，繫
> 於意，不繫於文。首句標其目，卒章顯其志，《詩》三百之意也。其
> 辭直而徑，欲見之者易諭也；其言直而切，欲聞之者深誡也；其事核
> 而實，使採之者傳信也；其體順而肆，可以播於樂章歌曲也。總而言
> 之，為君、為臣、為民、為物、為事而作，不為文而作也。〔註185〕

這裡無論是「病時」、「直其詞」，還是「言直而切」、「事核而實」、「體順而肆」，
都道出了元、白共同提倡的創作方法，即重寫實、尚通俗的原則。歷來人們多
從功利主義的角度評論，未能充分注意到元、白詩學觀念的艱辛開拓及其文學
影響。將詩歌作為諫諍的工具，是元、白自覺的創作理想和藝術追求，「憶昨元
和初，忝備諫官位。是時兵革後，生民正憔悴。但傷民病痛，不識時忌諱。遂
作《秦中吟》，一吟悲一事。」〔註186〕又《寄唐生》云：「我亦君之徒，郁郁何
所為。不能發聲哭，轉作樂府詩。篇篇無空文，句句必盡規。功高虞人箴，痛
甚騷人辭。非求宮律高，不務文字奇。惟歌生民病，願得天子知。未得天子知，
甘受時人嗤。〔註187〕在元、白以前的文壇上，還沒有一位作者像他們這樣具體
而直接地研究諫政詩的創作問題。作為諫政詩的新樂府在白居易手中變為締結
文學與政治的紐帶，它實現了從《詩經》以來文學政治化的詩教理想，把現實

〔註184〕唐·元稹：《元稹集》卷二四，第277～278頁。

〔註185〕唐·白居易：《新樂府序》，《白居易集箋校》卷三，第136頁。

〔註186〕唐·白居易：《傷唐衢》二首，《白居易集箋校》卷一，第46頁。

〔註187〕唐·白居易：《寄唐生》，《白居易集箋校》卷一，第43頁。

精神落實到履行諫官職責的政治實踐中，使文學的教化功能得到極端的凸現。從文學的政治功能上來講，儒家詩教一直非常重視文學的社會功能，「詩可以興、可以觀、可以群、可以怨，邇之事父，遠之事君，多識於鳥獸草木之名。」〔註188〕「樂也者，聖人之所樂也，而可以善民心。其感人深，其移風易俗，故先王著其教焉。」〔註189〕即使是文學的自覺的時代，其教化的社會功用並未淡化，《文心雕龍》之所以將《原道》、《徵聖》、《宗經》諸條置於篇首，也正是這種意識的體現。因此，如何發揮文學的教化作用，如何將參政的功用通過文學創作充分發揮出來，這是中國古代文學思想的一個重要話題。元、白的詩學觀念正是將這一話題定格為一種特定行為、一種非文非政、亦文亦政的人生實踐。這種詩學觀念的變化及其引起的創作思想、創作方式的變革，無疑是御史批判性、療救型思維方式對元、白文學思想「激活」的結果。

盛唐詩歌藝術風貌，突出特徵是氣象闊大、雄渾明朗。「盛唐諸公之詩，如顏魯公書，既筆力雄壯，又氣象渾厚。」〔註190〕中唐文學的特點，則表現為詩歌中異常突出的批判精神、寫實精神。盛唐以後，當詩歌創作中直面人間瘡痍、革除吏治之弊的批判精神，寫實精神及補察時政的詩學觀念逐漸興起、成熟時，詩歌也就由盛唐詩的氣象闊大、雄渾明朗一變而為中唐詩風。促使這一詩風變化的因素當然是眾多的，比如政治局勢和社會心理的變化，儒學復興思潮的興起（其實儒學復興亦與中唐御史思維方式有關），佛道宗教思想為傳統文化注入了新的活力，文人貶謫生活對文學的影響等等，其中，中唐御史的思維方式無疑是這眾多因素之一。文壇風氣的變化往往需要有一批代表性的作家推動，韓愈、柳宗元、劉禹錫、元稹等，以御史的批判性、療救型思維思考文學，從而使他們詩歌創作的精神指向、文化內涵、表現手法、詩學觀念較之盛唐詩風發生顯著質變，同時，韓、柳、劉、元又是中唐文壇大師，每個人周圍都有相當一批文學之士，他們的詩歌創作、詩學觀念在整個文壇都有著創作範式的意義，足以引領一代詩風。於此意義而言，中唐御史的思維方式對中唐文學的形成實具有一種潛在的「牽引」作用，這無疑是盛唐文學向中唐文學嬗變的內在動因之一。

〔註188〕南宋・朱熹：《論語集注》，齊魯書社1992年版。

〔註189〕漢・鄭玄注、唐・孔穎達正義：《禮記正義》卷四八，上海古籍出版社2008年版，第1498頁。

〔註190〕南宋・嚴羽：《答吳景仙書》，見郭紹虞《中國歷代文論選》第二冊，上海古籍出版社2001年版，第430頁。

第四章　唐代御史活動與詩歌創作

　　唐代監察制度本身就是一個非常注重文學的體系，唐代許多著名的文學家如陳子昂、張九齡、李邕、王維、高適、杜甫、李華、顏眞卿、韓愈、柳宗元、劉禹錫、元稹、白居易、柳公權、杜牧等，同時也是著名的監察官，這些文學史上著名文學家和監察官聯繫在一起，是一個重要的文學現象，其中蘊含著深刻的歷史文化內涵。假如將這些有過監察官經歷的文學家排除在外，我們簡直無法想像激情發越的大唐氣象會跌落到什麼程度。

　　御史臺是唐代御史的辦公場所，也是御史文學家聚集之所。從人生價值觀來講，政治參與、建功立業是唐代文人共同的生命取向，御史文學家當然也不例外。另外，唐代御史群體人格、心態、思維方式的特殊性，也對其文學活動有重大影響。這種生命取向、人格心態、思維方式投射到御史文學家的政治生活和文學事業中，對其生活方式、監察活動和文學創作都產生了直接而重要的影響，使得唐代御史群體的文學創作，在體裁、題材、內容、風格都有著自身的獨至性。

第一節　直言極諫和御史諫政詩——以元稹的御史經歷為個案

　　文學的教化功能，是古代士人一直追求的崇高目標，即使是文學具備了獨立身份的自覺時代，其教化作用並未因此而淡化。中唐以前的文學多從理論上強調詩的「興、觀、群、怨」，倡導「宗經」、「徵聖」，很少有意識地從創作中踐行《詩經》的美刺精神。縱然有些作家如顧況、元結等作品近似擬

《詩經》和漢樂府，但篇幅較短，系統性不強，模仿的痕跡過於明顯，反而失去了應有的社會和政治效果。中唐時期，隨著御史文學家諫政意識的增強，李紳、元稹等具有深厚文化修養的御史以前所未有的熱情和力度介入文學領域，導致一種新詩體——諫政詩的產生。這是一段足以引發多重思考的史實，也是中國文學發展史上一種重要的文學現象。研讀這些詩作，我們能清楚地瞭解唐代詩人的諫政意識與文學意識相融合的特徵，更可具體看到唐代文人諍臣身份在文學領域的實踐過程。本節以元稹的御史經歷爲個案，對其諫政詩創作進行考察。

一、諫政詩的界定

關於新樂府詩的討論，是二十世紀學界研究的熱點之一。圍繞中唐是否有一個「新樂府運動」，學者們展開了熱烈的討論，其中具有代表性的是葛曉音、王運熙二先生。葛曉音梳理了新樂府詩的緣起及演變過程，做出了切合實際的結論，認爲元和四年，李紳、元稹、白居易出於進諫的需要和教化的目的，創作了一批「新題樂府」和「新樂府」組詩，確立了「新樂府」的名稱，至於「對這一現象用什麼名詞去說明，是可以重新考慮的。如果一時找不到更合適的名稱，也不妨仍借用『運動』一詞。」〔註1〕王運熙先生認爲：

> 新樂府作爲一種樣式，既可以表現諷喻性內容，也可以表現非諷喻性內容。所以說諷喻詩與新樂府二者，既有聯繫又有區別，不能混爲一談。〔註2〕

這個論斷無疑是很中肯的，新樂府本身只是一個詩體概念，並不等於諫政詩。元、白以新樂府形式既寫了一些有關諫政的作品，也創作了一些並非表現諷喻性內容的詩歌。宋人郭茂謙《樂府詩集》卷91至卷100專收新樂府詩，其中很多並不表現諷喻性內容。名稱固然並不重要，但學界圍繞新樂府詩名稱的爭論，其實反映出我們對這些詩作的本質特徵、對其特殊性缺乏清晰的認識，遮蔽了此類詩作的本質和存在，這就相當重要了。

多年來，我們對待新樂府詩多少有點雞肋的味道，普遍感到「新樂府詩」這一概念難以概括這些組詩的實際內涵，但在表述上又找不到合適的名稱。中唐一批具有諷諫內容的新樂府詩是元稹、白居易等以御史、諫臣的思維考

〔註1〕葛曉音：《新樂府的緣起與界定》，見《中國社會科學》1995年第3期。
〔註2〕王運熙：《諷喻詩和新樂府的關係與區別》，見《復旦學報》1991年第6期。

量詩與諫關係的結果，同時也昭示了他們作爲監察官和文學家二者契合的獨特方式。既然這些詩歌以諫諍爲創作目的、爲創作動機，就其本質而言，是唐代詩人的諫諍意識與文學意識相融合的結晶，是唐代文人諍臣身份在文學領域的實踐過程。據《南部新書》記載：「四明人胡抱章，作《擬白氏諷諫》五十首，亦行於東南，然其辭甚平。楊士達亦撰五十篇，頗諷時事。」〔註3〕可見宋人也是將其作爲諫政詩來看待的。那麼，稱這一批具有諷諫內容的新樂府詩爲「諫政詩」恐怕更符合這一文學現象的客觀事實，也更能放映其本質特徵。

二、諫政詩的特色

以中唐其他社會角色如郎官、學官、翰林學士、刺史等的創作爲參照，諫政詩的特色主要表現在以下幾方面。

（一）文學教化功用的極端凸顯

從創作目的來看，李紳、元稹等人有著明確的以詩代諫的目的。雖然儒家詩教一直倡導文學的教化作用、美刺精神，但在文學的實際發展過程中，由於種種因素的干擾，文學的教化功能卻時有疏離，「洎周衰秦興，采詩官廢，上不以補察時政，下不以泄導人情。乃至於諂成之風動，救失之道缺」（《與元九書》）〔註4〕；先秦兩漢，亦只能是「河梁之句，止於傷別；澤畔之吟，歸於怨思」；「晉宋以還，……衰不過嘲風雪，弄花草而已」〔註5〕；唐興二百年，杜詩最多，「然撮其《新安吏》、《石壕吏》、《潼關吏》、《塞蘆葦子》、《留花門》之章，『朱門酒肉臭、路有凍死骨』之句，亦不過三四十首。杜尚如此，況不逮杜者乎？」（《與元九書》）〔註6〕中唐翰林學士、郎官等的創作，因其角色意識的不同，仍然沒有明確的教化目的。而李紳、元稹等以御史、諫官的思維考量詩與諫的關係，明確地將詩作爲諫諍的工具，對文學教化功能的極端重視，這典型地體現在《和李校書新題樂府十二首並序》中：

　　　　予友李公垂貺余新題樂府二十首，雅有所謂，不虛爲文，余取
　　其病時之尤急者，列而和之，蓋十二而已。昔三代之盛也，士議而

〔註3〕宋·錢易：《南部新書》，見《中華野史》，泰山出版社1999年版，第115頁。
〔註4〕唐·白居易著、朱金城箋校：《白居易集箋校》卷四五，第959頁。
〔註5〕唐·白居易著、朱金城箋校：《白居易集箋校》卷四五，第959頁。
〔註6〕唐·白居易著、朱金城箋校：《白居易集箋校》卷四五，第959頁。

庶人謗。又曰：「世理則詞直，世忌則詞隱。」予遭理世而君盛聖，

故直其詞以示後，使夫後之人，謂今日爲不忌之時也。〔註7〕

這裡既明確了自己作爲監察御史的政治責任，又強調了詩歌的社會功用，將詩歌作爲諫諍的工具之一，充分發揮詩歌應有的社會效果。正是出於這種御史的批判性思維方式，元稹才以詩代諫，創作了可誦可諷的諫政詩，以此作爲言事的手段之一。諫政詩總是緊緊地擁抱現實生活，注目人間滄桑，《採珠行》寫盡了採珠者的悲慘辛酸，「海波無底珠沉海，採珠之人判死採。萬人判死一得珠，斛量買婢人何在。」〔註8〕唐代官府強行徵丁採玉，民工身歷危崖險溪，多有死者。此詩集中展現了中唐下層百姓慘痛的場面，通過這些微不足道的小人物的斑斑血淚，真實地再現了這些小人物的內心世界，表現他們承擔的過多的社會負荷和痛苦。《上陽白髮人》單選一個老宮女，敍寫其一生忍受的非人生活。爲了突出老宮女的苦難生活，作者運用鋪墊、對比手法，先寫「宮女三千合宮棄。宮門一閉不復開，上陽花草青苔地。月夜閒聞洛水聲，秋池暗度風荷氣。日日長看提眾門，終身不見門前事。」〔註9〕突出宮中生活的清冷、淒慘和寂寞；再寫「近年又送數人來，自言興慶南宮至」，說明受害者還在不斷增加，更突出了宮女生活的悲慘。在如此漫漫長夜中煎熬、永無出頭的宮女，「我悲此曲將徹骨，更想深冤復酸鼻。」一個「酸」字，道盡了白髮蒼蒼的老人多少辛酸！《夫遠征》則敍寫了無休止的戰爭對人民造成的痛苦：「坑中之鬼妻在營，髽麻戴絰鵝雁鳴。送夫之婦又行哭，哭聲送死非送行。夫遠征，遠征不必戍長城，出門便不知死生。」〔註10〕這些大唐王朝的臣民，他們在社會最底層掙扎、在默默地忍受、在無奈中跋涉、在寒風中顫抖、抹一把淚水，淒涼地微笑。諫政詩的確迅速反映了社會現實中的種種問題和矛盾，其揭露問題的深度和力度都是空前的。

不少人「採取現代意義上的文學觀念，把視線僅僅集中在審美性、藝術性等現代的文學觀照的範圍內」，〔註11〕對諫政詩提出批評，認爲其過於淺顯直露，文學性不足。事實上，古人關於文學問題的思考，幾乎都是圍繞政治、思想、文化等當時發展過程中所存在的問題而言的，並非只針對文學本身的

〔註 7〕 冀勤點校：《元稹集》卷二四，第 277～278 頁。

〔註 8〕 唐·元稹：《和李校書新題樂府十二首並序》，《元稹集》卷二四，第 278 頁。

〔註 9〕 唐·元稹：《上陽白髮人》，《元稹集》卷二四，第 278 頁。

〔註 10〕 唐·元稹：《夫遠征》，《元稹集》卷二三，第 259 頁。

〔註 11〕 夏靜：《禮樂文化與中國文論早期形態研究》，中華書局 2007 年版，第 2 頁。

問題而提出解答。將現代人的觀念強加於古人，導致長期以來我們未能準確把握諫政詩的發生特質，亦使諫政詩豐富的內涵簡單化、窄義化。去除這一屏蔽，也許能夠爲我們探討中唐監察官文學家的創作心路，理解唐代文學發展的特殊性和豐富性等方面，帶來一些新的啓發。

（二）強烈的批判性

　　從創作動機來看，李紳、元稹等御史的創作動機也較其他社會角色明確，就是「救濟人病，裨補時闕。」中唐社會戰亂四起、民生凋弊。敏感深刻的中唐詩人，深深體會到社會的弊病並在其筆下多有書寫。但他們或憑藉詩人對時代空氣的直覺敏感，或因一己的悲慘遭遇而生發感慨，最多也是因對民生疾苦的深深同情而形諸筆端。總之，是他們更多靠直觀感受寫作，而缺少御史那種對社會問題的職業性思考。這樣，他們寫作的動機、深度便不能不受到影響。而李紳、元稹等御史作爲維護國家機器正常運轉的「耳目之官」，關注社會問題、革除弊政是其職業使命。史載，元稹「性鋒銳，見事風生，既居諫垣，不欲碌碌自滯，事無不言，即日上疏《論諫職》。」〔註12〕他在《論諫職表》中，批評「近年以來，正衙不奏事，庶官罷巡對」，「除授有不當，則奏一封執一見而已」〔註13〕的不正常狀況。自授御史已來，元稹「舉奏不避權勢，只如奏李佐公等事，多是朝廷親情。……臣又聞元稹自去年以來，舉奏嚴礪在東川日枉法，沒入平人資產八十餘家；又奏王紹違法給券，令監軍押樞及家口入驛；又奏裴玢違敕徵百姓草；又奏韓皋使軍將封杖打殺縣令。如此之事，前後甚多，屬朝廷法行，悉有徵罰。計天下方鎭，皆怒元稹守官。」〔註14〕從中我們不難看到元稹對社會問題的深度關注，對不合理現象的強烈批判。這種對社會問題的職業性思考和批判意識，使元稹在創作動機上更爲明確，諫政詩具有更爲強烈的批判性。

　　在諫政詩創作中，元稹恪守御史職責，有力地發揮了詩歌的戰鬥效果，猛烈抨擊了中唐社會種種不合理現象。如其《田野狐兔行》云：「種豆耘鋤，種禾溝甽。禾苗豆甲，狐榾兔窵。割鵠喂鷹，烹麟啖犬。鷹怕兔毫，犬被狐引。狐兔相須，鷹犬相盡。日暗天寒，禾稀豆損。鷹犬就烹，狐兔俱哂。」〔註15〕

〔註12〕後晉・劉昫：《舊唐書》卷一一六《元稹傳》，第4327頁。
〔註13〕唐・元稹：《論諫職表》，《元稹集》卷三三，第378頁。
〔註14〕後晉・劉昫：《舊唐書》卷一六六《白居易傳》，第4343頁。
〔註15〕唐・元稹：《田野狐兔行》，《元稹集》卷二三，第262頁。

深刻揭露了朝廷「兔死獵狗烹」的用人之弊。《夫遠征》則是對統治者窮兵黷武的控訴：「趙卒四十萬，盡爲坑中鬼。趙王未信趙母言，猶點新兵更填死。填死之兵兵氣索，秦強趙破括敵起。括雖專命起尙輕，何況牽肘之人牽不已。坑中之鬼妻在營，髽麻戴絰鵝雁鳴。送夫之婦又行哭，哭聲送死非送行。夫遠征，遠征不必戍長城，出門便不知死生。」〔註 16〕諫政詩以其富有原創性的文本將批判的鋒芒直指那些窮奢極欲的統治者，展示出中唐御史文學家寫作的深度。

從中可以看出，諫政詩多是與現實政治、社會民生密切相關的內容，有著異常明確的政治指向。讀元稹諫政詩，我們好像在讀一部封建政書。如《貞觀政要》中所列的「君道」、「政體」、「奢縱」、「貪鄙」、「務農」、「征伐」等事關朝政的要務多在其諫政詩中有所包容。正是以御史的批判性思維考量詩歌與現實政治之關係，元稹才將自己全部的政治熱情都投入到諫政詩創作中，從而最大程度地最有效地實踐了《詩經》的諫諍精神。應該說，在中唐以前的文壇上，還沒有一位作家如此具體而直接地從事諫政詩創作。這些詩作藝術上的成敗得失是可以討論的，但有一點非常清楚，即諫政詩是一位稱職的御史手中運用得最有力的一種武器，是儒家政教觀念在中唐文壇的充分實踐。

（三）語言的通俗性

出於以詩代諫的諫諍需要，諫政詩強調語言的直切尖銳，多用口語、俗語，或「雖用古題，全無古義」；或「頗同古義，全創新詞」。如「捉捕復捉捕，莫捉狐與兔。狐兔藏窟穴，豺狼妨道路。」〔註 17〕《出門行》幾乎全是下層百姓的獨白：「兄弟同出門，同行不同志。淒淒分歧路，各各營所爲。兄上荊山巔，翻石辨虹氣。弟沉滄海底，偷珠待龍睡。出門不數年，同歸亦同遂。」〔註 18〕《有鳥二十章》則模仿杜少陵之《同谷七歌》：「有鳥有鳥毛似鶴，行步雖遲性靈惡。主人但見閒慢容，行占蓬萊最高閣。弱羽長憂俊鶻拳，疽腸暗著鴟雛啄。千年不死伴靈龜，梟心鶴貌何人覺。」〔註 19〕又對當時世人的種種醜態予以辛辣的諷刺。出於以詩諫政的需要，這些詩作很少使用典

〔註 16〕唐·元稹：《夫遠征》，《元稹集》卷二三，第 261 頁。
〔註 17〕唐·元稹：《捉捕歌》，《元稹集》卷二三，第 266 頁。
〔註 18〕唐·元稹：《出門行》，《元稹集》卷二三，第 265 頁。
〔註 19〕唐·元稹：《有鳥二十章》，《元稹集》卷二五，第 292 頁。

故，更不使用生僻艱深之詞。元稹所謂：「二十年間，禁省、觀寺、郵候牆壁之上無不書；王公、妾婦、牛童、馬走之口無不道。至於繕寫模勒，衒賣於市井，或持之以交酒茗者，處處皆是。有甚者，有至於盜竊名姓，苟求自售，雜亂間廁，無可奈何！予嘗於平水市中，見村校諸童，競習歌詠，召而問之，皆對曰：『先生教我樂天、微之詩。』」〔註 20〕在古代文學傳播存在諸多不便的時代，其不通俗，又怎能傳播如此久遠。

諫政詩不採用爲其他角色所不免的「比興寄託」的寫作方式，即他們不以「臣妾自戀」來傳達什麼「政治上的失意牢騷」，不以「善女香草」來託寓什麼「忠貞之情」。其他社會角色的創作不直接表示他們的慍怒不平之感，採用「美人香草」的構思抒情，是有其考慮的，因爲這樣的抒情視角，合乎文學傳統所推重的含蓄美規範。而中唐御史捨棄這一創作構思，一方面源於其剛直的心性，更重要的是基於「以詩代諫」的參政需要，他們要求詩歌深刻、直接揭露社會問題，「欲見之者易喻，欲聞之者深戒，欲採之者傳信」，以達到最佳的諫諍效果。這種務於實用的寫作目的，必然要求諫政詩創作「其辭質而徑，其言直而切，其體順而肆。」

因爲不是爲詩而詩，而是以詩代諫的職責所繫、是干預現實的崇高使命，是骨鯁在喉、不吐不快之宣洩，諫政詩經驗與表現的關係大多比較直接。這些以「補察時政」、「泄導人情」爲宗旨，表現「兼濟之志」的諫政詩，最重要的特點是具有強烈的現實性、時代感和批判性，它對權豪貴近的鞭撻，對窮兵黷武者的批判，對民生疾苦的深切同情，不僅具有承擔社會責任和道德的力量，而且有助於克服長期以來詩歌寫作中「嘲風雪、弄花草」的不良傾向。「陵夷至於梁陳間，率不過嘲風雪、弄花草而已。……然則『餘霞散成綺，澄江靜如練』；『離花先委露，別葉乍辭風』之什，麗則麗也，吾不知其所諷也。」（《與元九書》）〔註21〕晉宋以還，一個相當長的時期內，詩歌過分強調了形式追求，而忽略了詩歌本應承擔的社會責任和社會擔當，以致「逶迤頹靡，風雅不作。」面對現實生活的痛楚、生存狀況的無奈，缺失了一個詩人最應該具備的衝動和悲憫，無比悠閒地陶醉在自娛自樂之中，「官小志已足，時清免負薪。卑棲且得地，榮耀不關身。」〔註 22〕從此意義而言，諫政詩以

〔註 20〕唐・元稹：《白氏長慶集序》，《全唐文》卷六五三，第 3918 頁。
〔註 21〕唐・白居易著，朱金城箋校：《白居易集箋校》卷四五，第 959 頁。
〔註 22〕唐・錢起：《縣中池竹言懷》，《全唐詩》卷二三八，第 2652 頁。

其飽含著的關心民瘼、憫懷瘡痍的現實內容，標誌著繼杜甫之後現實主義文學的新高峰，也得到後世文人的深深認同。

當然也有人對諫政詩極端強調干預政治、強調現實性、時代性而忽略詩歌藝術的傾向不滿，指出其不含蓄、不簡練、公式化、概念化的缺陷。〔註23〕關於這兩種觀點相左的意見，一是站在詩歌的社會承擔立場看到了其優點，一是站在美學立場發現了其不足，應該說，兩種觀點都有其合理性，並觸及到詩歌創作中的一些關鍵問題。

三、御史經歷對元稹諫政詩創作的激發

在分析了元稹諫政詩的特色之後，新的問題便接踵而來，引人深思：元稹為什麼如此執著地從事諫政詩創作？御史經歷對元稹諫政詩創作有何影響？這是值得認真研究的。

元稹於元和四年（809年）任監察御史，元和五年（810年）被貶為江陵士曹參軍。〔註24〕元稹對自己的監察官職務是很重視的，他批評「凡今之人，以上封進計為妄動，拾遺補闕為冗員」，「喉舌坐成木，鷹鸇化為鳩。避權如避虎，冠豸如冠猴。」〔註25〕視諫諍為畏途的消極態度，積極從事監察實踐，「時有河南尉離局從軍職，尹不能止。監察使死，其樞乘傳入郵，郵吏不敢詰。內園司械繫人愈年，臺府不得知。飛龍使匿趙氏亡命奴為養子，主不敢言。浙右帥封杖決安吉令至死，子不敢愬。凡此數十事，或奏、或劾、或移，歲餘皆舉證之。」使「內外權臣無奈何，咸不快意，……黜為江陵士曹掾。」〔註26〕

生活環境的改變和具體的彈劾實踐，帶來思維方式、審美心理的移位，對元稹的文學思想、文學創作均產生了重要影響。他稱讚李紳「新題樂府二十首，雅有所謂，不虛為文，……病時之尤急者。」作為監察官，元稹有著異常明確的「病時」，干預現實政治、革除吏治之弊的職業使命；作為文學家，元稹又視文學為自己的生命；監察官與文學家的雙重身份，使元稹必然要尋找一種二者得兼的形式從事監察活動，既要完成自己的監察使命，又要突出

〔註23〕袁行霈：《白居易詩歌的藝術成就和缺陷》，見《光明日報》1963年6月9日。

〔註24〕後晉・劉昫：《舊唐書》卷一六六《元稹傳》，第4329頁。

〔註25〕唐・元稹：《陽城驛》《全唐詩》卷三九七，第4458頁。

〔註26〕唐・白居易：《河南元公墓誌銘並序》，《全唐文》卷六七九，第4098頁。

詩歌的社會功用。這樣，諫政與詩歌相互交融、以詩干預政治的詩體形式——諫政詩就產生了。元稹曾述及自己諫政詩的創作目的、動機：

> 《詩》訖於周，《離騷》訖於楚，是後詩之流爲二十四名：賦、頌、銘、贊、文、誄、箴、詩、行、詠、吟、題、怨、歎、章、篇、操、引、謠、謳、歌、曲、詞、調。皆詩人六義之餘，而作者之旨。……況自風雅至於樂流，莫非諷興當時之事，以貽後代之人。沿襲古題，唱和重複，於文或有短長，於義咸爲贅剩。尚不如寓意古題，刺美見事，猶有詩人引古以諷之義焉。曹、劉、沈、鮑之徒時得如此，亦復稀少，近代唯詩人杜甫《悲陳陶》、《哀江頭》、《兵車》、《麗人》等，凡所歌行，率皆即事名篇，無復倚傍。余少時與友人樂天、李公垂輩，謂是爲當，遂不復擬賦古題。昨梁州見進士劉猛、李餘，各賦古樂府詩數十首，其中一二十章，咸有新意，余因選而和之。其有雖用古題，全無古義者，若《出門行》不言離別，《將進酒》特書列女之類是也。其或頗同古義，全創新詞者，則《田家》止述軍輸，《捉捕》詞先螻蟻之類是也。劉、李二子方將極意於斯文，因爲粗明古今歌詩同異之音焉。〔註27〕

諫政詩在元稹手中演化成一種挽結文學與政治的紐帶，它實現了從《詩經》以來文學政治化的詩教理想，使文學的教化功能得以彰顯。可見，御史經歷激發了元稹的諫政詩創作。元稹之所以選擇和偏愛諫政詩形式，是一種有意識的文體選擇，這種選擇主要是元稹以御史的思維考量言與政的關係，是「以詩諫政」的功能意識起著支配作用的結果。

　　啖助《春秋》學派經世致用的思想對元稹影響甚大，在御史任上，元稹自覺地將御史關心民瘼、批判現實的精神融入諫政詩歌創作中，其《和李校書新題樂府十二首》、《樂府古題》、《連昌宮詞》等都是進諫諷政的名篇。在這些詩中，元稹或敘底層民眾之苦、或揭露社會的黑暗、或針砭吏治之弊、或批判權相誤國，最大程度地賦予詩歌諫誡規諷功能。歷來將《連昌宮詞》和白居易《長恨歌》相提並論，但兩詩卻大不相同，洪邁云：「《長恨歌》不過述明皇，追愴貴妃始末，無他激揚，不若《連昌宮詞》有諫誡規諷之意。」〔註28〕出於監察御史的職業使命，元稹對兵火、苛政煎熬下的底層民眾給予

〔註27〕唐・元稹：《樂府古題序》，見《全唐詩》卷四一八，第4604頁。
〔註28〕南宋・洪邁撰、孔凡禮點校：《容齋隨筆》卷一五，中華書局2005年版，第

了深切的同情，把眞切而廣泛的同情投向那些無依無靠的平民，寫出了他們的悲苦辛酸。「織夫何太忙，蠶經三臥行欲老。蠶神女聖早成絲，今年絲稅抽徵早。」〔註29〕此詩寫織婦終歲勤動、整年勞苦，自己卻終老不能出嫁。作者自注：「予掾荊時，目擊貢綾戶有終老不嫁之女。」可見這是中唐社會的眞實情況。陳寅恪評其爲「詞極精妙，而意至沉痛。較樂天《新樂府》之明白曉暢者，別具蘊蓄之趣。」〔註30〕誠爲卓見。

　　另外，元稹之所以選擇和偏愛諫政詩形式，還是順應文學樣式發展趨向的選擇。詩歌教化、敢於現實的功能，是中國詩學的優良傳統。在元稹之前，「唐興二百年，其間詩人不可勝數。所可舉者，陳子昂有《感遇詩》二十首，鮑防有《感興詩》十五首。又詩之豪者，世稱李杜。李杜之作，才矣奇矣，人不逮矣。」〔註31〕「杜甫《悲陳陶》、《哀江頭》、《兵車》、《麗人》等，凡所歌行，率皆即事名篇，無復倚傍。」〔註32〕中唐時，張籍、王建寫作樂府詩，謂之「張王樂府」，白樂天、李公垂、劉猛、李餘等，「各賦古樂府詩數十首，其中一二十章，咸有新意。」從杜甫開始，至中唐，存在一個源源不斷地寫作樂府詩的傳統。元稹的創作正是對文學發展趨勢的繼承和發展。明人胡應麟云元稹「新題樂府」如「《華原磬》、《西涼伎》之類，皆風刺時事，蓋仿杜陵爲之者，……語句亦多仿工部。」〔註33〕值得注意的是，元稹並不是被動地接受這一文學發展史的結果，而是從自己更爲深刻的文化目的出發，依據自己對於時代與文學、自身社會角色與文學關係獨到的理解，以其富有創造性的藝術實踐，終於促成諫政詩這一文學樣式的成熟和完善。作家對於某一文體的選擇，固然受制於特定的時代，但另一方面，作家在多大程度上意識到了時代的要求，在多大程度上自覺地順應時代的要求以作出自己的選擇，卻是更爲重要的。元稹所謂「予遭理世而君盛聖，故直其詞以示後。使夫後之人，謂今日爲不忌之時也。」〔註34〕可見元稹充分意識到時代的要求，才努力使自己的文學活動服務於時代的需要。

200～201 頁。

〔註29〕唐・元稹：《織婦詞》，《全唐詩》卷四一八，第 4607 頁。

〔註30〕陳寅恪：《元白詩箋證稿》，上海古籍出版社 1978 年版。

〔註31〕唐・白居易著，朱金城箋校：《白居易集箋校》卷四五，第 959 頁。

〔註32〕唐・元稹：《古題樂府序》，《元稹集》卷二三，第 255 頁。

〔註33〕明・胡應麟：《詩藪》內編卷三，上海古籍出版社年 1958 年版，第 53 頁。

〔註34〕唐・元稹：《和李校書新題樂府十二首序》，《元稹集》卷二四，第 278 頁。

作為有著強烈社會責任感的詩人，御史職位為元稹的社會關懷提供了一個極好的政治平臺，監察官經歷，培養了他們的思維習慣和觀察、思考社會問題的特殊視角。御史的職業使命，加強了他們對現實政治的清醒認識，這種認識反映到詩歌創作中，極大地加強了他們詩歌的現實主義精神。元稹的藝術才能在諫政詩這一詩體形式中得到了充分的施展，詩人也在諫政詩創作中最大程度地實現了自己作為監察官的價值。諫政詩，標誌著元稹作為文學家與御史兩種社會角色契合的獨特方式。

第二節　職使行程與御史紀行詩

唐代御史由於職責所繫，經常巡查州縣，巡邊查訪、知南選、出使各國，所到之處，不少御史文學家給後人留下了大量紀行之作。這些詩內涵豐富，具有明顯的地域文化特徵和重要的歷史認識價值，是唐詩研究中一個尚待開發的領域。本節擬對御史文學家的地域意識及其紀行詩的認識價值予以闡述。

一、御史紀行詩的產生

唐代御史臺作為朝廷「紀綱之司」，職責廣泛而重大。州、縣地方政府在國家政治生活中的重要性是不言而喻的。唐王朝非常重視對州、縣地方政府的監察工作，始終將巡按州縣作為御史臺的一項主要職責。御史的工作職責是彰善癉惡、激濁揚清，「政之理亂，實由此也。」（《令御史錄奏內外官職事詔》）〔註35〕《唐六典》規定，監察御史「若在京都，則分察尚書六司，糾其過失」〔註36〕「百僚有奸非隱伏，御史大夫得專推劾，若中書門下五品以上，尚書省四品以上，諸司三品以上，則書而進之。」〔註37〕「開元二十二年，宰相張九齡奏初置十道採訪處置使，開元二十五年，「命諸道採訪處置使考課官人善績，三年一奏，永為常式。」〔註38〕大曆時，顏真卿向代宗所上奏疏中，特別強調御史巡察州縣的重要意義，「御史者，陛下腹心耳目之臣也。故其出使天下，事無鉅細得失，皆令訪察，回日奏聞，所以明四目、達四聰也。」

〔註35〕《唐大詔令集》卷一○○，影印文淵閣四庫全書本，臺灣商務印書館 1983 年版。

〔註36〕唐・李林甫等：《唐六典》卷一三「御史臺」，第 382 頁。

〔註37〕唐・李林甫等：《唐六典》卷一三「御史臺」，第 378 頁。

〔註38〕宋・王溥撰：《唐會要》卷七八「採訪處置使」條，第 1680 頁。

〔註39〕御史巡查州縣，不僅「察官人善惡」，對官員個人監察，而且包括對地方政府機構、部門的監察，有利於從源頭上、制度上預防腐敗，對保證州、縣基層政權的正常運行，有著重要作用。「獄成收夜燭，整矣出登車。黃葉辭荊楚，青山背漢初。」〔註40〕從司空曙的描寫中，可見到御史巡察州縣之情況。御史出巡，還可糾正冤假錯案，監督國家法律在地方的實施。這對於懲治犯罪，保障下層民眾的利益是有積極作用的。

唐代御史還有監軍、監察科舉考試、監督銓選的職責，對嶺南、黔中的舉選亦有監察權。設置南選，是爲了便於在遙遠的嶺南、黔中等地選拔人才。「上元三年八月七日敕：桂、廣、交、黔等州都督府，比來所奏由土人首領，任官簡擇，未甚得所。自今以後，宜準舊制，四年一度差強明清正五品以上官，充使選補，仍令御史同往注擬。」〔註41〕《唐六典》規定：「凡嶺南及黔府選補，亦令（監察御史）一人監其得失。」〔註42〕監察御史對南選「同往注擬」，進行監察，以保證選舉之公正、嚴肅。此類職事行程導致相應詩作的產生，如孫逖《送張環攝御史監南選》:「漢使得張綱，威名攝遠方。恩沾柱下史，榮比選曹郎。」〔註43〕即是送御史知南選的詩作。

御史剛正嚴明，臨事不苟，故唐王朝常派御史充當使節，出使各國。「寶應二年三月，遣左散騎常侍兼御史大夫李之芳、左庶子兼御史中丞崔倫使於吐蕃。」〔註44〕「建中三年，以都官員外郎樊澤兼御史中丞，充吐蕃計會使。」〔註45〕貞元十六年，「令司封郎中、兼御史中丞韋丹持節冊命」新羅王。〔註46〕永貞元年，懷信可汗卒，使來告喪，唐王朝「以鴻臚少卿、兼御史中丞孫杲持節充弔祭冊立使。」〔註47〕永昌五年五月，「命右散騎常侍、兼御史中丞李杖持節充冊使。」等。因御史出使而引發的詩歌創作，在《全唐詩》中並不少見，如李益《送歸中丞使新羅冊立弔祭》；〔註48〕皇甫曾《送歸中丞使新

〔註39〕後晉・劉昫：《舊唐書》卷一二八《顏眞卿傳》，第3592頁。

〔註40〕司空曙：《送劉侍御》，《全唐詩》卷二九三，第3332頁。

〔註41〕宋・王溥撰：《唐會要》卷七五「南選」條，第1621頁。

〔註42〕唐・李林甫等：《唐六典》卷一三《御史臺》，第382頁。

〔註43〕唐・孫逖：《送張環攝御史監南選》，《全唐詩》卷一一八，第1191頁。

〔註44〕後晉・劉昫：《舊唐書》卷一九六《吐蕃傳上》。

〔註45〕宋・王溥撰：《唐會要》卷九七「吐蕃」，第2055頁。

〔註46〕宋・王溥撰：《唐會要》卷九五「新羅」，第2029頁。

〔註47〕宋・王溥撰：《唐會要》卷九八「回紇」，第2072頁。

〔註48〕唐・李益：《送歸中丞使新羅冊立弔祭》，《全詩》卷二八三，第3220頁。

羅》、《送湯中丞和蕃》；皇甫冉《送歸中丞使新羅》；吉中孚《送歸中丞使新羅冊立弔祭》；權德輿《送張閣老中丞持節冊弔回鶻》等。

　　生活是文學創作的源泉，上述各種職事，使御史的行程至爲廣泛，從北國塞漠到嶺南沿海，從雪域高原到高麗半島，處處留下了唐代御史活動的蹤跡。御史行使其職事活動的過程，也是文學創作過程。御史文學家一旦有緣目睹異域景觀，感受別樣風情習俗，當感蕩心靈、行諸舞詠。御史所到之處，得江山之助，自會欣然高歌，極盡吟詠，大量的紀行之作應運而生。

二、御史紀行詩的內容

　　不同地域，其山川、風物、民俗以及文化積澱等等各有特點，文人一旦有機會介入，就可能以主人的姿態來介紹暫居其中的特定區域文化。御史職事行程是如此廣泛，所到之處，特定地區獨特的地域風光無不滌蕩著御史文學家的心胸，從而寫就了諸多描寫出使途中自然風光、民風民俗的作品。

　　武后、中宗朝，以詩名世的「文章四友」之一李嶠，曾以監察御史身份出使嶺南，《舊唐書》卷九四載：「李嶠，……累轉監察御史。時嶺南邕、嚴二州首領反叛，發兵討擊，高宗令李嶠往監軍事。」〔註49〕此次以監察御史身份監軍嶺南，李嶠作有《安輯嶺表事平罷歸》詩。唐代嶺南尙未開發，對世人而言是一塊充滿神秘色彩的世界，故唐人多有嶺南風土、人情、物產的專書，如劉恂《嶺表錄異》、莫休符《桂林風土記》等。《嶺表錄異》云：「南中草萊，經冬不衰，故園蔬之中，載種茄子，宿根有二三年，漸長枝幹，乃爲大樹。每夏秋熟，則梯樹摘之。三年後，樹漸老，子稀即伐去，別栽嫩者。」〔註50〕嶺南對唐人來說是多麼奇異，簡直是一個光怪陸離的世界。當久處中原的李嶠來到這奇山異水、天下都絕之地，看到的是一個與中原完全不同的旖旎風光，不禁訝然、愕然，眼界爲之大開，對嶺南自然風光有著更爲具體、眞切、新奇的感受。他眼有所見、耳有所聞、心有所感，筆底流出的，就是李嶠領略這色彩斑斕的奇異世界的藝術再現：「日落澄氛靄，憑高視襟帶。東甌抗於越，南斗臨吳會。春色繞邊陲，飛花出荒外。卉服紛如積，長川思遊客。風生丹桂晚，雲起蒼梧夕。去舳艤清江，歸軒趨紫陌。衣裳會百蠻，琛

〔註49〕後晉・劉昫：《舊唐書》卷九四《李嶠傳》，第2992頁。
〔註50〕唐・劉恂：《嶺表錄異》，見《中華野史》，泰山出版社1999年版，第1068頁。

豐委重關。」〔註 51〕李嶠對嶺南風光相當準確、細膩的描繪,為唐人揭開了其神秘、美麗的面紗,這在唐代詩人中可謂較早的、詩化的「嶺南風土記」。

儲光義,天寶末官監察御史,曾經出使范陽。范陽地處幽燕,毗鄰朔方,風急天高,民風慷慨悲歌、好氣任俠,相聚遊戲,悲歌慷慨,具有既不同於中原、關隴,又不同於齊魯、江南的特點。該地特殊的氣候、風光就成了儲光義矚目的對象,其出使途中所作的《效古二首》等詩,即是活生生的范陽一帶的典型風光:

> 晨登涼風臺,暮走邯鄲道。曜靈何赫烈,四野無青草……〔註 52〕

> 東風吹大河,河水如倒流。河洲塵沙起,有若黃雲浮……〔註 53〕

涼風、沙塵、黃雲,無不具有濃鬱的邊地氣息,因為風勢急速,來勢兇猛,直吹得河水像倒流一般,被風卷起的沙塵暴,就像黃雲浮在空中,遮天蔽日,準確寫出了幽州一代勁風凜冽、氣候乾旱,可謂神來之筆。儲光義又出使西北邊塞,作有《使過彈箏峽作》詩:

> 鳥雀知天雪,群飛復群鳴。原田無遺粟,日暮滿空城。

> 達士憂世務,鄙夫念王程。晨過彈箏峽,馬足凌兢行。

> 雙壁隱靈曜,莫能知晦明。皚皚堅冰白,漫漫陰雲平。

> 始信古人言,苦節不可貞。〔註 54〕

這首紀行詩描繪的是在黎明前奔走於西北邊地之情景,西部高原拂曉的寒冷、晦明莫辨、孤燈雪夜、點點寒星,描寫是那樣的真切、細膩。若非御史職事行程中的親身體驗,又怎能如此形象生動?

御史巡查,「率是三月以後出都,十一月終奏事,時限所迫,簿書填委,晝夜奔逐,以赴限期。」〔註 55〕奔波於各地,足跡遍及四處。由於御史出使的原因,過去較少表現的區域山水、民俗習慣、氣候物產、地理風光在御史文學家筆下成為表現、歌詠的對象。元和四年,元稹奉命出使東川,其《使東川》組詩就給我們提供了一個極好的的樣本。《使東川》序云:「元和四年三月七日,予以監察御史使東川,往來鞍馬間,賦詩凡三十二首,秘書省校書郎白行簡為予手寫為《東川卷》。今所錄者,但七言絕句長句耳。起駱口驛,

〔註51〕唐·李嶠:《安輯嶺表事平罷歸》,《全唐詩》卷五七,第 688 頁。

〔註52〕唐·儲光義:《效古二首》其一,《全唐詩》卷一三六,第 1380 頁。

〔註53〕唐·儲光義:《效古二首》其二,《全唐詩》卷一三六,第 1380 頁。

〔註54〕唐·儲光義:《使過彈箏峽作》,《全唐詩》卷一三六,第 1379 頁。

〔註55〕後晉·劉昫:《舊唐書》卷九四《李嶠傳》,第 2993 頁。

盡望驛臺，二十二首云。」〔註 56〕這組紀行詩所展現的，不啻爲一幅幅巴山蜀水的風俗畫：萬竿叢竹、一江碧流、濤濤江聲、峨眉山月、層巒疊嶂、子規啼鳴，均極富濃鬱的地域特色。

如《南秦雪》：

> 帝城寒盡臨寒食，駱谷春深未有春。
>
> 才見嶺頭雲似蓋，已驚岩下雪如塵。
>
> 千峰筍石千株玉，萬樹松蘿萬朵銀。
>
> 飛鳥不飛猿不動，青驄御史上南秦。〔註 57〕

這首詩寫於早春三月、春寒料峭時節，「千峰筍石千株玉，萬樹松蘿萬朵銀」，是典型的南國風光，和北國山水是迥然不同的。唐代御史出巡、職責重大、威權有加，「青驄御史上南秦」，就流露出作者巡查州縣時的欣喜之情。又如《漢江上》詩云：

> 小年爲寫遊梁賦，最說漢江聞笛愁。
>
> 今夜聽時在何處，月明西縣驛南樓。〔註 58〕

出巡途中，不免有人在旅途的寂寞之感。此詩就寫出了作者巡查途中淡淡的愁思，元稹的這組紀行詩，詳細記錄了御史巡查的細節、經過，也展示了比較豐富、眞實的御史形象。

更爲可喜的是，由於御史職事行程的關係，過去很少表現的區域山水在御史文學家筆下得到充分展現。吐蕃迄唐始入史冊，《新唐書·吐蕃傳》云：「吐蕃本西羌屬，蓋百有五十種，散處河、湟、江、岷之間。有發羌、唐旄等。然未始與中國通。」〔註 59〕貞觀八年，吐蕃首次遣使來朝，貞觀十五年，文成公主嫁於吐蕃松贊干布，自後唐與吐蕃一直處於藩屬之間，和好相處、使節不斷。中唐貞元二十年，呂溫「爲入吐蕃使，行至鳳翔，轉侍御史。」〔註 60〕呂溫以侍御史身份出使吐蕃，沿途有不少紀行詩，如《河源軍漢村作》、《題和州赤岸橋》、《青海西寄竇三端公》等，從這些詩的詩題可見其入藏行程。特別是其《吐蕃別館和周十一郎中楊七錄事望白水山作》詩，更有著不同尋常的認識價值：

〔註 56〕唐·元稹：《使東川並序》，《元稹集》卷一七，第 193 頁。

〔註 57〕唐·元稹：《南秦雪》，《元稹集》卷一七，第 195 頁。

〔註 58〕唐·元稹：《漢江上》，《元稹集》卷一七，第 196 頁。

〔註 59〕宋·歐陽修：《新唐書》卷二一六上《吐蕃傳上》，第 6071 頁。

〔註 60〕後晉·劉昫：《舊唐書》卷一三七《呂渭傳·子溫附傳》，第 3769 頁。

純精結奇狀，皎皎天一涯。玉嶂擁清氣，蓮峰開白花。

半巖晦雲雪，高頂澄煙霞。朝昏對賓館，隱映如仙家。

夙聞蘊孤尚，終欲窮幽遐。暫因行役暇，偶得志所嘉。

明時無外戶，勝境即中華。況今舅甥國，誰道隔流沙。〔註61〕

在詩人筆下，雪山聖潔、雪蓮盛開、冰海琉璃、纖塵不染。一派雪域高原的典型風光。這就大大拓展了唐代文學的地理空間，以雪域佛國而著稱的吐蕃，在唐代御史文學家筆下才首次揭開了神秘的面紗，其獨特的自然風光第一次呈現在世人面前。自後至明清，藏遊紀行詩不斷湧現，成為中國文學百花園的一朵奇葩，實乃呂溫首開其端。

三、御史出行與唐代邊塞詩、山水詩的繁榮

論及唐代邊塞詩繁榮的原因，研究者多引用明人胡震亨《唐音癸籤》中的一段話來說明：

> 唐詞人自禁林外，節鎮幕府為盛。如高適之依哥舒翰，岑參之依高仙芝，杜甫之依嚴武，比比而是。中葉後尤多，蓋唐制，新及第人，例就辟外幕，而布衣流落之士，更多因緣幕府，驟級進身。
> 〔註62〕

其實，唐代邊塞詩繁榮的原因，不能僅僅以文人入幕來解釋。陳鐵民先生認為，唐代文人出塞，「至少應包括入幕、遊邊、使邊三個方面。」〔註63〕遊邊同唐代文士的漫遊之風有關係，使邊則主要是因各種職事活動的需要而出入邊塞。不少文人因為入幕、遊邊、使邊等的關係，較長時間居住、生活於邊地，對邊塞軍旅生活有著真切體驗，邊地生活的經驗無疑會積澱他們的生活經驗，促進其文學創作，從而為盛唐邊塞詩的繁榮做出自己的貢獻。這一點已經有學者論及，〔註64〕茲不贅述。

但在現有的研究中，研究者對唐代御史出入邊塞的情況卻語焉不詳。事

〔註61〕 唐・呂溫：《吐蕃別館和周十一郎中楊七錄事望白水山作》，《全唐詩》卷三七○，第 4158 頁。

〔註62〕 明・胡震亨：《唐音癸籤》卷二七，上海古籍出版社 1981 年版，第 285 頁。

〔註63〕 陳鐵民：《關於文人出塞與盛唐邊塞詩的繁榮》，見《文學遺產》2002 年第 3 期。

〔註64〕 如戴偉華《唐代使府與文學》，廣西師範大學出版社 1998 年版；陳鐵民《關於文人出塞與盛唐邊塞詩的繁榮》，見《文學遺產》2002 年第 3 期。

實上，唐代御史因監軍、使邊、巡邊、帶憲職入幕等多種原因出入邊塞，他們得江山之助，創作了許多優秀的邊塞詩，是唐代邊塞詩繁榮的重要原因之一。下面擬通過對盛唐御史出塞的情況進行考察，來說明御史出塞與盛唐邊塞詩繁榮的關係。

據相關史料，從開元初至至德初四十餘年間，以御史身份出入邊塞（包括幽州、朔方、河西、安西四鎮、北庭、隴右）的文學家約有以下諸人：

1. 封常清，《舊唐書》卷一〇四本傳：「（天寶）十一載，正見死，乃以常清爲安西副大都護，攝御史中丞，持節充安西四鎮節度、經略、支度、營田副大使，知節度事。十三載入朝，攝御史大夫。」〔註 65〕岑參《走馬川行奉送封大夫出師西征》。《全唐文》卷三三〇存封常清文一篇。

2. 王維，開元二十五年王維以監察御史身份出使邊塞，作有《使至塞上》、《出塞》等詩，王維今存邊塞詩 28 首。

3. 陳九言，《全唐文》卷三〇八孫逖《授陳九言起居舍人劉貺起居郎制》：「朝議郎守太子舍人攝殿中侍御史，朔方節度判官陳九言……可行起居舍人，散官如故。」〔註 66〕陳九言撰有《尙書省郎官石記序》。

4. 岑參，參見《唐才子傳校箋》卷三，爲唐代著名邊塞詩人，曾兩次出塞。天寶十三載，岑參爲大理評事、攝監察御史，充安西北庭節度判官。今存邊塞詩 80 餘首。

5. 崔□，岑參有《熱海行送崔侍御還京》詩，〔註 67〕知其以御史身份在邊塞。從岑參以詩送之來看，崔侍御亦能詩。

6. 儲光羲，天寶末官監察御史，曾經出使范陽，作有《觀范陽遞俘》、《效古二首》、《奉使朔方贈郭都護》等詩。今存邊塞詩 10 餘首。

7. 李華，天寶十一載（752 年）以監察御史身份出使朔方，寫有《奉使朔方贈郭都護詩》。

8. 劉眺，《李太白全集》卷一七《送程劉二使御兼獨孤判官赴安西幕府》，王琦注云：「判官有劉眺、獨孤峻。」〔註 68〕按《舊唐書·封常清傳》，開元末，安西四鎮節度使判官有劉眺，獨孤及等，蓋其人也。

〔註 65〕後晉·劉昫：《舊唐書》卷一〇四《封常清傳》，第 3028～3029 頁。
〔註 66〕唐·孫逖：《授陳九言起居舍人劉貺起居郎制》，《全唐文》卷三〇八，第 1860 頁。
〔註 67〕唐·岑參：《熱海行送崔侍御還京》，《全唐詩》卷一九九，第 2051 頁。
〔註 68〕清·王琦注：《李太白全集》卷一七，中華書局 1977 年版，第 800 頁。

9. 陳山慶，《全唐文》卷三五四王從敬《授陳山慶監察御史制》：「攝監察御史河西節度採訪處置使判官陳山慶。」〔註69〕

10. 哥舒翰，《全唐文》卷二五《加哥舒翰爵賞制》：「授鉞登壇，所以理兵用武；益封命職，所以褒德疇庸。才傑者建希代之功，績茂者有非常之賞。哲王令典，無或逾之。開府儀同三司兼鴻臚卿員外置同正員西平郡王判武部事攝御史大夫持節充隴右河西節度使支度營田長行轉運九姓等副大使知節度事赤水軍使上柱國涼國公哥舒翰，挺生朔陲，干城隴外。」〔註70〕今存詩1首。

11. 嚴武，《舊唐書》卷一一七本傳：「嚴武，中書侍郎挺之子也。神氣雋爽，敏於聞見。……弱冠以門蔭策名，隴右節度使哥舒翰奏充判官，遷侍御史。」〔註71〕今存邊塞詩1首《軍城早秋》。〔註72〕

12. 李光弼，《舊唐書》卷九《玄宗紀下》：「（天寶十五載）三月壬午朔，以河東節度使李光弼為御史大夫、范陽節度使。」〔註73〕今存邊塞詩1首。

13. 陽□，蘇頲《同餞陽將軍兼源州都督御史中丞》：「右地接龜沙，中朝任虎牙。然明方改俗，去病不為家。將禮登壇盛，軍容出塞華。朔風搖漢鼓，邊馬思胡笳。」〔註74〕從蘇頲詩來看，陽中丞亦能詩。

14. 王審禮，《全唐文》卷三五二樊衡《為幽州長史薛楚玉破契丹露布》稱，「臣又與侍御史王審禮節度副使烏知義及將士等僉議，咸以為然。」〔註75〕王於開元二十年至開元二十一年期間任侍御史。

15. 李史魚，《全唐文》卷五二〇梁肅《侍御史攝御史中丞贈尚書戶部侍郎李公墓誌銘》：「公忌諱史魚，……拜公殿中侍御史，參安祿山范陽軍事。……朝廷雅知公忠，遷侍御史充封常清幽州行軍司馬。」〔註76〕按：安祿山天寶三載（744年）～天寶十四載（755年）為幽州節度使，封常清天寶十四載（755年）為幽州節度使。知李史魚曾在安祿山、封常清幕。

〔註69〕唐・王從敬：《授陳山慶監察御史制》，《全唐文》卷三五四，第2127頁。
〔註70〕清・徐松等：《全唐文》卷二五，第172頁。
〔註71〕後晉・劉昫：《舊唐書》卷一一七《嚴武傳》，第3395頁。
〔註72〕唐・嚴武：《軍城早秋》，《全唐詩》卷二六一，第2908頁。
〔註73〕後晉・劉昫：《舊唐書》卷九《玄宗紀下》，第231頁。
〔註74〕唐・蘇頲：《同餞陽將軍兼源州都督御史中丞》，《全唐詩》卷七四，第82頁。
〔註75〕唐・樊衡：《為幽州長史薛楚玉破契丹露布》，《全唐文》卷三五二，第2116頁。
〔註76〕唐・梁肅：《侍御史攝御史中丞贈尚書戶部侍郎李公墓誌銘》，《全唐文》卷五二〇，第3130頁。

16. 喬琳，《舊唐書》卷一二七本傳：「喬琳，太原人。少孤貧志學，以文詞稱。天寶初，舉進士，補成武尉，累授興平尉。朔方節度郭子儀辟爲掌書記，尋拜監察御史。」喬琳於天寶十四載至乾元二年期間任監察御史。今存詩 1 首。

17. 李□，以御史身份充河西節度判官。《全唐詩》卷一一八孫逖《送李補闕攝御史充河西節度判官》：「昔年叨補袞，邊地亦埋輪。官序慚先達，才名畏後人。」〔註77〕李□是孫逖的詩友。

18. 程□，李白《送程劉二侍御兼獨孤判官赴安西幕府》。〔註78〕程侍御以判官赴安西幕府，李白作此詩送之，程當能詩。

19. 竇□，天寶十四載，竇侍御奉使西來，詩人高適與之唱和。高適《陪竇侍御靈雲南亭宴詩得雷字》序曰：「涼州近胡，……軍中無事，君子飲食宴樂，宜哉。」〔註79〕高適又有《陪竇侍御泛靈雲池》詩。竇侍御，唐人泛稱御史爲侍御，名不詳，從分韻唱和來看，無疑是能詩的。

20. 杜亞，《舊唐書》卷一四六本傳：「至德初，於靈武獻封章，言政事，授校書郎。其年，杜鴻漸爲河西節度，辟爲從事，累授評事、御史。」〔註80〕杜甫有《送從弟亞赴河西判官》詩。〔註81〕

21. 長孫□，杜甫有《送長孫九侍御赴武威判官》詩。長孫□，不詳何人，當時任御史，仇兆鰲記此詩作於至德二載。〔註82〕

限於篇幅，上述只是簡單的列舉。事實上，盛唐時期，唐代文士以御史身份出入邊塞的實際人數要遠遠多於上述統計數據。但我們還是能大致瞭解盛唐時期唐代御史出塞及邊塞詩創作的概貌。

開元二十五年（737 年），王維以監察御史的身份出使邊塞，大漠雄邊的蒼涼之景激發了其詩情，王維作有多首詩作如《使至塞上》、《出塞作》、《涼州郊外遊望》、《涼州賽神》、《雙黃鵠歌送別》、《從軍行》、《隴西行》、《隴頭吟》、《老將行》等詩，其中《從軍行》、《出塞作》、《老將行》等堪稱盛唐邊塞詩的名篇。特別是《使至塞上》一詩，歷來被譽爲盛唐邊塞詩的壓卷之作：

〔註77〕清·彭定求：《全唐詩》卷一一八，第 1191 頁。
〔註78〕清·王琦注：《李太白全集》卷一七，第 800～801 頁。
〔註79〕清·彭定求等：《全唐詩》卷二一四，第 2236 頁。
〔註80〕後晉·劉昫：《舊唐書》卷一四六《杜亞傳》，第 3962 頁。
〔註81〕清·仇兆鰲：《杜詩詳注》卷五，第 364～365 頁。
〔註82〕清·仇兆鰲：《杜詩詳注》卷五，第 362 頁。

單車欲問邊，屬國過居延。微蓬出漢塞，歸雁入胡天。

大漠孤煙直，長河落日圓。蕭關逢候吏，都護在燕然。〔註83〕

這首紀行詩，記述王維出使途中所見塞外奇特的自然風光，全詩畫面開闊，意境雄渾蒼勁，顧可久稱之為「雄渾高古」的名篇。王維以其邊塞詩創作的實績雄辯地說明御史使邊也是唐代邊塞詩繁榮的重要因素之一。

直到晚唐時，御史在其職事活動中仍然創作了一定數量的邊塞詩，豐富著唐代邊塞詩的創作。懿宗咸通十四年（873 年），李頻以侍御史身份出使鄜州，多題贈、紀行之作，如《鄜州留別王從事》、《贈涇州王從事》、《朔中即事》等詩。《朔中即事》尤傳誦一時，為人稱道：

關門南北雜戎夷，草木秋來即出師。

落日風沙長暝早，窮冬雨雪轉春遲。

山頭堠火孤明後，星外行人四絕時。

自古邊功何不立，漢家中外自相疑。〔註84〕

晚唐政治昏君當權，朝政敗壞，民不聊生，晚唐邊塞詩中英雄主義的熱情已日趨消冷，代之而起的則是對歷史的反思。晚唐邊塞詩的風格也趨於蕭颯，色彩陰鬱，景象悲苦，感情壓抑，情緒低沉。全詩描寫朔方山川風物，氣勢雄壯、遼闊蒼茫，詩人別出心裁，將悲慘和苦難熔塑在一起，甚可吟誦！

同樣，御史因各種職事活動的需要出入各地，所到地獨特的山光水色也成為御史文學家表現的對象，這些詩作自然豐富了唐代山水詩的創作。唐代文學中，御史巡察、鞫獄、出使各地所作的山水詩，數量之多，不勝枚舉。如開元二十八年（740 年），王維以殿中侍御史身份知南選，沿煙波浩渺的漢江順流而下，秀麗的南國山水又滌蕩著詩人心胸，王維作有《漢江臨泛》：

楚塞三湘接，荊門九派通。江流天地外，山色有無中。

郡邑浮前浦，波瀾動遠空。襄陽好風日，留醉與山翁。〔註85〕

該詩寫在漢江臨眺所見之景，給我們展現了一幅色彩素雅、格調清新、意境優美的水墨山水畫。元人方回評曰：「盛唐律詩體宏大，格高語壯。」〔註86〕

〔註83〕清・趙殿成箋注：《王右丞集箋注》卷九，上海古籍出版社1998年版，第156頁。

〔註84〕唐・李頻：《朔中即事》，《全唐詩》卷五八七，第6810頁。

〔註85〕清・趙殿成箋注：《王右丞集箋注》卷八，上海古籍出版社1998年版，第150頁。

〔註86〕引自陳伯海主編：《歷代唐詩評論選》，河北大學出版社2003年版，第464頁。

右丞此詩，寫景氣勢宏偉，足敵孟、杜《岳陽》之作。

　　寶應元年（762年），詩人元結爲殿中侍御史、荊南節度留後，作有《招孟武昌》、《退谷銘》、《杯湖銘》等山水詩。其《招孟武昌》詩云：

　　　風霜枯萬物，退谷如春時。窮冬涸江海，杯湖澄清漪。

　　　湖盡到谷口，單船近階墀。湖中更何好，坐見大江水。

　　　㪺石爲水涯，半山在湖裏。谷口更何好，絕壑流寒泉。

　　　松桂蔭茅舍，白雲生坐邊。武昌不干進，武昌人不厭。

　　　退谷正可遊，杯湖任來泛。湖上有水鳥，見人不飛鳴。

　　　谷口有山歌，往往隨人行。莫將車馬來，令我鳥歌驚。〔註87〕

該詩對江南風光有著細緻入微的描繪，「風霜枯萬物，退谷如春時。」隆冬時節，荊南一代卻如春天般溫暖，冬天正是枯水季節，杯湖卻清漪漣漣。加之此處松林、奇石、白雲、幽壑、茅舍、小舟，可謂一幅絕妙的荊南山水圖，讀之不僅使人頓生遊興。御史職事行程中的眞實見聞，開闊了御史文學家的眼界，形之於詩，才如此生動逼眞。

　　德宗貞元三年（787年），鄭常以殿中侍御史身份爲淮西藩鎮吳少誠判官，謀誅少誠以聽命於朝廷，事泄被殺。《資治通鑒》卷二三二載：「申蔡留後吳少誠，繕兵完城，欲拒朝命，判官鄭常、大將楊冀謀逐之，詐爲手詔賜諸將申州刺史張伯元等。事泄，少誠殺常、冀、伯元。」〔註88〕鄭常既是骨鯁忠臣，頗有氣節，效忠朝廷，又能文善詩，在淮西作有《寄邢逸人》、《送頭陀上人赴廬山寺》、《謫居漢陽白沙口阻雨，因題驛亭》等詩。其《送頭陀上人赴廬山寺》云：

　　　僧家無住著，早晚出東林。得道非眞相，頭陀是苦心。

　　　持齋山果熟，倚錫野雲深。溪寺誰相待，香花與梵音。〔註89〕

全詩體狀風雅，理致清新，高仲武《中興間氣集》評其詩曰：「常詩婉靡，雖未弘遠，已入文流。如『儒衣荷葉老，野飯藥苗肥。』『疇昔江湖意，而今憶共歸。』」〔註90〕由此可見御史的職事活動對其詩歌創作的哺育、促進之功。如果沒有御史的職事活動，唐代文學中也就相應缺少這類極具特定地區獨特

〔註87〕唐‧元結：《招孟武昌》，《全唐詩》卷二四一，第2706頁。

〔註88〕宋‧司馬光：《資治通鑒》卷二三二「唐紀四八」，第2870頁。

〔註89〕清‧彭定求：《全唐詩》卷三一一，第3512～3513頁。

〔註90〕唐‧高仲武《中興間氣集》，見《唐人選唐詩十種》，上海古籍出版社1978年版。

山水特徵的詩作。御史的職事活動，無疑是促成唐代山水詩繁榮的原因之一。

總之，御史的職事活動過程也是其文學創作過程，唐代御史在其職使行程中創作的紀行詩，描寫了特定地域的自然風光、民風民俗，是瞭解唐代區域文化風貌的寶貴資料。唐代御史的紀行詩，還爲唐代邊塞詩、山水詩的興盛帶來契機，是唐代邊塞詩、山水詩的繁榮的重要推動因素之一。

第三節　官場交際與御史唱和詩

詩詞唱和是中國文學史上一種極爲普遍的文學現象，它源遠流長、卓具特色。然對這一文學現象，歷來毀多譽少，如宋人嚴羽即云「和韻最害人詩。」〔註91〕明人王世貞說「和韻聯句，皆易爲詩害而無大益。」〔註92〕日本學者安藤孝行、前川幸雄諸先生較早對唱和詩給予關注，但多以遊戲視之。〔註93〕自20世紀80年代以來，國內學者逐漸注意唱和詩問題，並有些頗有見地的論述，〔註94〕但迄今爲止幾乎所有發表的論文都將唐代御史的唱和詩忽視在研究視野之外。本節擬對唐代御史唱和詩的發展、特點、評價等問題，作一些初步探討。

唐代進入御史臺的文士中不乏能詩者，御史臺舉行的各種集會中，御史之間有贈答、聯句、唱和的風氣。有些御史臺的臺長如顏眞卿、柳公綽等，本身便是著名詩人，他們鼓勵御史臺文士進行詩歌創作，因此，唐代御史臺彌漫著濃鬱的文學氛圍，爲御史唱和詩創作提供了良好的環境。另外，唐代御史特殊的社會地位和職事活動，使他們有機會與當時許多政要、名士交往，御史唱和詩也就應運而生。

〔註91〕郭紹虞校釋《滄浪詩話・詩評》，人民文學出版社1983年版。

〔註92〕明・王世貞：《藝苑卮言》卷一，見丁福保輯《歷代詩話續編》，中華書局1983年版。

〔註93〕日本學者安藤孝行有《唐詩唱和》、《唱和的遊戲》等文，見嚴紹：《日本的中國學者》，中國社會科學出版社1980年版。前川幸雄有《智慧的技巧的文學——關於元、白唱和詩的諸種形式》，見《陝西師範大學學報》1986年第4期。

〔註94〕如張志烈《蘇王唱和管窺》，見《四川大學學報叢刊》1985年；卞孝萱《元白次韻詩新探》，見《漢唐文史漫論》，陝西人民出版社1986年版；趙以武《唱和詩研究》，甘肅文化出版社1997年版；袁行霈《論和陶詩及其文化意蘊》，《中國社會科學》2003年第6期；鞏本棟《關於唱和詩詞研究的幾個問題》，《江海學刊》2006年第3期。

為了便於說明問題，我們首先將唐代御史的唱和詩創作進行簡略梳理，據現存史料，唐代御史臺文士參與的詩歌唱和活動統計如下：

1. 貞觀中，御史大夫韋挺有《喜霽》詩，褚亮有和作。

《全唐詩》卷三二褚亮有《和御史韋大夫喜霽之作》：「晴天度旅雁，斜影照殘虹。野淨餘煙盡，山明遠色同。」〔註95〕

2. 武后朝，賀遂亮與韓思彥同在憲臺，相互唱和。

《大唐新語》載：「賀遂亮與韓思彥同在憲臺，欽思彥之風韻，贈詩曰：『意氣百年內，平生一寸心。欲交天下士，未面一虛襟。』思彥酬之曰：『古人一言重，常謂百年輕。今投歡會面，顧眄盡平生。』」〔註96〕

3. 武后朝御史大夫李嗣真與杜審言等的唱和。

李嗣真，武后朝永昌中任御史中丞知大夫事，存撫河東，杜審言等有《和李大夫嗣真奉使存撫河東》〔註97〕詩。

4. 開元初監察御史裏行呂太一與同列御史張沈的唱和。

《大唐新語》載：「呂太一拜監察御史裏行，自負才華而不即眞，因詠院中竹葉以寄意焉。其詩曰：『濯濯當軒竹，青青重歲寒。心貞徒見賞，籜小未成竿。』同列張沈和之曰：『聞君庭竹詠，幽意歲寒多。歎息爲冠小，良工將奈何？』後遷戶部員外。戶部與吏部鄰司，吏部移牒戶部，令牆宇悉豎棘，以防令史交通。太一牒報曰：『眷彼吏部，銓綜之司，當須簡要清通，何必豎離（籬）插棘。』省中賞其俊拔。」〔註98〕《通典·職官六》：「開元初，置御史裏使及侍御史裏使、殿中裏使、督察裏使等官，並無定員，議與裏行同。穆思泰、元光謙、俱見監察。呂太一、翟章並爲裏使，尋省。」〔註99〕

5. 天寶十四載（755年）竇侍御與高適等詩人在涼州的唱和。

天寶十四載（755年），高適在涼州哥舒翰幕府掌書記，與李希言、竇侍御唱和，高適作有《陪竇侍御靈雲南亭宴詩得雷字》、《陪竇侍御泛靈雲池》詩。〔註100〕從詩題來看，當時有多人在涼州唱和。

6. 天寶十四載（755年）儲光羲在長安爲監察御史，與房琯唱和。

〔註95〕清·彭定求等：《全唐詩》卷三二，第447頁。
〔註96〕唐·劉肅：《大唐新語》卷八「文章」，第125頁。
〔註97〕清·彭定求等：《全唐詩》卷六二，第739頁。
〔註98〕唐·劉肅：《大唐新語》卷八「文章」，第125頁。
〔註99〕唐·杜佑：《通典》卷二四《職官典六》。
〔註100〕清·彭定求等：《全唐詩》卷二一四，第2236頁。

《全唐詩》卷一四八儲光義《同房憲部應旋》。〔註101〕房憲部即房琯。《舊唐書・房琯傳》:「（天寶）十四年，徵拜左庶子，遷拜憲部侍郎。」〔註102〕

7. 天寶十四載（755年）御史大夫封常清與岑參、李棲筠等的唱和。

天寶十四載（755年），封常清任御史大夫，代理北庭都護、伊西節度使。岑參、李棲筠等在北庭封常清幕府，《全唐詩》卷二〇〇有岑參《敬酬李判官院即事見呈》，李判官，即李棲筠，本年「遷安西封常清節度判官。」〔註103〕岑參還有《走馬川行奉送封大夫出師西征》、《奉陪封大夫宴得徵字時封公兼鴻臚卿》等詩。

8. 大曆五年（770年）至大曆八年（773年）御史大夫陳少游主持的唱和。

陳少游，「大曆五年，改越州刺史、兼御史大夫、浙東觀察使。八年，遷揚州大都督府長史、淮南節度觀察使，仍加銀青光祿大夫，封潁傳縣開國子。」〔註104〕大曆五年至八年，陳少游任御史大夫期間，追隨者甚眾，常有唱和活動。《全唐文》卷三四〇顏真卿《浪跡先生玄真子張志和碑銘》:「浙江東道觀察使御史大夫聞而悅之，坐必終日。……仍命評事劉太真為敘，因賦柏梁之什，文士詩以美之者十五人。」〔註105〕劉太真在浙東幕府，始為大理評事，轉監察御史，此外，還有李鋒任監察御史，亦是唱和參與者。

9. 《大曆年浙東聯唱集》二卷

穆員《鮑防碑》云:「天寶中，……公賦《感遇》十七章，……舉進士高第。……中州兵興，全德違難，辭永王，……為李光弼所致。光弼上將薛兼訓授專征之命於越，輒公介之。……東越仍師旅飢饉之後，三分其人，兵盜半之。公之佐兼訓也，令必公口，事必公手，兵兼於農，盜復於人。自中原多故，賢士大夫以三江五湖為家，登會稽者如鱗介之集淵藪，以公故也。〔註106〕鮑防在浙東「為浙東觀察使薛兼訓從事，累至殿中侍御史」，〔註107〕與浙東文人唱和極盛。鮑防、謝良輔、杜弈、丘丹、嚴維、呂渭、鄭概、陳元初、范燈、樊珣、劉蕃、賈弇、沈仲昌等十二人同賦《憶長安十二詠》、《狀江南

〔註101〕傅璇琮主編:《唐五代文學編年史》，遼海出版社1998年版，第922頁。
〔註102〕後晉・劉昫:《舊唐書》卷一一一《房琯傳》，第3320頁。
〔註103〕宋・歐陽修:《新唐書》卷一四六《李棲筠傳》，第4735頁。
〔註104〕後晉・劉昫:《舊唐書》卷一二六《陳少游傳》，第3564頁。
〔註105〕唐・顏真卿:《浪跡先生玄真子張志和碑銘》，《全唐文》卷三四〇，第2047～2048頁。
〔註106〕清・徐松等:《全唐文》卷七八三，第4825頁。
〔註107〕後晉・劉昫:《舊唐書》卷一四六《鮑防傳》，第3956頁。

十二詠》。又與嚴維、謝良輔、謝良弼、李清、劉蕃、丹丘、呂渭、范淹、陳
元初等三十七人聯句。〔註108〕宋人計有功《唐詩紀事》亦云：「鮑防，代宗時
以御史大夫歷福建、江西觀察使，……觀十二月詩及中元聯句，皆在江南時
事也。詠江南而憶長安，其意可見矣。」〔註109〕據賈晉華考證，《大曆年浙東
聯唱集》二卷，即當時鮑防聯唱詩人群的作品總集。今《大曆年浙東聯唱集》
存詩三十八首，偈十一首，序二首，聯唱詩人中姓名可考者有鮑防、嚴維、
劉全白、朱迪、呂渭、謝良輔、丘丹、陳允初、鄭槩、杜奕、范燈、樊珣、
劉蕃、賈弇、沈仲昌、李清、范淹、吳筠、□迴、□成用、張叔政、周頌、
裴晃、徐嶷、王綱、庾驟、賈肅、蕭幼和、李聿、杜倚、崔泌、任逵、秦瑀、
范絳、張著、段格、劉題等三十七人，可能參加者有秦系、朱放、張志和、
靈澈、清江、陸羽、李某等七人。〔註110〕

　　10. 貞元初戴叔倫與侍御史盧群的唱和。

　　《全唐詩》卷二七三戴叔倫《奉酬盧端公飲後贈諸公見示之作》：「佐幕
臨戎旌旆間，五營無事萬家閒。風吹楊柳漸拂地，日映樓臺欲下山。綺席晝
開留上客，朱門半掩擬重關。當時不敢辭先醉，誤逐群公倒載還。」〔註111〕
盧端公即盧群。《舊唐書・盧群傳》：「建中末，薦於朝廷，會李希烈反叛，詔
諸將討之，以群爲監察御史、江西行營糧料使。……貞元六年，入拜侍御史。」
〔註112〕

　　11. 貞元年間竇常和侍御史裴樞的唱和。

　　《全唐詩》卷二七一有竇常《和裴端公樞蕪城秋夕簡遠近親知》詩。〔註
113〕裴樞，貞元年間爲侍御史。唐代稱侍御史爲端公。

　　12. 權德輿與御史的唱和。

　　《全唐詩》卷三二四有權德輿《埇橋達奚四、於十九、陳大三侍御夜宴

〔註108〕《嘉泰會稽志》卷一○：「唐大曆中，鮑防、嚴維、呂渭而次三十七人聯句於
　　　　此。」
〔註109〕宋・計有功：《唐詩紀事》卷四七，上海古籍出版社2008年版，第715頁。
〔註110〕賈晉華統計人數爲38人，其中杜奕兩見，蓋作者筆誤，實際爲37人。見賈
　　　　晉華《唐代集會總集與詩人群研究》，北京大學出版社2001年版，第78頁。
〔註111〕唐・戴叔倫：《奉酬盧端公飲後贈諸公見示之作》，《全唐詩》卷二七三，第
　　　　3092頁。
〔註112〕後晉・劉昫：《舊唐書》卷一四○《盧群傳》，第3833頁。
〔註113〕唐・竇常：《和裴端公樞蕪城秋夕簡遠近親知》，《全唐詩》卷二七一，第3030
　　　　頁。

敍各賦二韻》：「滿樹鐵冠瓊樹枝，樽前燭下心相知。明朝又與白雲遠，自古河梁多別離。」〔註114〕

13. 貞元二十年（804年），武元衡爲御史中丞，本年秋有詩簡臺中諸僚，劉禹錫和之、呂溫明年追和。

《全唐詩》卷三一七武元衡《秋臺中寄懷簡諸僚》：「憲府日多事，秋光照碧林。」《劉禹錫集》卷四七《和武中丞秋日寄懷簡諸僚故》：「感時江海思，報國松筠心。空愧壽陵步，芳塵何處尋。」〔註115〕明年，呂溫自吐蕃回，有追和詩《奉和武中丞秋日臺中寄懷簡諸僚友》：「聖朝思紀律，憲府得中賢。指顧風行地，儀形月麗天。」見《呂和叔文集》卷一。

14. 元和元年（806年），羊士諤、蕭祐同官御史臺，有詩唱和。

《全唐詩》卷三三二羊士諤《和蕭侍御監祭白帝城西村寺齋沐覽鏡有懷吏部孟員外並見贈》，〔註116〕蕭侍御，即蕭祐，時任監察御史。羊士諤又有《酬彭州蕭使君秋中言懷》，亦爲酬蕭祐作，自注：「元和初，接武蘭臺，周旋兩院。」即言與祐在御史臺監院、察院同官。〔註117〕

15. 元和四年（809年），監察御史元稹作《和李校書新題樂府十二首》，又與白居易唱和。

李紳作《樂府新題》二十首，元和四年，元稹因使東川劾奏事激怒當權者，以監察御史分司東都，「取其病時之尤者，列而和之，蓋十二而已。」〔註118〕《和李校書新題樂府十二首》題目依次爲《上陽白髮人》、《華原磬》、《五弦彈》、《西涼伎》、《法曲》、《馴犀》、《立部伎》、《驃國樂》、《胡旋女》、《蠻子朝》、《縛戎人》、《陰山道》。這些詩作所涵蓋的社會面很廣，具有極強的針對性、目的性。又元稹《白氏長慶集序》：「予始與樂天同校秘書之名，多以詩章相贈答。會予遣掾江陵，樂天猶在翰林，寄予百韻律詩及雜體，前後數十章。」元、白別集中存二人唱和詩多首。如元稹作《陽城驛》詩，白居易

〔註114〕唐·權德輿：《埇橋達奚四、於十九、陳大三侍御夜宴敍各賦二韻》，《全唐詩》卷三二四，第3637頁。
〔註115〕唐·劉禹錫：《和武中丞寄懷簡諸僚故》，《劉禹錫集》卷四七，第510頁。
〔註116〕唐·羊士諤：《和蕭侍御監祭白帝城西村寺齋沐覽鏡有懷吏部孟員外並見贈》，《全唐詩》卷三三二，第3698頁。
〔註117〕傅璇琮主編：《唐五代文學編年史》「中唐卷」，遼海出版社1998年版，第633頁。
〔註118〕清·彭定求：《全唐詩》卷四一九《和李校書新題樂府十二首並序》，第4614～4620頁。

有《和陽城驛》詩。

　　16. 元和年間柳宗元與李深源、元克己等御史的唱和。

　　柳宗元《同劉二十八哭呂衡州，兼寄江陵李、元二侍御》：「衡嶽新摧天柱峰，士林憔悴泣相逢。只令文字傳青簡，不使功名上景鍾。三畝空留懸磬室，九原猶寄若堂封。遙想荊州人物論，幾回中夜惜元龍。」劉二十八劉禹錫，呂衡州即呂溫。自注：「李、元二侍御，李深源、元克己也。」〔註119〕

　　17. 元和年間劉禹錫與侍御史李益、御史段平仲等人的唱和。

　　劉禹錫《揚州春夜，李端公益、張侍御登、段侍御平仲、密縣李少府暘、秘書張正字復元同會於水館，對酒聯句，追刻燭擊銅鉢故事，遲輒舉觥以飲之。逮夜艾，群公沾醉，紛然就枕，余偶獨醒，因題詩於段君枕上，以誌其事》：「寂寂獨看金燼落，紛紛只見玉山頹。自羞不是高陽侶，一夜星星騎馬回。」〔註120〕李益，時任侍御史；張登、段平仲，均在御史任上。聯句也是古人唱和的一種形式。另外，劉禹錫今存聯句、唱和詩多首，限於篇幅，不能一一列舉，可見《劉禹錫集》。〔註121〕

　　18. 元和年間白居易與御史的唱和。

　　《全唐詩》卷四五九白居易《和李中丞與李給事山居雪夜同宿小酌》：「憲府觸邪峨豸角，瑣闈駁正犯龍鱗。那知近地齋居客，忽作深山同宿人。一盞寒燈雲外夜，數杯溫酎雪中春。林泉莫作多時計，諫獵登封憶舊臣。」〔註122〕

　　19. 元和年間侍御史韓察、殿中侍御史崔恭信、監察御史高銖、監察御史李德裕等的唱和。

　　《唐詩紀事》卷五九：「弘靖爲太原節度使，有《山亭懷古》詩。……節度判官、侍御史韓察和云：『公府政多暇，思興仁智全。』……觀察判官、兼殿中侍御史崔公信和云：『疊石狀崖巘，翠含城上樓。』……節度判官、監察御史高銖和云：『斗石類岩巘，飛流瀉潺湲。』……節度掌書記、監察御史李德裕和云：『岩石在朱戶，風泉當崔樓。』」〔註123〕

〔註119〕唐・柳宗元：《同劉二十八哭呂衡州，兼寄江陵李、元二侍御》，《柳宗元集》卷四二，中華書局 1979 年版，第 1152 頁。
〔註120〕唐・劉禹錫撰、卞孝萱校訂：《劉禹錫集》卷二四，中華書局 1990 年版，第 305 頁。
〔註121〕唐・劉禹錫撰、卞孝萱校訂：《劉禹錫集》，中華書局 1979 年版。
〔註122〕唐・白居易：《和李中丞與李給事山居雪夜同宿小酌》，《全唐詩》卷四五九，第 5227 頁。
〔註123〕宋・計有功：《唐詩紀事》卷四七，第 903～904 頁。

20. 元和年間裴度與御史大夫馬總、御史中丞韓愈、侍御史李正封、侍御史馮宿、侍御史李宗閔等的唱和。

元和十二年（817 年），裴度以宰相身份出征平定淮西吳元濟，馬總以御史大夫爲副使，韓愈以御史中丞身份爲行軍司馬，司勳員外郎李正封、都官員外郎馮宿、禮部員外郎李宗閔皆兼侍御史，爲判官、書記，幕僚「皆朝廷之選」，期間多有唱和之作。《全唐詩》卷三四四韓愈《奉和裴相公東征途經女幾山下作》，同卷尚有《晉公破賊回重拜臺司，以詩示幕中賓客，愈奉和》詩。〔註124〕《全唐詩》卷三三三有楊巨源《奉和裴相公》，卷二九七有王建《和裴相公道中贈別張相公》等。

21. 李德裕與御史的唱和。

《全唐詩》卷四七五存李德裕《比聞龍門敬善寺有紅桂樹獨秀，伊川嘗於江南諸山訪之，莫致。陳侍御知予所好，因訪剡溪樵客，偶得數株，移植郊園，眾芳色沮。乃知敬蓋所有是蜀道菡草，徒得嘉名，因賦是詩兼贈陳侍御》。〔註125〕從詩題來看可知李德裕與陳侍御之間有唱和之作。

22. 皮日休與御史的唱和。

《全唐詩》卷六一四有皮日休《華亭鶴聞之舊矣，及來吳中，以錢半千得一隻養之，殆經歲不幸，爲飲啄所誤，經夕而卒，悼之不已。遂繼以詩南陽潤卿博士，浙東德師侍御，毗陵魏不琢處士，東吳陸魯望秀才及厚於予者，悉寄之，請垂見和》詩。〔註126〕

23. 大中年間御史大夫李訥與御史崔元範等的唱和。

李訥《紀崔侍御遺事》云：「李尚書訥夜登越城樓，聞歌曰：『雁門山上雁初飛。』其聲激切。召至，曰：『去籍之妓盛小叢也。』『汝歌何善乎？』曰：『小叢是梨園供奉南不嫌女甥也，所唱之音，乃不嫌之授也，今老且廢矣。』

〔註124〕唐·韓愈：《晉公破賊回重拜臺司，以詩示幕中賓客，愈奉和》，《韓昌黎詩繫年集釋》卷一〇，第 1077 頁。

〔註125〕唐·李德裕：《比聞龍門敬善寺有紅桂樹獨秀，伊川嘗於江南諸山訪之，莫致。陳侍御知予所好，因訪剡溪樵客，偶得數株，移値郊園，眾芳色沮。乃知敬蓋所有是蜀道菡草，徒得嘉名，因賦是詩兼贈陳侍御》，見《全唐詩》卷四七五，第 5402 頁。

〔註126〕唐·皮日休：《華亭鶴聞之舊矣，及來吳中，以錢半千得一隻養之，殆經歲不幸，爲飲啄所誤，經夕而卒，悼之不已。遂繼以詩南陽潤卿博士，浙東德師侍御，毗陵魏不琢處士，東吳陸魯望秀才及厚於予者，悉寄之，請垂見和》，《全唐詩》卷六一四，第 7089～7090 頁。

時察院崔侍御，自幕府而拜，李公連夕餞崔君於鏡湖光侯亭，屢命小蔡歌餞，在座各爲一絕句贈送之。〔註 127〕《聽盛小蔡歌送崔侍御浙東廉使》李訥：「繡衣奔命去情多，南國佳人斂翠蛾。」《奉和亞臺御史》崔元範：「獨向柏臺爲老吏，可憐林木響餘聲。」又《舊唐書・宣宗紀》：「十年春正月乙巳，以正議大夫、華州刺史、潼關防禦、鎮國軍等使、上柱國、隴西縣開國男、食邑三百戶、賜紫金魚袋李訥檢校左散騎常侍，兼越州刺史、御史大夫、浙江東道都團練觀察等使。」〔註 128〕可知此是李訥任御史大夫、浙江東道都團練觀察使時與其幕僚的唱和。

24. 大中年間御史中丞于行宗與楊牢、許渾等人的唱和。

大中七年（853 年）或八年（854 年）間于行宗任御史中丞，守綿州，〔註 129〕有《夏杪登越王樓臨涪江望雪山寄朝中知友》詩，朝中友人多有和作，《全唐詩》卷五六四存楊牢、李汶儒、田章、薛蒙、王嚴、劉曖、李渥、劉璐、盧栯等多人同賦《和綿州于中丞登越王樓見寄》詩。〔註 130〕《全詩》卷五三五又有許渾《酬綿州于中丞使君見寄》：「故人書信越襃斜，新意雖多舊約賒。皆就一麾先去國，共謀三徑未還家，荊巫夜隔巴西月，鄠鄛春連漢上花。半月離居猶悵望，可堪垂白各天涯。」據譚優學《許渾行年考》，許渾大中七年底或八年初在郢州，「荊巫夜隔巴西月，鄠鄛春連漢上花。」知此詩爲許渾大中八年在郢州作。

從現有資料來看，唐代御史之間、臺中文士與其他文士之間的詩歌唱和活動頗爲頻繁，遠非上文列舉所能窮盡，如劉長卿《巡去岳陽卻歸鄂州使院留別鄭洵侍御侍御先曾謫居此州》詩；〔註 131〕權德輿有《同陸太祝鴻漸崔法曹載華見蕭侍御留後說得衛撫州報推事使張侍御卻回前刺史戴員外無事喜而有作三首》，〔註 132〕《和李中丞慈恩寺清上人院牡丹花歌》〔註 133〕等唱和詩多首；白

〔註 127〕唐・李訥：《紀崔侍御遺事》，《全唐文》卷四三八，第 2650 頁。此又見《雲溪友議》卷上。

〔註 128〕後晉・劉昫：《舊唐書》卷一八《宣宗紀》，第 634 頁。

〔註 129〕參見《全唐詩》卷五六四小傳，傅璇琮主編《唐五代文學編年史》第三冊「晚唐卷」，第 371 頁。

〔註 130〕清・彭定求：《全唐詩》卷五六四《和綿州于中丞登越王樓見寄》，第 6542～6547 頁。

〔註 131〕清・彭定求：《全唐詩》卷一四七，第 1491 頁。

〔註 132〕清・彭定求：《全唐詩》卷三二二，第 3623 頁。

〔註 133〕清・彭定求：《全唐詩》卷三二七，第 3664 頁。

居易《李十一舍人松園飲小酌酒得元八侍御詩敍云在臺中推院有鞫獄之苦即事書懷因酬四韻》云：「愛酒舍人開小酌，能文御史寄新詩。」〔註134〕朱放《九日陪劉中丞宴昌樂寺送梁廷評》詩。〔註135〕歐陽詹與御史的唱和之作甚多，如《和太原鄭中丞登龍興寺閣》，〔註136〕《陪太原鄭行軍中丞登汾上閣中丞詩曰汾樓秋水闊宛似到閶門惆悵江湖思惟將南客論南客即詹也輒書即事上答》，〔註137〕《太原和嚴長官八月十五日夜西山童子上方玩月寄中丞少尹》，〔註138〕《許州送張中丞出臨潁鎮》。〔註139〕可見，詩歌唱和成爲臺中文士之間、御史與其他文人之間交往、交流的重要手段之一。這些詩作集社交、娛樂、審美功能於一體，體現了御史臺文士的生活情態及心理狀態，具有特定的認識價值。

御史臺爲唐代文士提供了一個特殊的活動空間，特殊的生活空間必然造成特殊的士風。御史臺文士有的剛直骨鯁、報國守節；有的知恩圖報、重信守義；有的淹蹇潦倒、不得陞遷；有的浮名躁進、唯利是圖；御史不同的人格、心態必然外化爲不同的精神面貌。另外，唐代不同歷史時期社會風氣的變化，也會影響御史臺士風。凡此種種，相應地體現在唐代御史的唱和詩中。下面擬通過對唐代御史唱和詩的解讀，來考察其中折射出的唐代御史的精神風貌。

一、雄健氣度和頹靡士風

唐代御史素有「獬豸之精」、「鷹隼之才」之美譽，在監察任上，他們鷹揚虎視，重典懲貪；案牘勞形之餘，他們慨然揮灑、擅賦華屋，在精神上、人格上糅合出一種雄直豪邁之氣。史載，杜淹「爲天策府兵曹，楊文幹之亂，流越嶲。太宗戡內難，以爲御史大夫，因詠雞以致意焉。」其詩曰：

寒食東郊道，陽溝競草籠。花冠偏照日，芥羽正生風。

顧敵知心勇，先鳴覺氣雄。長翹頻掃陣，利距屢通中。

飛毛遍綠野，灑血漬方叢。雖云百戰勝，會自不論功。〔註140〕

該詩一洗初唐詩壇浮靡之習，凜然生風、昂首長鳴的姿態，眞可謂器宇軒昂，

〔註134〕清・彭定求：《全唐詩》卷四三八，第 4866 頁。

〔註135〕清・彭定求：《全唐詩》卷三一五，第 3539 頁。

〔註136〕清・彭定求：《全唐詩》卷三四九，第 3908 頁。

〔註137〕清・彭定求：《全唐詩》卷三四九，第 3905 頁。

〔註138〕清・彭定求：《全唐詩》卷三四九，第 3906 頁。

〔註139〕清・彭定求：《全唐詩》卷三四九，第 3910 頁。

〔註140〕唐・劉肅：《大唐新語》卷八，第 139 頁。

豪情四射，讀之令人精神抖擻，心氣爲之一振。這種豪邁之氣和雄健風格，
也決定了唐代御史唱和詩的雄健氣度。唐代一些御史的唱和詩，慷慨使氣、
磊落使才、剛健有力，與傳統詩歌的含蓄蘊藉大異其趣。如武后朝，賀遂亮
與韓思彥同在憲臺，欽思彥之風韻，贈詩曰：

　　　意氣百年內，平生一寸心。欲交天下士，未面一盧襟。

　　　君子重名義，貞道冠衣簪。風雲行可託，懷抱自然深。

　　　落霞靜霜景，墜葉下風林。若上南登岸，希訪北山岑。〔註141〕

思彥酬之曰：

　　　古人一言重，常謂百年輕。今投歡會面，顧眄盡平生。

　　　簪裾非所託，琴酒冀相併。累日同遊處，通宵款素誠。

　　　霜飄知柳脆，雪昌覺松貞。願言何所道，幸得歲寒名。〔註142〕

韓思彥曾任高宗朝監察御史、侍御史，爲人甚有氣節，斷獄明察秋毫，尉遲
敬德子姓陷大逆，思彥按釋其冤，韓思彥被貶爲山陽丞時，尉遲敬德感於舊
事，「贈黃金良馬，思彥不受。」〔註143〕其廉潔剛正如是。「霜飄知柳脆，雪
昌覺松貞。」這裡對青松的讚美，正是御史特有的高潔心性的抒發，兩首詩
充盈著蓬勃向上的進取精神，具有一種打不倒、壓不垮的雄健氣度，同時也
映證了唐代御史「雕、鶚、鷹、鸇，豈與眾禽同偶？」這頗爲自負的宣言。
兩詩雖爲二人唱和之作，但無論內容還是風格，與傳統唱和詩的雅正雍容是
迥然不同的。

　　唐代御史多是唐代政壇的風雲人物，又有不甘居於人下的倔強個性，注
定了他們不會鄉愿式地尾隨人後。唐代詩人和御史間的唱和詩，一般注重陽
剛之美，極其強調氣勢，錚錚鐵骨、擲地有聲。天寶十四載（755 年），高適
在涼州與奉使西來的竇侍御唱和，其《陪竇侍御靈雲南亭宴詩得雷字》序曰：
「涼州近胡，……軍中無事，君子飲食宴樂，宜哉。白簡在邊，清秋多興，
況水具舟楫，山兼亭臺，始臨泛而寫煩，俄登陟以寄傲，絲桐徐奏，林木更
爽，觸蒲萄以遞歡，指蘭芷而可掇。胡天一望，雲物蒼然，雨蕭蕭而牧馬聲
斷，風嫋嫋而邊歌幾處，又足悲矣。」〔註144〕序對唱和場面的描寫中挾帶著

〔註141〕唐・賀遂亮：《贈韓思彥》，《全唐詩》卷四四，第 548 頁。

〔註142〕唐・韓思彥：《酬賀遂亮》，《全唐詩》卷四四，第 548 頁。

〔註143〕宋・歐陽修：《新唐書》卷一一二《韓思彥傳》，第 4163～4164 頁。

〔註144〕清・彭定求等：《全唐詩》卷二一四，第 2236 頁。

一股雄健之氣撲面而來，可以想見盛唐御史積極進取的心態。盧綸與侍御史陳翊唱和詩亦云：「節比青松當澗直，心隨黃雀繞簷飛。鄉中賀者唯爭路，不識傳呼獬豸威。」〔註145〕以青松、獬豸意象象徵御史的節操，其心氣的高傲可見一斑，同時也爲我們展示了比較全面、眞實而清晰的御史形象。

但是也有一些御史缺乏雄健向上的銳氣，萎靡不振、暮氣沉沉。如果說初盛唐時期還是御史臺個別時期、個別御史中的現象，那麼到了晚唐則是一種相當普遍的風尚。前述李訥任御史大夫、浙江東道都團練觀察等使，與其幕僚監察御史崔元範、團練判官楊知至、觀察判官封彥沖、觀察支使盧鄴等相互唱和，其詩《全唐詩》有收錄：

李訥《命妓盛小叢歌餞崔侍御還闕》：

　　繡衣奔命去情多，南國佳人斂翠娥。

　　曾向教坊聽國樂，爲君重唱盛叢歌。〔註146〕

崔元範《尙書命妓歌餞有作奉酬》：

　　羊公留宴峴山亭，洛浦高歌五夜情。

　　獨向柏臺爲老吏，可憐林木響餘聲。〔註147〕

楊知至《和李尙書命妓歌餞崔侍御》：

　　燕趙能歌有幾人，爲花回雪似含顰。

　　聲隨御史西歸去，誰伴文翁怨九春。〔註148〕

封彥沖《和李尙書命妓餞崔侍御》：

　　蓮府才爲綠水賓，忽乘驄馬入咸秦。

　　爲君唱作西河調，日暮偏傷去住人。〔註149〕

盧鄴《和李尙書命妓餞崔侍御》：

　　何郎戴豸別賢侯，更吐歌珠宴庾樓。

　　莫道江南不同醉，即陪舟楫上京遊。〔註150〕

大中、咸通年間，唐王朝國力日衰、民生凋敝，豔情詩風風靡整個詩壇。御

〔註145〕唐·盧綸：《和陳翊郎中拜本府少尹兼侍御史獻上侍中因呈同院諸公》，《全詩》卷二七七，第3143頁。
〔註146〕唐·李訥：《命妓盛小叢歌餞崔侍御還闕》，《全唐詩》卷五六三，第6536頁。
〔註147〕唐·崔元範：《尚書命妓歌餞有作奉酬》，《全唐詩》卷五六三，第6536頁。
〔註148〕唐·楊知至：《和李尚書命妓歌餞崔侍御》，《全唐詩》卷五六三，第6536頁。
〔註149〕唐·封彥沖：《和李尚書命妓餞崔侍御》，《全唐詩》卷五六六，第6555頁。
〔註150〕唐·盧鄴：《和李尚書命妓餞崔侍御》，《全唐詩》卷五六六，第6553頁。

史群體亦雄風不再，精神萎靡，這一點在上述御史唱和詩中有著極爲明顯的表現。昔日英武叱吒的監察御史，如今面對歌妓，頹廢放浪。尋求心理的麻醉和慰藉本身即是頹靡士風之表現，其唱和詩也是「兒女情多，風雲氣少。」如「南國佳人斂翠娥」、「獨向柏臺爲老吏」諸詩，情調頗爲感傷，已無一點慷慨激昂之氣了。這既是晚唐普遍的縱情逸樂之風的折射，也是晚唐御史群體頹靡士風的表現。

二、憂國情懷和輕薄調侃

憂國情懷，既是一種心理狀態，也是一種人生態度，更是一種精神動力。憂國憂民是中國文學的主導精神。徐復觀認爲，中國文化的核心是憂患意識，中國社會的發展立足於「憂患意識」。〔註151〕由於特定職業身份鎖定，唐代御史往往以其特定的療救視角觀察社會，憂民愛國、關懷時世之情較之其他社會角色更爲濃烈。憂患意識賦予唐代御史以深沉的使命感和責任感。促使他們寫下了大量關懷關心國事、感時傷懷的作品。

從元稹、白居易圍繞陽城事件的唱和中，我們能清晰地看到唐代御史濃烈的憂國情懷。陽城事件的情況，《唐會要》卷五五「諫議大夫」條有詳細記載：「陸贄、李充等以讒毀受譴，朝廷震懾，上怒未解，勢不可測，滿朝無敢言者。城聞而起曰：『吾諫官也，不可令天子殺無罪人。』即率拾遺王仲舒等數人守延英門上疏，論延齡奸佞，贄等無罪。上大怒，詔宰臣入語，將加城等罪，良久乃解，令宰相諭遣之。於是金吾將軍張萬福，武將不識文字，亦知感激，端笏詣城與諸諫官等，泣而且拜曰：『今日始知聖朝有直臣。』時議以爲延齡朝夕爲宰相，城獨謂同列曰：『延齡倘入相，吾唯抱白麻慟哭。』」〔註152〕由於陽城得罪了權奸裴延齡，於貞元十四年被貶爲道州刺史。陽城被貶，群情激奮，時太學生一百六十餘人「稽首闕下，叫閽籲天，願乞復舊。」〔註153〕元和五年，元稹因在監察御史任上得罪權貴被貶，途徑商山陽城驛，因地名憶及陽城，遂作《陽城驛》詩，高度稱頌陽城正氣凜然的大義之舉：

……

貞元歲雲暮，朝有曲如鉤。風波勢奔蹙，日月光綢繆。

〔註151〕徐復觀：《中國人文精神之闡揚》，中國廣播電視出版社1996年版。

〔註152〕宋·王溥撰：《唐會要》卷五五「諫議大夫」條，第1116頁。

〔註153〕唐·柳宗元：《國子司業陽城遺愛碑》，《柳宗元集》卷九，第204頁。

齒牙屬爲猾，禾黍暗生蟊。豈無司言者，肉食吞其喉。

豈無司搏者，利柄扼其韝。鼻復勢氣塞，不得辯薰蕕。

公雖未顯諫，惴惴如患瘤。飛章八九上，皆若珠暗投。

炎炎日將熾，積燎無人抽。公乃帥其屬，決諫同報仇。

延英殿門外，叩閣仍叩頭。且日事不止，臣諫誓不休。……〔註154〕

白居易讀了元稹之詩，感憤激烈，亦作《和陽城驛》詩：

……

次言陽公節，蹇蹇居諫司。誓心除國蠹，決死犯天威。

終言陽公命，左遷天一涯。道州炎瘴地，身不得生歸。

一一皆實錄，事事無子遺。凡是爲善者，聞之惻然悲。

道州既已矣，往者不可追。何世無其人，來者亦可思。……〔註155〕

在貞元時期朝中暮氣沉沉、群小當道、排擠賢良的黑暗政局中，陽城之直言極諫，不啻如閃電之耀亮。元稹在監察御史任上彈劾奸吏數十事，其許國不謀身的監察實踐亦瓣香於陽城之骨鯁心性。從元、白兩人唱和詩對陽城的高度評價中，夾雜著元白二人的自期自許和對國運的深沉憂慮。

這種憂念社稷、關注吏治民生的憂患意識，源於唐代御史高度的職業責任、職業意識。《論語·泰伯》云：「士不可以不弘毅，任重而道遠。仁以爲己任，不亦重乎？死而後已，不亦遠乎？」〔註156〕古代士人有崇高的社會政治理想和道德精神，他們不僅是道義的承擔者，文化的承載者、傳播者，而且有「以天下爲己任」的入世情懷，有強烈的社會責任感和獻身精神，他們把自己與國家、民族的命運聯繫起來，經世致用，解民之困，拯時濟世，報效祖國，這是其義不容辭的責任與義務。後世所說的「天下興亡，匹夫有責」、「位卑未敢忘憂國」，和這種「關國家盛衰，繫生民休戚」的使命感與責任感是一脈相承的，已經成爲中華民族精神的精髓與核心之一。

作爲中央監察機構，唐代御史臺總領朝廷綱紀，是法曹重地，警衛森嚴，史家稱御史臺「風采尤峻」，一個「峻」字，概括出御史臺特色獨具的文化氣氛。唐代不少御史都是恪盡職守、直道正言，當然也有一些御史行爲輕薄、

〔註154〕冀勤點校：《元稹集》卷二，中華書局1982年版，第14頁。（以下版本號略）

〔註155〕唐·白居易著、朱金城箋校：《白居易集箋校》卷二，第41頁。

〔註156〕《論語·泰伯》，見清阮元校刻《十三經注疏》，中華書局1980年影印本，第2487頁。

語多調侃。如《御史臺記》云：「唐格輔元拜監察，遷殿中。充使，次龍門遇盜，行裝都盡，袒被而坐。監察御史杜易簡，戲詠之曰：『有恥宿龍門，精彩先瞰渾。眼瘦呈近店，睡響徹遙林。捋囊將舊識，製被異新婚。誰言驄馬使，翻作蟄熊蹲。』」〔註 157〕

有些御史因陞遷無望而恃才傲物、無所拘檢。《御史臺記》記載：「唐邵景，安陽人。擢第授汾陰尉，累轉歙州司倉，遷至右臺監察考功員外。時神武皇帝即位，景與殿中御史蕭嵩、韋鏗。俱昇殿行事，職掌殊別。而制出，景、嵩俱授朝散大夫，而鏗無命。景、嵩狀貌類胡，景鼻高而嵩鬚多。同時服朱紱，對立於庭。鏗獨廉中竊窺而詠曰：『一雙鬍子著緋袍，一個鬚多一鼻高。相對廳前捺且立，自慚身品世間毛。』舉朝歡詠之。他日，睿宗御承天門，百僚備列，鏗忽風眩而倒。鏗肥而短，景詠之曰：『飄風忽起團圞旋，倒地還如著腳鎚。莫怪殿上空行事，卻爲元非五品才。』」〔註 158〕此類記載顯示出唐代一些御史輕薄調侃的行爲。

特別是晚唐時期，士風日薄，迥異前代，許多御史蔑棄禮法、縱情享樂，行爲舉止流於輕薄。如大中十年（856 年）至十四年（859 年），徐商任山南東道節度使，〔註 159〕元繇，時任檢校御史中丞，與段成式、溫庭筠等遊於徐商幕，多輕薄調侃之作。

《唐詩紀事》云：「（周繇）後以御史中丞與段成式、韋蟾、溫庭皓同遊襄陽徐商幕府。……襄陽中堂賞花，（周）繇與妓人戲語，成式嘲之曰：『鶯裏花前選孟光，東山逋客酒初狂。素娥畢竟難防備，燒得河車莫遣嘗。』繇和云：『迴簪轉黛喜猜防，粉署裁詩助酒狂。若遇仙丹偕羽化，但隨蕭史亦何傷。』」〔註 160〕

《全唐詩》收周繇《嘲段成式》（一作《廣陽公宴，段柯古速罷馳騁，坐觀花豔，或有眼飽之嘲，因賦此詩》，又收溫庭筠《和周繇》（一作《和周繇廣陽公宴嘲段成式詩》），另收段成式《和周繇見嘲》（一作《和周爲憲廣陽公

〔註 157〕宋・李昉：《太平廣記》卷二五五引《御史臺記》，第 1984 頁。

〔註 158〕宋・李昉：《太平廣記》卷二五五引《御史臺記》，第 1986～1987 頁。

〔註 159〕郁賢皓：《唐刺史考》，江蘇古籍出版社 1987 年版，第 2281 頁。

〔註 160〕宋・計有功：《唐詩紀事》卷五四，第 824～825 頁。此詩《全唐詩》卷五八四作《嘲元中丞》（一作《襄陽中堂賞花爲憲與妓人戲語潮之》），洪邁《萬首唐人絕句》亦作《《嘲元中丞》。又周繇，字允元，咸通十三年（872 年）登進士第，授校書郎，不可能於大中末任御史中丞。「周繇」應爲「元繇」之誤。

宴見嘲詩》），三詩中，周繇皆爲元繇之誤，廣陽爲襄陽之誤。〔註161〕

元繇《嘲段成式》詩云：

　　蹙鞠且徒爲，寧如目送時。報讐慙選耎，存想恨逶遲。

　　促坐疑辟咡，銜盃強朵頤。恣情窺窈窕，曾恃好風姿。

　　色授應難奪，神交願莫辭。請君看曲譜，不負少年期。〔註162〕

溫庭筠《和周繇廣陽公宴嘲段成式詩》詩云：

　　……墮珥情初洽，鳴鞭戰未酣。神交花冉冉，眉語柳毿毿。

　　卻略青鸞鏡，翹翻翠鳳篸。專城有佳對，寧肯顧春蠶。〔註163〕

段成式《和周爲憲廣陽公宴見嘲詩》詩云：

　　才甘魚目並，藝怯馬蹄間。王謝初飛蓋，姬姜盡下山。

　　縛雞方角逐，射雉豈開顏。亂翠移林色，狂紅照座殷。〔註164〕

這些御史和幕府文士間的唱和詩，內容上多是詠妓嘲謔，「閨闥中情昵之事」。
〔註165〕詩題冠以「嘲」字，相互調侃取樂，可見其作詩的輕薄意味。「恣情窺
窈窕」，一個「窺」字，道出晚唐一些御史卑下的心理和輕浮的舉止。「青鸞
鏡」、「翠鳳篸」見出歌妓服飾之豔麗，首飾精美；「花冉冉」、「柳毿毿」則描
寫歌妓舉止窈窕、香氣襲人。由於他們更多是將歌妓作爲器物來欣賞，故此
類女性舉止、裝飾的描寫，毫無精神上愉悅之美感，可謂晚唐御史豔冶風流、
荒縱心態的藝術寫照。這些輕薄調侃之詩，內容輕浮，格調卑弱，風格輕豔，
表現出晚唐一些御史追求官能享受，逃避現實人生的心理狀態。

三、陶情怡性與縱情聲色

　　御史臺文士大多是持身嚴謹之人，御史之間在案牘勞形之餘賦詩酬唱，
確爲高雅盛事。如大曆年間御史大夫，福建、江西觀察使鮑防與江南文士的
聚集、唱和是唐代文學史上值得探究的盛事。文士們聚集在江南共賦《憶長
安十二詠》，分賦長安從正月至臘月的每月景致，茲錄四首以見當時唱和情況：

　　鮑防《憶長安·二月》：

〔註161〕貫晉華：《〈漢上題襟集〉與襄陽詩人群研究》，見《文學遺產》2005 年第 1
　　　　期。

〔註162〕唐·元繇：《嘲段成式》，《全唐詩》卷六三五，第 7293 頁。

〔註163〕唐·溫庭筠：《和周繇》，《全唐詩》卷五八三，第 6764 頁。

〔註164〕唐·段成式：《和周繇見嘲》，《全唐詩》卷五八四，第 6772 頁。

〔註165〕宋·祝穆：《古今事文類聚》卷二六，影印文淵閣四庫全書本。

憶長安，二月時，玄鳥初至祋祠。百囀宮鶯繡羽，千條御柳黃
絲。更有曲江勝地，此來寒食佳期。

鄭繇《憶長安·六月》：

憶長安，六月時，風臺水榭逶迤。朱果雕籠香透，分明紫禁寒
隨。塵驚九衢客散，赭珂滴瀝青驪。

范燈《憶長安·九月》：

憶長安，九月時，登高望見昆池。上苑初開露菊，芳林正獻霜
梨。更想千門萬戶，月明砧杵參差。

劉蕃《憶長安·十一月》：

憶長安，子月時，千官賀至丹墀。御苑雪開瓊樹，龍堂冰作瑤
池。獸炭甀爐正好，貂裘狐白相宜。〔註166〕

在唐代文學乃至中國文學中，「長安」不僅僅是一個地名，它實際上代表
大唐帝國、代表輝煌的盛唐文明。大曆年間，這批文士唱和中分詠長安，其
實是懷念成爲舊夢的大唐盛世，反映出走出盛唐之後的大曆詩人難以忘卻的
盛世情結和萎靡不振、雄風不再的心理。這組唱和詩與杜甫《秋興八首》創
作年代大致同時，雖然藝術成就不可相提並論，但就其反映的時代心理來看，
竟是如此暗合！〔註167〕

這批文士尚作有《狀江南十二詠》，分詠江南四季景色，茲亦選錄四首：

謝良輔《狀江南·仲春》：

江南仲春天，細雨色如煙。絲爲武昌柳，布作石門泉。

賈弇《狀江南·孟夏》：

江南孟夏天，慈竹笋如編。蜃氣爲樓閣，蛙聲作管絃。

鄭繇《狀江南·孟秋》：

江南孟秋天，稻花白如氈。素腕慚新藕，殘妝妒晚蓮。

呂渭《狀江南·仲冬》：

江南仲冬天，紫蔗節如鞭。海將鹽作雪，山用火耕田。〔註168〕

「狀江南」唱和詩富有藝術魅力，整組詩分詠一年四季十二月中各不相同的

〔註166〕宋·計有功：《唐詩紀事》卷四七，第712～720頁。
〔註167〕參見賈晉華：《唐代集會總集與詩人群研究》上編第三章「《大曆年浙東聯唱
　　　　集》與浙東詩人群研究」，北京大學出版社2001年版，第81頁。
〔註168〕宋·計有功：《唐詩紀事》卷四七，第712～720頁。

江南景色：仲春二月，雨霧空蒙、細柳如煙、小溪涓涓；孟夏四月，修竹生
長、朦朧的青煙雨霧中，本來實實在在的樓閣恍若海市蜃樓，那稻田中的蛙
鳴，正如優美的管絃樂一般悅耳動聽；孟秋七月，潔白的稻花開遍了田野，
好似一張張白色的毛氈，水中潔白的蓮藕與盛開的蓮花，令素白嬌豔的少女
都感到慚愧；仲冬十一月，成熟的甘蔗泛著紫紅的顏色，就像粗壯有力的鞭
竿，潔白的海鹽如雪花般鋪滿了海灘，人們已經長刀短笠去燒畲、準備來年
的春耕了。這組唱和詩與上組「憶長安」相互關聯、構成一個整體，形成一
種潛在的藝術張力：「通過描繪讚美江南風物，含蓄地感傷歎息北方中原的衰
微動亂，大唐盛世的一去不復返。」〔註169〕《唐詩紀事》云：「詠江南而憶長
安，其意可見矣。」〔註170〕可謂的評。

　　但唐代御史群體中也有縱情放任之人，特別是晚唐一些御史臺文士，更
是以遊宴為常，詩酒狎蕩詩歌也成為御史之間縱情淫樂的載體，頗多荒縱頹
廢之成分。如《雲溪友議》載：

　　　　裴郎中誠，晉國公次弟子也，足情調，善談諧，舉子溫歧為友，
　　好作歌曲，迄今飲席，多是其詞焉。裴君既入臺，而為三院所謔曰：
　　「能為淫豔之歌，有異清潔之士也。」……湖州崔郎中芻言，初為
　　越副戎，宴席中有周德華。德華者，乃劉採春女也。雖《羅嗊》之
　　歌，不及其母；而《楊柳枝》詞，採春難及。崔副車寵愛之異，將
　　至京洛。後豪門女弟子從其學者眾矣。溫、裴所稱歌曲，請德華一
　　陳音韻，以為浮豔之美。〔註171〕

從這段材料來看，裴誠當時為御史，其為豪門貴胄，足情調，善談諧，與溫
庭筠友善，這樣放浪不羈之人為御史，難免三院御史嘲謔其「有異清潔之士」。
同時也說明御史臺清潔之士與「士行雜塵」者並有之。裴誠與溫庭筠二人為
《楊柳枝》填詞，當時飲筵者競唱其詞。

　　裴誠詞云：

　　　　思量大是惡因緣，只得相看不得憐。
　　　　願作琵琶槽那畔，美人長抱在胸前。

〔註169〕賈晉華：《唐代集會總集與詩人群研究》，北京大學出版社 2001 年版，第 82
　　　　頁。
〔註170〕宋・計有功：《唐詩紀事》卷四七，第 715 頁。
〔註171〕唐・范攄：《雲溪友議》卷下「溫裴黜」，見《唐五代筆記小說大觀》，上海古
　　　　籍出版社 2000 年版，第 1309～1310 頁。

又曰：

> 獨房蓮子沒人看，偷折蓮時命也拼。
>
> 若有所由來借問，但道偷蓮是下官。

溫庭筠詞云：

> 一尺深紅朦曲塵，舊物天生如此新。
>
> 合歡桃核終堪恨，里許元來別有人。

又曰：

> 井底點燈深燭伊，共郎長行莫圍棋。
>
> 玲瓏骰子安紅豆，入骨相思知不知？〔註172〕

詩酒唱和本來是御史臺文士之間、御史與其他文人間宴飲時的常見風氣，不能說這種情況下沒有佳作產生，但文人們縱情聲色、詩酒淫樂的同時，也確實產生了一些無聊的狎蕩、消遣、玩樂之作，反映出晚唐一些御史的荒縱心態。

詩歌唱和之所以會引起人們濃厚的興趣，原因之一就是它某種程度上暗合「陌生化」的美學原理。俄國文藝理論家什克洛夫斯基認為：「為了換回人對生活的感受，……藝術的目的就是把對事物的感覺作為視象，而不是作為認知提供出來，藝術的程序是事物的反常化程序。」〔註173〕所謂陌生化，就是對常規常識的偏離，造成語言理解與感受上的陌生感，是一種變習常為新異，化腐朽為神奇，傳遞鮮活的生活感受的藝術方式。唱和詩既要次韻，還要生發出新的內涵，可謂帶著鐐銬跳舞，因而往往能產生出人意料的「陌生化」效果，使作者、讀者都產生強烈的興趣。

唐代御史之間、御史與其他文士之間的詩歌唱和，不但促使文人唱和詩大量湧現，而且，隨著頻繁唱和還形成了相對穩定的詩人群體。文學史上一些詩歌流派的形成，與此種文士間頻繁、密切、相對穩定的詩歌交往有一定關係。《新唐書·鮑防傳》云：「防於詩尤工，有所感發，以譏切世敝，當時稱之。與中書舍人謝良弼友善，時號『鮑謝』云。」〔註174〕鮑防幕府文士間的唱和極一時之盛，形成了大曆時期詩壇頗有影響的「鮑謝體」。元稹、白居

〔註172〕唐·范攄：《雲溪友議》卷下「溫裴點」，見《唐五代筆記小說大觀》，上海古籍出版社 2000 年版，第 1310 頁。

〔註173〕〔俄〕什克洛夫斯基：《關於散文理論》，蘇聯作家出版社 1984 年版，第 15 頁。其中「反常化」即是「陌生化」。

〔註174〕宋·歐陽修：《新唐書》卷一五九，第 4950 頁。

易間的唱和，促使「元和體」的形成。元稹《白氏長慶集序》云：「予始與樂天同校秘書，前後多以詩章相贈答。會予譴掾江陵，樂天猶在翰林，寄予百韻律詩及雜體，前後數十章。是後，各佐江、通，復相酬寄。巴、蜀、江、楚間泊長安中少年，遞相仿傚，競作新詞，自謂爲『元和詩』。」〔註175〕說明「元和體」與元稹、白居易二人之間的詩歌唱和是分不開的。

〔註175〕元稹：《白氏長慶集序》，《全唐文》卷六五三，第 3918 頁。